20

글쓰는기계 게임 판타지 장편소설

초판 1쇄 찍은 날 | 2020년 8월 14일
초판 1쇄 펴낸 날 | 2020년 8월 21일

지은이 | 글쓰는기계
펴낸이 | 예경원

기획 | 위시북스
편집책임 | 이은송
편집 | 위시북스

펴낸곳 | 예원북스
등록번호 | 제396-2012-000132호
등록일자 | 2012. 7. 25
KFN | 제1-551호

주소 | 경기도 고양시 일산동구 호수로 646-24 위너스21 II빌딩 206A호 (우)10401
전화 | 031-819-9431 팩스 | 031-817-9432
E-mail | yewonbooks@naver.com

ISBN 979-11-365-3728-7 04810
     979-11-6424-237-5 (Set)

나는 될 놈이다

20 글쓰는기계 게임 판타지 장편소설

WISHBOOKS GAME FANTASY STORY

CONTENTS

CHAPTER 1

"넌 언제 악마가⋯⋯."

"내가 되고 싶어서 됐냐!"

"지금 그런 게 중요한 게 아니야! 에다오르의 무기가 있으면 최대한 써야 해!"

"알겠어, 알겠어."

태현은 〈악마 강화〉와 〈승급〉을 사용했다. 케인에게.

[〈악마 강화〉로 인해 악마의 피가 더욱더 진해지고 강해집니다. 각종 스킬들이 추가됩니다. 착용 제한된 악마 전용 장비를 입을 수 있습니다. 〈승급〉으로 인해 전체 능력치가 상승⋯⋯]

"잠깐, 너 지금 아이템 제한이 풀린 상태인가?"

"그런데?"

"그러면 이거 받아라."

태현은 〈갈그랄의 저주가 서린 칼날 장갑〉을 케인에게 건넸다. 스킬 '에너지 드레인'과 스킬 '악마의 생명력' 같은 탱커용 스킬들이 달려 있고, 공격 시 일정 확률로 마력 흡수가 가능한 장비. 그보다는 케인이 써야 했다. 케인은 회피력이 너무 부족했으니까.

"김태현······!"

케인은 감동한 눈빛으로 태현을 쳐다보았다. 언제나 구박해도, 태현은 이럴 때 감동을 줬다. 말이 아니라 행동으로 보여주는 우정!

"지금 그럴 때 아니라니까!"

옆에서 사루온이 초조하다는 듯이 말했다. 실제로 몬로소는 계속해서 두들겨 맞고 있었지만, 점점 다양한 스킬들을 사용하고 있었으니까. 카라그와 타락한 족장들이 가만히 있어서 망정이지 그들까지 움직였었다면 벌써 상황은 끝났을 것이다.

-힘이······ 힘이 느껴진다! 악마들이여, 더 나와라! 더! 여기 있는 오크들을 제물로 바쳐서 에다오르를······.

움찔!

태현은 최대한 빨리 잡아야겠다고 생각했다.

타타탁-

"태현 님!"

뒤에서 들리는 사람의 목소리. 오크가 아닌 사람의 목소리에 태현은 의아해했다. 지금 올 사람이 누가 있지?

"여기서 도망칠 수가 없습니다!"

에드안이었다. 태현, 케인, 사루온은 한심하다는 눈빛으로 에드안을 쳐다보았다.

"왜, 왜 그런 눈빛으로?"

"난 또 누구라고……."

"사루온이야 그렇다 쳐도 이 도움 안 되는 인간은 왜 부른 거야? 갈락파드가 낫지 않았을까?"

"나도 그렇게 생각했다."

세 명이 동시에 공격하자 에드안은 억울해했다. 어떻게든 살아남아서 태현이 시킨 일을 하려고 한 이 충성심을 보고 그런 소리를 하다니!

"제가 얼마나 일을 열심히 했는데 이러시깁니까!"

"오, 그래? 창고에서 뭐 좀 훔쳤냐?"

"……소란을 틈타서 훔치려고 했는데 창고에 불이 나서……."

방금 대족장이 미쳐 날뛴 탓에 이 근처 창고는 전부 박살이 나 있었다. 셋의 눈빛이 더 차가워지자 에드안은 고개를 푹 숙였다.

'내 탓 아닌데……!'

"그래. 잘했다. 그냥 저 구석에 박혀 있어."

"갈락파드 부르자니까!"

"갈락파드 그 인간은 힘이 대단하더군."

쑥덕거리는 셋. 에드안은 상처를 받고 구석에 가서 처박혔다.

"내, 내가 그래도 대도적인데……."

"아, 시끄러."

"반드시 제 능력을 보여 드리겠⋯⋯."

"조용히 하고 있어."

-취익, 몬로소 저놈! 너무 튼튼하다! 악마에게 타격이 있는
무기를 갖고 와라!

-췩! 주술사들이 축복을 한 무기들을 꺼내!

-취익, 창고가 박살이 나서⋯⋯.

-췩! 은화살이라도 쏴라!

태현이 이간질을 한 것도 무색하게, 몬로소는 점점 강해지
고 있었다. 근처에 마계의 문을 열고 악마들을 소환해서 부하
로 부리고, 동시에 자기 자신은 계속해서 점점 더 악마로 변해
가고 있었다. 아까까지는 근접 공격만 하던 몬로소가 점점 악
마들의 마법을 다루고 있는 게 그 증거였다.

"카라그 저놈은 왜 가만히 있는 거야? 왜 안 날뛰고 있어?!"

"아까 힘을 쓴 탓에 회복하고 있는 것 같은데."

"저놈은 하는 짓마다 밉상이군."

태현은 투덜거리며 몬로소에게 접근했다.

"비켜! 대미지 못 넣는 놈들은 뒤로 물러서라. 어차피 도움
안 되니까!"

-크흐흐⋯⋯ 그래. 손수 죽여주마. 와라!

"지금 저기서 뭐 진행되고 있는 것 같은데?"

"움직이면 안 됩니까?"

"안 돼!"

장쓰안은 단호하게 말했다. 플레이어들은 웅성거렸지만 이번 퀘스트에서 완벽한 지휘력을 보여준 장쓰안의 말에 반항하지는 못했다. 그만큼 대단한 판단력을 보여줬던 것이다.

장쓰안은 슬쩍 이다비에게 물었다.

"저기, 김태현이 지금 귓속말에 대답을 안 하는데 움직이게 하면……."

"아, 안 된다니까요! 또 멋대로 하시게요?"

"아, 아니…… 그냥 물어본 거야……."

장쓰안은 쭈그러들었다. 이미 몇 번이고 말아먹을 뻔한 걸 태현이 떠먹여서 살려준 탓에, 장쓰안은 뭐라고 강하게 말할 수가 없었다.

'뭘 하는데 귓속말에 대답도 못 하고 있는 거지? 도우러 가야 하는 거 아닌가?'

장쓰안은 고민했지만 답은 나오지 않았다.

"어? 저 자식들 저기 가고 있어!"

"장쓰안 님! 쟤네들 멋대로 움직이고 있어요!"

그러나 언제나 말 안 듣는 놈들은 꼭 있는 법. 요새에서 기다리고 있던 플레이어 중 몇 파티가 요새 문을 열고 뛰쳐나갔다. 최심부 요새에서 뭔가 퀘스트가 진행되고 있는 것 같은데 장쓰안이 막자, 호기심과 욕심에 불이 붙은 것이다.

"가자! 우리가 왜 저놈 말 들어야 하는데?"

"맞아. 지가 뭐라고."

"다들 가만히 있을 때 우리가 먼저 가서 깨면 독점이다! 대박이라고! 잘하면 영지까지……!"

그들의 눈에는 오스턴 왕국의 영지가 아른거렸다.

태현과 몬로소의 싸움은 아까와는 차원이 다른 수준으로 진행되고 있었다. 악마 마법을 빠르게 익힌 몬로소는 허공에서 불러낸 악마들로 발을 묶고, 그 사이 각종 강력한 마법 공격으로 타격하는 방법을 사용했다.

아무리 귀신 같은 컨트롤을 가진 태현이라도 저런 식으로 나오면 다 피할 수가 없었다. 그렇지만 태현에게는 한 가지 무기가 더 있었다.

[회피에 성공합니다.]

-뭐냐! 무슨…….

이제까지 컨트롤로 공격을 상대해 왔기에, 태현의 행운 기반 회피를 본 몬로소는 당혹스러워했다. 그사이 태현은 꾸준히 대미지를 집어넣었다. 에다오르의 대검이 휘둘러지자 몬로소의 몸에서 악마의 피가 튀었다.

[치명타가 터졌습니다! 몬로소의 안에 있는 악마의 피가 흘러나옵니다. 주변이 오염됩니다. 몬로소가 약화됩니다.]

"바로 그거야! 몬로소를 그렇게 약화시키는 거다!"

뒤에서 무릎을 탁! 치며 외치는 사루온. 그 모습에 케인은 어이가 없다는 듯이 말했다.

"넌 안 도와주냐?"

"아니, 나는 지금 도와줄 방법이……."

"……에드안이랑 별 차이가 없군."

"뭐, 뭐라고? 뭐라고 했지?"

타타타탁-

한참 싸우는데 뒤에서 들리는 소리. 다들 깜짝 놀랐다.

누구지?

"우리가 왔다! 앗! 태현 님! 저희가 도우러 왔……."

요새에서 먼저 나온 파티가 도착한 것이다.

"어? 오크들이 안 보인다? 최심부 요새인데?"

"안 보이면 좋은 거지! 빨리빨리 가보자!"

"어, 저기 엄청 덩치 큰 오크가 가만히 서 있는데……."

콰직!

"……으아아아아악!"

도착한 파티는 그대로 날아갔다. 눈을 뜬 카라그가 자기 앞에서 얼쩡대는 파티를 후려친 것이다. 탱커고 딜러고 힐러고 뭐 할 거 없이 그대로 전멸!

"······뭐냐?"

"몰라. 장쓰안이 또 헛짓한 거 같은데."

"먼저 간 파티한테 연락 왔어요!"

"오! 뭐래?!"

요새에서 기다리고 있던 플레이어들은 반색했다. 그들의 친구가 요새에 남아 있었던 것이다.

'만약 퀘스트 진행되고 있으면 바로 먼저 뛰쳐나가야지.'

'나만 여기 있을 수는 없지.'

"······어 ······바로 전멸했다는데요?"

"······뭐?"

"진짜? 아니, 뭘 했는데 바로 전멸이야? 튀지도 못하고? 거짓말 아냐?"

"자기들끼리 퀘스트 먹으려고······."

"에이! 나도 가본다!"

"야, 야!"

그리고 잠시 후.

"······얘네도 전멸했다는데요?"

타탁, 타타탁-

또 어디서 다급히 달려오는 소리. 몬로소와 싸우던 태현은 짜증을 냈다.

"아, 도움도 안 되는 놈들은 왜 자꾸 나눠서 와서 죽는 건데!? 올 거면 차라리 다 같이 와서 인간 방패나 하라고 해!"

그러나 이번에 온 건 플레이어 파티가 아니었다.

타타타탁-

"오크 친위대다! 오크 친위대가 왔어!"

-칙! 오크 친위대! 여기다! 오크 친위대, 왜 이렇게 늦었나!!

태현도, 몬로소도 깜짝 놀랐다.

지금 오크 친위대가 나타나면 어떻게 되는 거지?

-오크 친위대! 내 말을 들어라! 이 반역자 놈들을 전부 죽여 버려!

몬로소는 기세등등해서 외쳤다. 그 모습에 몬로소를 공격하던 오크 족장들이 기가 막혀서 말했다.

-칙, 몬로소! 미친 거냐! 어디서 대족장을 속인 놈이 오크 친위대에게 명령이냐!

-취익! 오크 친위대! 저놈이 대족장을 속였다! 찢어 죽여라!

오크 족장들이 분노해서 날뛰었지만 몬로소는 비웃었다.

-멍청한 놈들! 오크 친위대는 대족장의 권위, 이 신물에 복종한다! 이 신물이 누구의 손에 있지?

몬로소는 〈오크 선조들의 해골 목걸이〉를 들고 흔들어 보였다.

-너희 대족장은 의식도 잃어버리고 타락한 상황! 즉 명령을 내릴 수 있는 건 이 목걸이를 가진 나라는 거다! 자격도 없는 너희 놈들이 아니라!

-칰! 이런 죽일 놈!

오크들은 욕설을 퍼부었고, 몬로소는 그런 그들을 조롱했다. 그리고 에드안은 몬로소 뒤에서 나타났다.

"으아아! 〈대도적의 비술〉!"

몬로소는 처음에는 상황을 받아들이지 못했다.

지금 위협적인 건 저기서 폭주하고 힘을 회복하고 있는 카라그와 타락한 족장들. 그리고 그를 노리고 덤벼드는 멀쩡한 오크 족장들과 전사. 마지막으로 정체불명의 힘을 사용하는 마탑 출신의 사악한 배신자 김태현. 딱 거기까지였다. 어디서 듣도 보도 못한, 창고 털다가 들켜서 도망친 도적놈은 적으로 생각지도 않고 있었던 것이다.

그런데 지금, 그 도적놈이 그의 손에서 〈오크 선조들의 해골 목걸이〉를 채서 달아나고 있었다.

-이, 이, 이, 도둑놈의 새끼가……!

"태현 님! 살려주십쇼!"

"잘했다, 에드안! 뛰어!"

-아키서스의 신성 영역!

생각지도 못한 에드안의 성과! 과연 (자칭) 전 대도적다운 은신 스킬과 도둑질 스킬이었다. 아무리 방심하고 있었다지만 저 상태의 몬로소를 상대로 도둑질을 성공할 줄이야! 태현은 에드안을 지원하기 위해 바로 신성 영역 스킬을 사용했다.

파아아아아앗-!

온갖 악마들로 인해 오염되었던 주변이, 아키서스의 신성력으로 인해 강력하게 정화되었다.

-어디를 가려고!

몬로소는 에드안을 향해 분노의 스킬을 사용했다.

악마의 창이 에드안의 등짝을 향해 날아가다가…….

공중에서 폭발했다.

[스킬이 실패합니다.]

-이게 무슨…… 너, 아키서스의 신도였나!

그제야 몬로소는 태현의 정체를 깨달았다. 신도는 아니고 화신이었지만!

"에드안, 명령 내려라!"

"예??"

"목걸이, 자식아! 훔쳤으면 써야 할 거 아냐!"

"어, 어…… 그러니까……."

에드안은 태현의 말을 알아듣고 머리를 굴렸다. 그리고 목걸이를 들고 외쳤다.

"대족장의 권위로 말하노니, 모두 저 몬로소란 놈을 때려죽여라!"

"잘했다."

"후후, 이걸로 제 능력은 증명된……."

"목걸이는 내놔."

"아, 네."

은근슬쩍 품속으로 목걸이를 집어넣으려던 에드안은 시무룩해져서 태현에게 목걸이를 바쳤다.

-췩. 죽어라. 몬로소!

-이놈들! 내가 대족장이다! 너희들의 주인이란 말이다!

몬로소의 발악과 상관없이, 오크 친위대의 공격이 시작되었다.

[<친위대의 사냥감>이 발동됩니다. 포위망 안의 상대는 모든 능력치가 하락합니다. 도망칠 수 없습니다.]

오크 친위대의 공격은 족장들의 공격과 차원이 달랐다. 각자마다 차이가 큰 족장들의 전투력과 달리, 전부 다 준 보스 몬스터 수준의 전투력에, 협동으로 스킬을 사용하는 게 절묘했다.

-축복받은 오크 기름! 속삭이는 정령의 무기!

몬로소를 포위망에 가둔 오크 친위대는 악마 상대로 효과 좋은 버프를 건 다음 닥치는 대로 두들겨 패기 시작했다. 보고 있는 태현의 등골이 오싹해질 정도의 공격!

'생각해 보니 몬로소 아니었으면 저 공격을 내가 당했어야 했잖아?'

-크악! 크악! 크아악!

〈아키서스의 신성 영역〉 때문에 마법이란 마법이 전부 실패해서, 몬로소는 제대로 된 저항도 못 하고 두들겨 맞았다.

[아키서스의 신성 영역이 풀립니다.]

-이놈들! 반격을……!

스킬이 풀리자 몬로소는 비틀거리며 마법을 사용하려고 했다. HP는 30%가 남아 있었지만 아직 그에게는 마법이…….

-아키서스의 권능: 저주!

태현은 기회를 놓치지 않았다. 몬로소는 죽일 수 있을 때 죽여야 한다. 대족장은 미쳐서 내버려 둬도 안 쫓아올 것 같지만 몬로소는 확실히 그를 쫓아올 테니까!

……이 찢어 죽일 아키서스의 잡놈아!! 크아아아아악!

〈아키서스의 권능: 저주〉. 사람 한 명 게임 접게 만드는 스킬로는 최강인 스킬!

[아키서스의 권능: 저주가 시전됩니다. 행운이 지속적으로 소

모됩니다.]

　-크악, 크악, 크아아악!
　몬로소의 저항은 점점 둔해졌다. 슬슬 막타를 넣어도 될 것 같자, 태현은 재빨리 명령했다.
　"에드안. 멈추라고 해라."
　"네?"
　"멈추게 하라고!"
　"아, 예! 멈춰! 멈춰라!"
　-췩?
　오크 친위대는 일단 멈췄다. '저놈이 왜 저러나' 하는 얼굴이었지만. 그 사이 태현은 재빨리 달려들었다.

　-완벽에 가까운 연격, 치명타 폭발!

　-크아아아아아아악!

[타락한 악마술사, 몬로소가 영원한 잠에 빠져듭니다.]
[명성, 신성이 크게 오릅니다.]
[에랑스 왕국 마탑의 마법사들이 이 소식에 기뻐합니다.]
[레벨 업……]

　몬로소 레이드 성공. 레이드 성공보다 더 기쁜 건, 한 번에 레벨이 4가 오른 덕분에 드디어 90을 찍었다는 점이었다.

"와! 레벨이 10이 올랐어! 김태현! 대단해!!"

옆에서 미친 듯이 기뻐하는 케인! 레벨 169인 랭커인 케인이 한 번에 레벨이 10 오를 정도면, 대체 저 몬로소 놈 경험치가 얼마만큼 인지…….

게다가 케인은 레이드 기여분이 태현보다 훨씬 적었다.

'100 중후반대인 랭커들 말에 따르면, 100 중후반대부터는 필요 경험치가 엄청나게 늘어서 레벨 업이 더럽게 힘들어진다고 들었는데…….'

생각하려던 태현은 생각을 멈췄다. 다른 사람은 다른 사람, 태현은 태현!

상태창을 확인하니 새삼스레, 정말 열심히 키웠다는 생각이 들었다. 다른 사람들이었다면 레벨 50도 못 찍고 헤매고 있었을 것이다.

'이 와중에 행운은 또 5,000을 바라보고 있군…….'

몇몇 스킬을 쓸 때 행운을 소모했는데도 다시 행운이 5,000을 바라볼 정도로 성장해 있었다. 레벨 업 할 때 랜덤 스탯 보너스가 행운에 붙은 게 분명했다.

'……힘이나 민첩, 하다못해 체력이나 지혜에 붙을 것이지 왜 이미 충분히 높은 행운에…….'

공포 : 2,510
명성 : 14,100

악명 : 20,160

신성 : 5,083

'이제 명성을 악명보다 높이는 건 무리일 거 같기도…….'

그냥 악명 높은 상태를 받아들이고 플레이해야 하지 않을까? 하는 생각이 들 정도의 악명 스탯. 흑흑이를 소환하고 나서 얻은 엄청난 악명 때문이었다. 대폭 차이를 좁히긴 했지만, 태현이 워낙 퀘스트를 깰 때마다 악명을 얻는 사람이다 보니 한계가 있었다.

다른 랭커들은 명성이 네 자릿수면 '와! 진짜 명성만 죽어라 올렸나 보다!' 하고 찬양받는데, 태현은 혼자 다섯 자릿수에서 놀고 있었다. 사실, 명성이나 악명보다 더 직접적으로 태현한테 영향을 끼치는 건 신성 스탯이었다. 교단 운영이나 스킬을 쓸 때도 필요했지만, 태현이 갖고 있는 〈신성 권능〉 스킬 때문에 신성 스탯은 더 필요했다. 신성 스탯에 영향을 받는, 대미지를 감소시켜 주는 패시브 스킬!

〈아키서스의 화신〉 스킬은 대부분 맞기 전에 회피를 하는 것에 몰려 있었다. 그런 상황에 회피가 아닌, 대미지를 감소시켜 주는 〈신성 권능〉 스킬은 매우 귀하고 유용했다.

안 그래도 태현은 레벨이 낮은 것으로 인해 필연적으로 부족한 HP를 스킬과 컨트롤로 보완하고 있는 상황이었으니까! 피하고 회피하면 상관이 없지만, 대미지가 들어가기 시작하면 태현도 위험해지는 것이다. 그런 면에서 신성 권능은 태현의 추가 목숨이라고 볼 수 있었다.

'스킬은……'

은신 스킬과 마법 스킬이 드디어 고급을 찍었다는 게 태현을 기쁘게 만들었다. 마법 스킬은 여전히 쓸 수 있는 마법이 몇 개 없다는 점이 문제긴 하지만!

즉, 현재 태현이 갖고 있는 고급 스킬은……

고급 검술 4(5%), 고급 마법 1(2%), 고급 은신 1(4%), 고급 화술 9(42%), 고급 기계공학 7(41%), 고급 대장장이 기술 5(2%), 고급 전술 6(11%). 이 정도!

다른 사람들은 하나, 많으면 두 개의 스킬을 주력으로 키우며 고급을 찍으면 '와 스킬 좀 키울 줄 아는 놈인가?' 취급을 받는데, 태현은 무려 6개의 스킬을 고급으로 찍은 상태였다. 인간의 영역을 벗어난 캐릭터 성장!

엄청난 노가다와 아키서스의 화신 직업 특성, 대형 퀘스트로 인한 스킬 보상이 아니었다면 불가능한 일이었다.

'화술은 뭘 했다고 벌써 9야? 1만 올리면 최고급 찍겠는데?'

다른 스킬들, 검술이나 마법은 올리려고 애를 써도 낮게 오르는데 화술은 별생각이 없어도 너무 잘 올랐다. 고급 화술인데도 이 정도라면, 최고급을 찍으면 대족장 카라그하고도 친해질 수 있을지 몰랐다. 최고급을 넘어 전설을 찍는다면? 그건 태현도 상상이 가질 않았다.

애초에 스킬을 전설까지 찍는다는 건, 그 스킬의 끝을 보았다는 걸 의미했다. 최고급까지와는 달리 그냥 올린다고 쉽게 찍을 수도 없을뿐더러, 온갖 퀘스트를 거쳐야 할 것이다.

'지금 생각할 필요는 없지. 먼일이니까. 음…… 이렇게 된 이상 다음은 중급 요리를 고급 요리로 만들어볼까? 고급 스킬을 최고급으로 만드는 것보다는 그게 더 쉬울 것 같은데…….'

다른 사람들이 들었다면 '그만 올려, 미친놈아!'라고 했을 계획!

-칙, 칙. 인간.

"응?"

-……몬로소를 잡았는데 왜 대족장님은 돌아오지 않는 거지?

"아."

빠르게 상태 창을 확인하고 있던 태현은 재빨리 현실로 돌아왔다. 몬로소는 쓰러졌지만 아직 현실은 남아 있었다. 최심부 요새는 악마들의 화염으로 반파되었고, 카라그와 타락한 족장들은 다시 힘을 회복하고 있었던 것이다.

오크 족장들은 아무래도 몬로소가 쓰러지면 대족장이 정신을 차리지 않을까 기대한 모양이었는데, 현실은 냉정했다.

'그리고 정신을 차리지 않는 게 나한테 더 좋기도 하고.'

카라그가 미쳐 있으면? 태현이 도망쳐도 별로 신경 쓰지 않을 것이다. 그렇지만 카라그가 제정신이라면?

'나하고 케인부터 찢어 죽이려고 하겠지!'

한 놈은 자기를 태워 죽이려고 했고, 한 놈은 자기 아들을 죽였다고 알고 있으니…….

-칙, 인간! 지금 대족장님이 다시 움직이려고 한다. 어떻게 해야 하지?

"음. 그래. 이런 상황을 대비해 생각해 놓은 대책이 있지."

-취익! 그게 무엇인가! 알려다오!

"튀어!"

태현이 말하자마자, 케인과 에드안은 재빨리 태현을 따라 달리기 시작했다. 오랫동안 같이 호흡을 맞춘 덕분에 이 정도로는 놀라지도 않았다. 사루온은 한 박자 늦었다.

"뭐, 뭐야? 같이 가자고!"

-칙, 취익! 인간! 거기 서라! 뭐 하는 거냐!

"너희들도 튀는 게 좋을 거야! 그 대족장 보라고! 힘 회복하면 다시 날뛸 텐데 그걸 감당할 수 있겠냐!"

태현과 케인은 거리를 벌리면서 바로 오토바이를 꺼내 탔다. 그리고 전속력으로 도망치기 시작했다. 애초에 몬로소를 잡기 전에도 도망치려고 했었다. 몬로소가 발목을 잡아서 그렇지. 몬로소를 잡았다고 그 기세를 몰아 카라그를 잡겠다고 나설 정도로 태현은 멍청하지 않았다. 둘은 딱 봐도 수준이 달랐다.

-취익! 인간! 인간!!

그렇게 태현 일행은 떠나갔다. 우르크 지역의 오크들을 박살 내놓고!

"우르크 지역의 오크들은 다 흩어지고, 카라그와 타락한 오크들은 최심부 요새에 남아 있다네요. 파티 몇몇이 도전해 봤는데 바로 전멸해서 지금 아무도 갈 엄두를 못 내고 있다고……."

"그러면 오스턴 왕국 영지 퀘스트는?"

"카라그 목을 가져오는 거니 무산됐죠. 지금 보니까 대부분 다 포기한 분위기던데……."

"하긴, 영지 얻는 게 그렇게 쉬울 리 없지."

퀘스트의 난이도를 몇 배는 올려놓은 주제에 저런 말을 하는 태현! 그러나 다른 플레이어들은 침묵했다. 지금 태현에게 밉보여서 좋을 게 없었으니까! 가장 먼저 손을 든 건 장쓰안이었다.

"저, 김태현?"

"그래. 말해봐라. 플레이어들을 멋대로 돌진시켜서 날 몇 배로 귀찮게 만든 장쓰안!"

악의가 펄펄 넘치는 설명. 그러나 장쓰안은 굴하지 않았다.

"그, 그건 그렇지만 어쨌든 잘 풀리지 않았어? 끝이 좋으면 다 좋은……."

"그건 네가 할 소리가 아니지."

"맞아 이 자식들아! 이 꼴을 보라고!"

태현의 말을 듣던 케인이 울컥해서 끼어들었다. 케인은 이제 이 반인반마 종족 상태를 어떻게 해야 하나 고민해야 했다. 장쓰안은 별생각 없이, 순수한 뜻으로 말했다.

"그런데 넌 볼 때마다 험한 꼴을 겪는 거 같군."

"……저놈 저거 이번 퀘스트에 방해만 됐는데 약속한 거 주지 말자!"

"어, 어? 아, 아니! 나쁜 뜻으로 한 말은 아니었는데!"

"꺼져! 너도 마셔라! 너도 마시면 인정해 준다! 마셔! 마시라고!"

"그만해. 케인. 어쨌든 장쓰안 네가 비록 온갖 트롤링에 내 발목을 잡고 쑤닝이 스파이로 보낸 거 아닌가 싶을 정도로 훼방을 놓았지만……."

쿡쿡 찌르는 태현의 말. 장쓰안은 사람이 직접적으로 욕을 하지 않고도 이렇게 괴롭힐 수 있다는 걸 새롭게 배웠다.

"나는 한 번 약속한 건 지킨다!"

경악하는 주변!

"왜 다들 놀라지?"

"아, 아무것도 아닙니다."

"자. 받아. 제작법이다."

제작법을 건네는 태현. 장쓰안은 받아들고 멈칫했다.

"크윽……!"

"너 우냐?"

"안, 안 운다."

"이상하게 이 〈차가운 울음의 검〉 제작법을 받는 놈들은 맨날 울더라."

장쓰안 포함해서 두 명이지만, 둘 다 받을 때 울기 직전이었다.

"그러면 난 이만 가본다."

"그래. 잘 가라, 장쓰안."

"잘 가세요, 장쓰안 씨."

"잘 가라, 퀘스트 내내 한 거 없이 트롤링했지만 좋은 부분은 다 뺏어 먹은 놈아. 뭐? 전술의 신? 지휘의 천재?"

호다닥!

장쓰안은 뒤도 돌아보지 않고 가버렸다. 케인의 말이 살벌하게 날아왔던 것이다.

"그만하라니까."

"나는 포로로 잡혀서 고생하는데……. 저 자식은……. 크흑! 원래 저기가 내 자리였어야 했다고!"

케인은 분통을 터뜨렸다. 원래라면 태현이 없을 때 지휘관의 역할은 케인이 맡았을 것이다. 지금 게시판에서 장쓰안의 이미지는 그야말로 상승 중이었다.

-장쓰안 생각보다 잘하더라? 호구인 줄 알았는데.

-야, 썩어도 랭커잖아. 근데 지휘 잘하는 건 의외였다. 랭커 중에서도 지휘 잘하는 놈들 드물던데.

랭커라고 수천 명이 넘는 전장을 빠르게 파악하고 지휘를 내릴 수 있는 건 아니었다. 그런 면에서 이번 퀘스트에서 장쓰안은 완벽에 가까운 겉모습을 보여줬다.

-근데 원래 그렇게 돌격하는 거야? 그런 식으로 무작정 돌격 명령만 내리는 건 처음 봤는데.

-다 계산하고 돌격 명령을 내렸겠지. 세상에 어떤 미친놈이 그런 것도 계산 안 하고 명령을 내렸겠어?

억울함에 몸부림치는 케인을, 파워 워리어 길드원들이 달래 줬다.

"괜찮아요, 괜찮아. 다음에 하면 되죠."

"케인 님도 이미지 좋아요! 호ㄱ…… 아니, 랭커로!"

"너희 방금 나보고 호구라고 하려고 하지 않았나?"

"아, 아닌데요?"

"아니긴 뭘 아냐! 예전부터 너희 길드원들이 날 쳐다보는 눈 빛이 이상했어!"

울컥해서 길드원들의 손을 쳐내는 케인이었다.

"아니라니까요. 저희가 얼마나 케인 님을 좋아하는데."

"맞아요. 장쓰안 악플 달아드릴까요?"

케인은 눈빛을 빛냈다. 거절할 수 없는 사악한 속삭임!

"야. 그만해. 장쓰안은 나중에 또 써먹어야 할지도 모른다고."

태현은 케인의 뒤통수를 한 대 때리며 말했다.

"뭐? 어떻게?"

"언제나 방법은 만들어내면 나오는 법이지."

장쓰안도 랭커고, 원하던 건 다 얻은 상태. 그런데도 태현은 한 치의 흔들림 없이 '장쓰안을 부려먹을 수 있다!'고 말했다. 그 자신감에 파워 워리어 길드원들은 새삼 반했다.

-역시 협박의 달인!

-아냐, 협박의 신이야!

-협박의 마에스트로! 배우고 싶다! 제자로 들여달라고 하고 싶다!

그렇게 떠드는 사이, 헛기침을 하는 사람이 있었다. 앨콧이었다.

"응? 넌 왜 여기 있냐? 안 가고?"

오크 부족들이 쪼개지고 악마화한 카라그가 최심부 요새를 점령한 이후, 플레이어들은 다 흩어졌다. 태현 파티도 퀘스트 정리만 하면 파워 워리어 길드원 같은 사람들은 보내고 다음 퀘스트에 들어갈 생각이었다.

"저, 그게 말이지……. 그러니까 말이야!"

"저, 저 사람 흉계를 꾸미고 있는 게 분명해요!"

머뭇거리는 앨콧을 보고 김세형은 공포에 질려 속삭였다. 태현에게만 들리게 말하려고 했지만, 주변이 조용해서 앨콧의 귀에도 들어갔다. 인상을 찌푸리고 김세형을 노려보는 앨콧!

'저 자식 대체 나한테 뭔 원한이 있어서 계속 훼방만 놓는 거야?'

"힉! 노려본다! 노려보잖아! 저거 봐! 김태현 선배님. 저놈 위험한 놈이에요!"

앨콧은 김세형을 무시하고 입을 열었다. 저놈 상대하다가는 정말 끝도 없겠다!

"파워 워리어 길마에게 말은 들었겠지만……."

태현은 의아하다는 표정을 지었다. 뭔 말?

그 기색을 눈치챈 앨콧은 당황해서 외쳤다.

"잠깐, 말 안 전해줬어?!"

"아아. 그 말? 물론이지. 전해 들었어."

뭔지는 모르겠지만 태현은 눈 하나 깜박이지 않고 거짓말을 했다. 너무 태연한 거짓말에 앨콧은 바로 넘어갔다.

"그, 그래. 어쨌든…… 우리 사이 괜찮은 거 맞겠죠?"

주변에 있던 다른 사람들은 앨콧의 말을 듣고 고개를 갸웃거렸다. 저 랭커는 왜 와서 '우리 사이 괜찮은 거지?' 같은 의미심장한 대사를 던지는 걸까?

"저 사람 왜 저럽니까?"

"그러게? 뭐 하는 사람이길래?"

뒤에서 들리는 잡음은 무시하고, 태현은 대답해 줬다.

"물론이지. 우리 사이 아주 괜찮다. 무슨 사이였는지는 모르겠지만."

"그, 그래! 좋아. 이만 안심하고 가보겠습니다. 생색내려고 하는 말은 아닌데 정말 고생이 많았다고요."

"생색내려고 하는 말이 아니면 굳이 말할 필요 없는데."

"……예……. 어쨌든 〈카르바노그의 무딘 창〉도 내버려 두고 열심히 했다는 걸 좀 알아줬으면 한다……. 그런 이야기였습니다……."

"콜록, 콜록!"

갑자기 사레라도 들린 것처럼 요란하게 기침을 해대는 에드안.

"뭐 잘못 먹었나?"

"아, 아무것도 아닙니다."

앨콧도 장쓰안처럼 용건이 끝나자 후다닥 사라졌다. 그걸 본 에드안은 조심스럽게 말했다.

"저, 태현 님. 있잖습니까."

"뭐가 있는지는 모르겠지만 빨리 말해라."

"그, 그게 이번에 제가 그 오크들의 목걸이도 훔쳐 오고 공을 많이 세웠는데……."

"그랬지."

태현은 고개를 끄덕였다. 〈오크 선조들의 해골 목걸이〉. 대족장의 권위를 상징하는 무시무시한 아이템! 문제는 지금 이걸 써먹을 오크 부족들이 공중분해 되었다는 거였지만, 그걸 제외한 아이템 효과만 봐도 엄청난 아이템이었다. 특히 오크 종족 플레이어들이 이걸 보면 눈이 뒤집힐 것이다.

"원래 공을 세우면 그만한 죄는 상쇄되지 않습니까?"

"너 뭔 사고 쳤냐?"

바로 나오는 태현의 반응! 에드안은 움찔했다.

"아, 아니. 큰 사고는 아니고요……. 그때 창고에서 훔치라고 하셨잖습니까……."

"아. 그랬지. 잘 훔쳤지?"

카라그가 최심부 요새를 반파시켜 버린 덕분에, 창고도 통째로 날아가 버렸다. 많이 아쉬웠지만 태현은 그래도 안심하고 있었다. 에드안을 시켜서 창고를 탈탈 털라고 했었으니까.

'우르크 오크 부족의 보물창고를 털었으니 내 장비 새로 맞출 정도의 재료는 나왔겠지?'

"……여기요."

달랑 창 하나 꺼내 내미는 에드안. 태현은 설마 싶었다.

"하…… 하하. 농담이지. 그치?"

"……."

"다른 건 다른 데에다 숨겨놓은 거지? 그렇지? 보석이나 광석 주괴 같은 건 부피가 크니까……."

털썩! 무릎 꿇는 에드안!

"……폭탄으로 만들어 버린다!"

"으아아악!"

순간 태현도 평정심을 잃어버렸다.

얼마간 에드안의 목숨을 건 술래잡기를 한 이후, 태현은 진정하고 한숨을 쉬었다.

"그래……. 네가 무슨 죄냐. 널 믿은 내가 잘못이지."

"……."

"대도적이란 놈이 기껏 이거 하나 훔치다니……. 응? 이름이 〈카르바노그의 무딘 창〉?"

태현은 카르바노그란 이름을 보고 움찔했다.

슬픈 눈빛으로 바라보던 그 신. 설마 이거 저주 아냐?

'아, 아니. 이 상황은 카르바노그랑 상관이 없잖아. 그냥 에드안이 멍청한 짓 한 거고…….'

카르바노그의 무딘 창:

내구력 ∞/∞, 공격력 0.

스킬 '카르바노그의 발목 공격' 사용 가능.

카르바노그의 인정을 받아야 착용 가능.

카르바노그의 성물 중 하나인 카르바노그의 창이다. 비록 날이 무뎌져 있지만 그 힘은 여전히 남아 있다. 카르바노그의 인정을 받은 자만이 이 창을 다룰 수 있을 것이다.

아이템 등급: 전설.

[당신은 카르바노그의 인정을 받았습니다.]

[<카르바노그의 무딘 창>을 사용할 수 있습니다.]

[사라진 성물을 찾아준 것에 카르바노그가 기뻐합니다.]

[당신에 대해 카르바노그가 더욱 기대하기 시작합니다.]

태현은 할 말을 잃었다. 이게 뭔 종교 권유도 아니고, 이제 주변 사람이 찾아오는 아이템으로 메시지가 뜬단 말인가.

'무시한다!'

메시지창은 무시하고 태현은 아이템을 확인했다. 오랜만에 보는 내구력 무한대의 아이템. 그렇지만 공격력이 0이었다.

한마디로…… 예능용 아이템!

'이런 건 보통 장난칠 때 쓰는 장비인데.'

판온에서 공격력 0인 장비들은 종종 있었다. 휘두르면 웃기는 소리가 나거나, 이상한 색깔의 빔이 나가거나 등등. 기계공학으로 만들 수 있는 장비 중에서도 그런 게 있었다. 문제는 이 장비가 그런 장비일 수가 없다는 점이었다.

장비 자체도 카르바노그의 성물이었고, 무엇보다 아이템 등

급이 무려 전설! 가장 높은 등급의 아이템이었다. 이쯤 되면
분명 뭔가 숨겨져 있다고 봐야 했다.

'뭐 숨겨진 퀘스트를 깨면 강화가 되나? 아니, 근데 카르바노
그 퀘스트 깨기 싫은데……'

왠지 모르게 한번 깨기 시작하면 영원히 코 꿰일 것 같은 불
길함!

<카르바노그의 발목 공격>
상대방을 무조건 넘어뜨립니다.

패시브 스킬! 이 창만 쓰면 언제든지 발동이 된다는 것이었다.

'뭐지? 특이한데?'

"케인?"

"왜?"

태현의 부름에 케인은 순진무구한 눈동자로 다가왔다. 태현
은 케인을 향해 창을 휘둘렀다.

"으억?!"

케인은 재빨리 피했지만 태현이 작정하고 찌르는 것보다 빠
르게 반응할 수는 없었다.

샥-

살짝 어깨가 스친 케인. 대미지는 입지 않았지만…….

[넘어집니다!]

쿠당탕!

"오호. 이런 거군."

태현은 감을 잡았다. 일단 창에 닿기만 하면 무조건 넘어뜨리는 장비!

'생각보다 쓸 만한데?'

공격 시에는 넘어뜨리고→무기를 바꿔야 한다는 점에서 쓰기 애매했다. 차라리 태현 말고 다른 사람들이 쓸 수 있다면 넘겨줘서 쓰게 했을 텐데, 카르바노그의 인정은 태현만 받았으니 그것도 안 될 것이고. 즉 이 〈카르바노그의 무딘 창〉을 가장 잘 쓸 수 있는 곳은…… 도망칠 때!

'한 대 먹이고 바로 돌아서서 튀고, 거리 좁히면 또 한 대 먹이고……'

당하는 상대방이 얼마나 열이 받을지 벌써 상상이 갔다. 〈카르바노그의 무딘 창〉을 어떻게 써먹을지 궁리하던 태현은 문득 생각이 들었다.

'근데 이렇게 머리를 굴려야 써먹을 수 있는 아이템보다는 그냥 평범하게 성능 좋은 아이템이 더 낫지 않나?'

당연하다면 당연한 의문! 태현은 워낙 쓰레기 같은 직업이나 아이템이 나와도 '이걸 어떻게든 쓸 수 있을 거야' 하는 사람이었다. 잔에 상한 우유가 반쯤 담겨 있을 때 일반인은 '에이 우유가 상했네'라고 하겠지만, 태현은 '흠 저걸 누군가에게 먹일 수 있지 않을까?' 하는 사람!

어쨌든 그래서 그런 마음으로 이제까지는 그냥 받아들였는데, 생각해 보니 괜히 억울해졌다. 중앙 대륙의 유명한 교단 관련 아이템들은 그냥 다 평범하게 성능 좋은 아이템인데, 왜 태현과 관련된 신들은 다 성능이 이상하단 말인가!

"태현 님."

"응?"

고민하던 태현에게 이다비가 말을 걸었다. 태현이 몸을 돌리자 이다비가 한 걸음 물러섰다.

"잠깐. 그 창은 좀……."

"안 찔러, 안 찔러. 왜 찌르겠어 내가?"

"……나는 뭔데 이 자식아?"

넘어진 케인이 꿍얼거렸지만 태현은 무시했다.

"오크들의 보물 창고를 털고 싶어 하셨잖아요?"

"그랬지?"

"카라그가 난리를 쳐서 박살이 났겠지만, 보석이나 광석 같은 건 장비 아이템과 달리 잘 안 부서지니까 창고 잔해 뒤지면 나오지 않을까요?"

"아, 그렇긴 하겠네."

상인 직업답게, 이다비는 이야기를 듣고 허점을 놓치지 않았다.

"그런데 지금 거기 카라그가 자리 잡고 있다며?"

악마의 피를 받아들이고 맛이 가버린 카라그는 박살 난 최심부 요새에 남아 그대로 자리를 잡아버렸다. 즉 창고의 아이템을 발굴하려면……. 카라그와 맛이 간 오크 친구들을 뚫고 들어가야 한다!

오싹-

케인과 에드안은 재빨리 자리에서 일어서 한 걸음 뒤로 물러섰다. 둘 다 무언가를 직감한 것이다.

"안 시키니까 걱정 마라."

"진짜? 진짜지?!"

"믿고 있었습니다, 태현 님!"

케인과 에드안은 격하게 반응했다. 태현은 고개를 끄덕이며 말했다.

"아무리 그래도 아이템 좀 더 챙기자고 거기 가는 건 너무 위험하지. 그 정도로 만만한 놈도 아니고……."

거기 창고에 무슨 목숨을 걸 만큼의 아이템이 있는 것도 아닌데 그런 일을 할 필요가 없었다.

"그렇긴 하네요."

"그렇지. 만약 하려면 일단 케인을 앞으로 세워서 미끼로 삼은 다음 에드안을 들여보내서 잔해더미를 뒤지게 하는 식이겠지만……."

묘하게 구체적인 계획!

"안, 안 시킨다면서?"

"아니, 그냥 한다면 어떻게 할지 이야기하는 거잖아?"

'……우르크 지역에서 최대한 빨리 벗어나야 해!'

케인은 결심했다. 절대 돌아오지 않겠다고!

"어? 어디 가냐?"

바닥에 누워서 뒹굴거리는 케인을 보며, 태현은 떨떠름한 표정을 지었다. 취업 못 한 아들을 쳐다보는 부모님의 기분!

"촬영하러 간다."

"뭐? 촬영? 맛있는 거, 사 와! 근데 뭘 촬영?"

"광고 모델. 이세연이랑 같이 찍어야 해."

"헉, 부럽다! 왜 너만 좋은 거 해…… 으아악! 으악! 왜, 왜?!"

분위기 파악을 못 하고 떠들던 케인은 태현한테 멱살을 잡혀 앞뒤로 흔들렸다.

"야, 캡슐 들어가. 게임 안이면 패도 괜찮으니 편한데."

"네가 말하면 진심 같으니까 무섭다고!"

"진심이거든?"

태현이 케인을 괴롭히는 동안, 최상윤이 하품을 하며 안에서 나왔다.

"뭐야, 케인이 또 케인했어?"

짧은 사이 숙소에 퍼진 유행어!

"나 촬영하러 갈 테니까 둘이 알아서 놀고 있어."

"오. 스폰서 따오는 거야?"

"뭐?! 스폰서?! 진짜?!"

스폰서! 그건 뭔가 잘나가는 것 같은 게임단의 상징! ……까지가 케인의 상상력의 한계였다. 벌떡 일어서는 케인.

태현은 혀를 쯧쯧 차며 말했다.

"김칫국부터 마시지 마라. 아직 아무것도 결정된 거 없으니까."

"그래도 그게 어디야! 아, 맞다 저번에 〈혼자 사는 인간들〉 PD님이 전화해 주셨…… 으아아! 왜?! 왜?!?"

다시 케인은 멱살을 잡혀 앞뒤로 흔들리기 시작했다.

"피곤해 보이는데, 괜찮아?"

"피곤한 거 아니야. 그냥 케…… 아니, 게임단 놈들을 어떻게 관리해야 하나 생각하고 있었지."

"하긴. 너 같은 경우는 감독이나 코치 없이 너희들끼리 훈련 메뉴 짜고 진행해야 하니 몇 배로 힘들겠네."

이세연은 알겠다는 듯이 고개를 끄덕였다. 태현은 순간 어라 싶었다. 그들이 뭐 훈련을 하고 있었나?

'잠, 잠깐. 훈련도 따로 시켰어야 했나?'

생각해 보니 다른 게임단들은 눈에 불을 켜고 각종 대회를 준비하고 있을 텐데, 팀 KL은 너무 안일하게 있는 거 아닌가?

"기존 게임단에 들어가는 게 아니라 신생 게임단을 만들었을 때에는 좀 놀랐는데…… 보니까 알아서 잘하고 있는 모양이네."

"물, 물론이지."

이세연은 고개를 갸웃거렸다. 방금 태현의 목소리가 좀 갈라졌던 것이다.

"방금……."

"너도 게임단을 만들지 그래?"

재빨리 화제를 돌리는 태현! 이세연은 의심하지 않고 넘어갔다.

"나는 무리야. 지금 스케줄이 안 그래도 빡빡하거든."

"아, 예. 그러시겠죠. 게임도 하고 방송도 하고~ 잠깐. 때리지는 말자."

태현의 옆구리를 찌르려 손을 들었던 이세연은 손을 내렸다.

"그리고 보니, 너 여기 브랜드 모델 한 적 있어?"

"……보통 오기 전에 좀 찾아보지 않아? 응. 있지."

프로스다스 브랜드는 판온 관련 이벤트를 많이 하는 브랜드였다. 이세연 같은 유명 랭커+유명 방송인은 절대 빼놓을 수 없는 사람이었다.

"어때?"

"전체적으로 어떠냐고? 그냥 무난해. 촬영장 분위기도 재밌고. 담당하는 분도 재밌고. 너도 여기하고 사이좋게 해서 나쁠 건 없을 거야. 나는 전속 계약은 안 했지만 꾸준히 시즌 촬영은 하고 있거든."

이세연의 말에서는 연예인 선배로서의 진지한 충고가 느껴졌다. 물론 태현이 그런다고 '감사합니다, 선배님!' 할 사람은 아니었다.

"전속 계약 아니었어?"

"아니었어."

"전속 하기에는 좀 부족해서?"

"……저쪽 전속 해주기에는 내가 아까워서! 이게 좋은 마음으로 충고를 해줘도 진짜!"

"욱."

이세연의 공격이 옆구리에 박혔지만, 단련한 덕분에 태현은 흔들리지 않았다.

'저쪽이 부족하냐는 질문이었는데……'

둘을 맞이한 프로스다스의 김 팀장은 이동팔 대표를 떠올리게 만들었다. 한마디로 느끼한 미남 느낌!

"대표님은 잘 지내시지?"

"물론이죠."

"한번 뵙고 싶은데 서로 바빠서…… 참."

'형제는 아니겠지?'

태현은 실례되는 생각을 했다. 순간 김 팀장이 고개를 돌려 태현을 위아래로 빠르게 훑었다.

'앗. 들켰나?'

"오오……."

"……?"

"사진으로 봤을 때 괜찮다 싶었는데 역시 괜찮군. 운동을 하나?"

"아, 예."

"얼굴도 괜찮고…… 왜 이런 얼굴을 가졌는데 더 빨리 유명해지지 않았는지 모르겠네."

"그야 메이크업……."

"어허. 서로 비밀은 건드리지 말자."

태현과 이세연의 대화를 듣던 김 팀장은 웃었다.

"둘이 생각보다 친하구나? 잘됐네. 화제성도 있고, 같은 회사기도 해서 불렀지만 호흡 안 맞으면 이쪽에서도 피곤하거든. 호흡 맞으면 우리야 고맙지."

"예? 누가요?"

"호흡 안 맞는데요?"

"그래. 그래."

김 팀장은 따뜻한 눈빛으로 둘을 쳐다보았다. 태현은 갑자기 소름이 돋는 걸 느꼈다. 저 눈빛을 최근에 어디서 봤더라? 이세연과 방송이 나간 직후에 김태산이 와서 '녀석, 사귀냐?' 했을 때 보내던 눈빛!

"어쨌든 같이 잘 해봐요. 내가 할 말은 아니지만, 우리 촬영장만큼 모델들이 좋아하는 곳이 드물어. 훈훈하고 스텝들 일처리 잘하고 무엇보다 디자이너가 내놓는 옷이 좋으니까. 페이 좋은 건 덤이지."

"디자이너요?"

"나."

"……아, 네."

태현은 굳이 지적하지 않는 친절함을 발휘했다.

"자. 여기가 이번에 촬영할 촬영장. 저쪽이 드레스 룸, 저쪽 두 곳이 휴게실이고……."

"화장실은 어디 있나요?"

"……저 뒤에. 지금 갔다 오려고?"

"아뇨, 그냥 궁금해서 물어봤습니다."

촬영장은 스텝들이 온갖 기자재를 옮기며 준비하느라 분주했다. 김 팀장은 태현의 페이스에 흔들리지 않고 카탈로그를 건넸다.

"자, 이거 읽어보고. 하긴 다 읽어보고 왔겠다. 그렇지?"

"……그렇지?"

이세연은 태현을 봤다. 태현은 고개를 끄덕였다.

"한 번 훑어보고 왔어."

"정말?!"

"왜 그렇게 놀라는 거야?"

"네가 내 입장이 되어봐……."

"오기 전에 읽어봤다니까. 생각보다 멀쩡하던데?"

태현은 프로스다스가 판온 관련 신상을 출시한다는 말만 들어서 이상하고 괴상한 옷들을 생각하고 있었다. 코스프레 같은 갑옷이나 그런 것들!

그런데 카탈로그에 나온 옷들은 언제 어디에 입어도 이상하지 않을 정도로 잘 만들어진 옷들이었다. 세련된 디자인에, 뛰어난 기능성. 거기에 관온을 하는 사람이라면 알 수 있는 세세한 포인트까지. 과연 잘나가는 브랜드는 이유가 있구나.

'이런 걸 내놓으니 잘 나가지!'라는 걸 알 수 있었다.

"……너, 모르고 있구나?"

"응?"

"아무것도 아니야. 안 봤으면 자기 탓이지."

"아니, 카탈로그 봤다니까."

"그거 말고, 내가 예전에 찍은 화보들을 봤어야지."

이세연의 짓궂은 말에 태현은 순간 움찔했다. 그가 뭔가 놓치고 있는 게 분명했다.

타탁-

태현은 바로 핸드폰을 꺼내 검색을 시도했다. 그러나 이세연은 잽싸게 손으로 막았다.

"촬영 시작하겠습니다! 두 분, 이쪽으로 와주세요!"

사진작가가 둘을 부르자 태현은 아쉽게 폰을 집어넣을 수밖에 없었다.

사진작가는 흐뭇하게 웃었다. 태현의 동작에서 처음 사진 찍는 모델의 풋풋함과 긴장이 느껴졌던 것이다. 생각해 보면 당연한 일이었다. 전문 모델이 아닌 사람을 데려와서 화보를 찍는 이상, 이 정도는 당연했다. 여기 있는 스태프들도 다 그 정도는 감수하고 하는 것이다.

'요즘 프로들만 찍다가 이런 사람을 보니 신선한…… 응?'

첫 번째, 두 번째, 세 번째 포즈. 딱 거기까지가 지나자 태현은 대충 알았다는 듯이 척척 지시하는 대로 움직이기 시작했다. 긴장감이라고는 찾아볼 수 없는, 누가 보면 현장에서 구를 대로 구른 모델 같은 편안함!

'긴, 긴장감하고 풋풋함 어디 갔어?'

얼굴 되고, 안 그래도 장신인 데다가 비율까지 좋으니 누가 보면 정말 프로 모델인 줄 알 것이다.

"옆으로 쓰러지면 되나요?"

"아, 아니. 그러실 것까지는……."

김 팀장은 사진작가 옆으로 슬쩍 다가왔다.

"이야, 진짜 모델 같네."

"그렇죠?"

"사실 사진 봤을 때는 이세연하고 안 어울리지 않을까 했는데…… 충분히 어울리고도 남겠어."

프로게이머 같은 사람들을 모델로 데리고 올 때, 회사에서 외모까지 기대하지는 않았다. 그것까지 바라면 너무 도둑놈 심보였으니까! 원하는 건 화제성, 그거 하나였다.

그렇지만 태현과 이세연은 화제성은 화제성대로 터뜨리고 있는 데다가 외모로도 어디 가서 밀리지 않았다. 선남선녀 그 자체!

'계약 조건을 좀 바꿔서라도 둘을 전속으로 잡아놓고 싶어지는데…….'

결과물을 보면 다른 회사들도 군침을 흘릴 것 같았다.

"이제 커플 촬영으로 들어갈게요!"

"왜 그런 눈으로 쳐다봐?"

태현이 '……?' 하는 눈으로 쳐다보자 이세연은 오히려 살짝 부끄러워졌다. 이런 촬영에서 둘이 같이 찍는 사진은 당연히 있는 건데, 저런 '왜 우리가?' 하는 눈빛은 왜 보내는 거야?

"커플 촬영이라니…… 같이 사진 찍힌 건 판온 1에서 너한테 망치를 휘두르던 것 정도밖에 생각 안 나는데."

"넌 참 한결같아서 편해."

"응?"

"아무것도 아냐. 자. 앞으로 걸어가!"

"너한테 뒤 보이면 좀 무서운…… 야, 치지는 말자! 네크로맨서가 왜 물리 공격이야?"

"현실은 게임 밖에 있어요. 김태현 씨."

투닥거리는 둘이었지만, 일에서는 호흡이 지나치게 잘 맞았다. 덕분에 촬영장의 다른 스태프들만 신이 났다.

"그래요! 그런 눈빛으로! 좀 더 그윽하게!"

"아주 좋아! 좀 더 가까이! 어깨에 손 올리고!!"

자기 눈앞에서 만들어지는 작품이 좋은 작품이 될 거라는 걸 알았을 때, 흥분하지 않을 사람은 없었다. 사진작가가 아주 고래고래 소리를 지르자 태현은 떨떠름하게 중얼거렸다.

"……게임 중계하나?"

"원, 원래 저런 사람은 아닌데."

"나도 원래는 착하고 선량한 사람인데 이상하게 판온 하는 놈들은 오해 많이 하더라."

"그건 아니야."

단호하게 대답하는 이세연!

"서로 노려보지 말고 다정하게! 팔짱 끼워줄 수 있죠?! 아, 좋아요! 아주 좋아요! 바로 그거예요! 아니, 멱살은 잡지 말고!"

좀 있으면 아주 결혼식을 올리라고 할 것 같은 사진작가의 태도에 태현과 이세연은 소심한 반항을 했다. 멱살잡이!

"아냐. 아주 좋아."

"……?!"

"이런 컨셉도 나쁘지 않겠어. 둘한테 잘 어울리잖아? 아주 처음부터 저랬던 것처럼."

"드, 듣고 보니…… 좋아요! 이대로 가겠습니다!"

이세연의 멱살을 잡고 있던 태현은 당황해서 물었다.

"패, 패션계에서는 원래 이런 포즈가 있나?"

"아니. 그건 아닐걸."

"모두 고생 많으셨습니다!"

집에 간다! 마지막 촬영까지 끝나자 태현의 목소리는 이세연이 소름 돋을 정도로 친절한 목소리였다. 케인이 들었다면 '헉, 저건 뭔가를 노리고 있는 목소리!'라고 몸을 떨었을 것!

"어디 가?"

"뭐? 끝난 거 아니야? 옷 갈아입으러 가는데?"

'촬영 끝났습니다!'라고 했으니 끝 아닌가?

태현은 그렇게 생각하며 고개를 갸웃거렸다. 그 순진무구한 모습에 이세연은 웃었다. 사악하게!

"······왜 그렇게 웃지?"

"촬영 하나 더 있어."

프로스다스 화보의 명물. 그건······ 판온 게임 내 복장 그대로 입고 찍는 촬영이었다! 처음에는 반 장난식으로, '판온과 공식으로 계약을 맺었는데 어떻게 좀 더 드러내 방법이 없을까요?' 하면서 시작한 촬영이었다. 판온 내 장비와 똑같이 만들어서 입는 컨셉 촬영. 문제는 그게 엄청나게 화제를 모았다는 점이었다. 화보가 나올 때마다 사람들이 '이번에도 따로 실리나요?'라고 물어오니, 아예 프로스다스 측에서는 시즌 화보 촬영 때마다 정식으로 컨셉 촬영을 넣기로 결정했다.

"잠, 잠깐. 현실은 게임 밖에 있다며?"

"갑옷이나 입으시죠. 김태현 씨. 프로라면 어떤 옷을 입어도 소화할 수 있어야지!"

"난 프로가 아니니까 괜찮지 않을까?"

"어디서 도망치려고!"

뒤로 물러서려던 태현은 멈칫했다.

"잠깐, 이거 왜 대장장이 복장이야? 그리고······ 야, 이거 판온 1 때 복장이잖아!"

"어? 그러네?"

이세연도 몰랐는지 눈을 깜박였다. 이세연은 자기의 옷을 확인했다.

"아, 이거 1때 내가 입었던 장비들이잖아?"

"와, 이세연······. 생각보다 훨씬 더 치사하다······."

"······??"

"판온 2에서 날 못 이기니까 판온 1때 사진을 찍으려고 해?"

"아니거든!? 무슨 망상을 하는 거야?!"

이세연은 기겁을 하고 아니라고 부정했지만 이미 태현은 '와 정말 사람이 어떻게 그러냐' 하는 눈빛이었다.

"아니라니까! 내가 그 정도 사람으로 보여?!"

"사람은 원래 자꾸 당하다 보면 본색이 나온다더라."

"당하긴 누가 당해! 난 너한테 진 적 없거든?"

"대회 성적도 내가 더 좋고······."

"같은 팀인데 성적 비교하는 의미가 있어?!"

"뭐, 아마 관계자들이 추억팔이하려고 준비한 거겠지."

이세연을 놀릴 만큼 놀린 태현은 바로 태도를 바꿨다. 그걸 본 이세연은 주먹을 불끈 쥐었다.

"잠깐, 왜 지팡이를 들지? 그거 실제 나무로 만든 거라 맞으면 꽤 아플 거 같은데."

"이리 와!"

둘이 촬영장 가장자리에서 추격전을 하는 동안, 스태프들과 김 팀장은 마지막 촬영에 대해 이야기하고 있었다.

"······이런 식으로 가면 되겠지?"

"네. 그런데 저 두 사람은 뭐 하는 거죠?"

"하하. 사이가 좋으니까 저러는 거겠지. 이동팔 대표님이 둘이 참 친하다고 했는데 그 말이 사실이었나 보군."

"지금 저 둘 지팡이하고 망치로 칼싸움하는 거 같은데……."

"촬영 전에 그 정도 장난은 할 수 있지."

"진, 진심으로 하는 것 같은데요?"

"죄송합니다……."

"죄송합니다!"

각각 네크로맨서 장비와 대장장이 장비로 차려입은 둘은 고개를 숙였다. 결국 싸우다가 부숴먹은 지팡이와 망치!

"괜찮아요. 괜찮아. 어차피 다른 것들 많으니까요."

다른 촬영도 빠르게, 잘 끝났기에 스태프들은 별로 화도 내지 않았다. 넉넉한 미소만 지어 보일 뿐!

디자이너 한 명이 다가와서 태현에게 말을 걸었다.

"어때요, 김태현 선수. 판온 1때 입었던 장비 그대로죠?"

"네. 신기하네요. 이렇게 세세하게 구현할 줄은 몰랐는데."

"제가 판온 1때 김태현 선수 팬이었거든요. 헤헤."

"아, 그랬어요?"

"이 장비를 가장 좋아했어요! 직접 디자인할 기회가 생겨서 참 좋았는데……."

"저도 추억이 떠오르네요. 이 장비 얻으려고 길드 세 개 정도를 털었던 것 같은데……."

디자이너는 못 들은 척했다. 추억의 장비에 저런 이야기가 있었다는 건 알고 싶지 않았던 것이다. 그런 뒷이야기는 둘째 치고, 촬영은 빠르고 완벽하게 진행되었다. 이미 처음 촬영에서 요령을 익힌 태현과 몇 번이고 화보 촬영을 한 경험이 있는 이세연은 개떡같이 말해도 찰떡처럼 알아듣는 재능을 보여주었다.

그 결과 밤 10시가 되기 전에 모든 작업이 끝!

"수고하셨습니다!"

"고생 많으셨습니다!"

둘은 깔끔하게 인사를 하고 촬영장을 나설 수 있었다.

"오늘 고생 많았어."

"뭐, 뭐야? 무슨 속셈으로."

"……그냥 칭찬한 거거든?"

태현은 여전히 못 믿겠다는 듯이 의심쩍은 눈빛으로 쳐다보았다. 이세연은 주변을 둘러보았다. 아쉽게도 사람이 너무 많았다. 주먹을 날릴 수는 없을 것 같았다.

"고생 많았고 들어가. 빨리 들어가. 가능하면 내가 뒤돈 사이에 사라져 줬으면 더 좋고."

"현실은 게임 밖에 있어요, 이세연 씨. 텔레포트 없거든요."

"함께해서 더러웠고 앞으로 다시는 만나지 말자고 하고 싶은데 못 한다는 게 정말 아쉽다. 응!"

"응? 왜?"

"그건 삼촌…… 아니, 대표님한테 물어보고!"

태현은 자신이 모르는 사이 물밑에서 무언가 진행되고 있다는 걸 느꼈다.

"잠깐, 설마 방송 또 같이 나가야 해?"

"눈치는 좋네. 그래. 아마 그럴걸."

"싫은데……."

"누군 좋은 줄 알아! 아, 진짜!"

결국 폭발한 이세연은 가방을 휘둘러서 근접 공격을 시전했다. 태현은 거리를 벌려 재빨리 반경에서 벗어났다.

"맞다. 한 가지 물어볼 게 있었는데 까먹었어."

"……지금 이렇게 성질 긁어놓고 이제 와서 물어볼 게 있다니. 정말 그 뻔뻔함은 대단해."

"칭찬 고마워. 어쨌든 별건 아니고……."

태현은 설명을 시작했다. 내가 아는 여자애가 있는데, 곧 있으면 걔 생일이라 선물을 주려고 떠봤거든? 근데 요즘 판온 아이템 선물이 유행이라는 거야.

이세연은 그 말을 듣고 당황했다. 그게 정말이란 말인가?

"너도 일단 나랑 동갑이잖아? 그래서 혹시 이게 맞나 물어보려고. 정말 이런 게 유행인가?"

"'일단'은 왜 붙이는데? 그리고 그게 유행이냐면……."

이세연은 머뭇거렸다. 왜냐하면 그녀도 자신이 없었던 것이다. 일-게임-일-게임-일-게임을 반복하는 워커홀릭! 태현보다 훨씬 더 타이트하게 스케줄을 잡고 사는 그녀다 보니, 요즘 사람들에게 저런 게 유행하는지 확신이 잘 서지 않았다. 게다가 이세연의 주변인들은 다…….

'근처 사람들은 다 연예인이라 참고가 안 될 거 같은데……
하연이가 뭐 달라고 했지? 잠깐, 하연이도 판온 아이템 달라고
했었지?'

이세연은 파이브 걸즈의 하연을 떠올렸다. 케인과 같이 판온
을 하고 나서부터 판온에 부쩍 관심을 가지던 후배. 그녀는 분명
'언니! 생일 선물은 판온 장비로 주세요! 좋은 걸로!'라고 했었다.

"……그럴지도 모르겠네?"

"진짜?!"

태현은 당황했다. 정말 이게 유행이란 말인가?

"음…… 너까지 그렇다면 그런 거겠지…… 유행은 정말 알
수가 없군. 뭐가 좋으려나?"

"좋은 장비가 어떨까?"

"확실히……."

옆에 매니저가 있었다면 '아니, 그건 진짜 아닌 거 같은데요'
하고 말했을 것이다. 하다못해 다른 아무나라도! 그러나 지금
은 바보 둘밖에 없었고, 아무도 지적해 줄 사람이 없었다.

"그리고 선물은 당사자가 좋다면 좋은 거니까."

"아, 그건 본인이 직접 말한 거니까 상관없어."

"그래? 그러면 된 거 아냐?"

이다비가 모르는 곳에서 그녀의 무덤이 만들어지고 있었
다. 질문을 듣던 이세연은 궁금해져서 물었다.

"그런데 네가 그렇게 선물을 줄 정도의 사람이라니. 누구야?"

"아, 나 이것저것 많이 도와주는 애인데 얘가 최근에 일이

좀 있어서…… 선물 주면 좀 낫겠지."

"너, 너 그런 생각도 할 줄 알았어?!"

이세연은 깜짝 놀랐다. 태현에게 저런 따뜻한 마음이 있었단 말인가!

"말했잖아. 나도 원래는 착하고 선량한 사람인데 이상하게 판온 하는 놈들은 오해 많이 한다고."

이세연은 그냥 내버려 두기로 했다.

"그나저나 요즘 나한테 상담하는 사람들이 많네."

"응? 누가?"

"넌 말해줘도 모를걸."

이세연은 그렇게 말하고서 차에 올라탔다.

"맞다. 곧 있으면 발표 날 거야."

"뭔 발표?"

"보면 알 테니까 그때까지 기대하고 있어."

"그러니까 뭔 발표?"

"네가 오늘 너무 얄미워서 그냥 발표 나올 때까지 안 알려줄래."

"……하, 하나도 안 궁금하거든?"

"아, 네. 그러시겠죠."

이세연은 그렇게 말하고 손을 흔들었다. 태현은 분하다는 표정을 지었다.

"백지수표를 써놨네."

이세연은 깜짝 놀랐다. 지금 그녀 눈앞에 있는 사람은 그녀 상상을 벗어난 인물이었다. 유성그룹의 회장! 아무리 판온의 인기가 하늘을 찌르고, 판온 프로게이머들의 입지가 엄청나게 커졌다지만, 그룹 회장이 이렇게 직접 그녀를 부를 줄이야? 정말 생각지도 못한 일이었다.

"이세연 선수. 내가 직접 관심을 가지고 찾아봤네. 집안이 법조인 집안이시더군."

"아, 네. 저 빼고 다 '사' 자 직업이시죠."

"이세연 선수도 마법사니 '사' 자 직업이라고 볼 수 있지 않겠나?"

"……??"

"커, 커험. 아무것도 아니야."

유회장은 순간 태현을 저주했다. 따라다니다가 이상한 농담 습관이 옮은 것이다.

"집안 좋고 성격 좋고 실력 좋고……."

"프로게이머가 집안 좋은 건 별로 상관이 없지 않나요?"

"뭐든 좋으면 더 좋은 거지. 어쨌든 이세연 선수. 단도직입적으로 말하지. 나는 유성그룹 게임단을 부활시킬 생각이야. 그리고 그 게임단의 리더로 그쪽을 원하네!"

"제안은 정말 감사합니다만……."

이세연은 머뭇거렸다. 부모님이 들으면 기뻐서 등짝을 때릴 소식이었다.

유성그룹과 인연을 맺다니! 널 프로 게이머로 키우길 잘했구나!

언제나 법조인들에게 재벌은 좋은 고객이었던 것이다.

"……지금 선약을 한 곳이 있어서요."

"알고 있네! 그리고 우리 쪽 사람이 그쪽에 가서 교섭을 했지. 이미 이야기가 다 끝났네. 우리 쪽으로 와도 상관없어!"

이세연은 다시 한번 놀랐다. 아무리 그녀가 판온 쪽에서는 탑 클래스의 선수라지만, 대체 이 정도의 정성이라니? 이건 아무리 유성그룹이어도 타산이 맞지 않았다. 회장 본인이 판온에 미쳐서 취미로 하는 게 아니라면!

'근데 그럴 리는 없잖아? 대체 뭐지?'

"너무…… 과분한 제안인데요."

이세연은 당혹스러웠다. 그녀는 좋은 제안을 받는다고 덥석 '헤헤 감사합니다' 받아들이는 케인 같은 사람이 아니었다. 너무 좋은 제안에는 언제나 이유가 있다!

이세연이 왜 당혹스러워하는지 이해한 유 회장이 고개를 끄덕였다. 그도 걸물이었다. 그녀가 무슨 생각을 하는지 바로 알아챌 수 있었다.

"백지수표에, 게임단 운영, 진행, 훈련 등 관련해서 모든 전권을 맡기고……."

"거기에 저희 집안을 꺼내신 건, 유성그룹의 일을 맡길 수도 있다는 건가요?"

"부정하지 않겠네."

어쩌면 프로게이머로서의 제안보다 훨씬 더 커다란 돈이 걸린 제안이라고 볼 수 있었다.

"……정말 너무 과한데요. 저는 너무 과한 제안은 받는 게 아니라고 배웠습니다."

"흠……."

유 회장은 잠깐 고민했다. 이세연을 어떻게 상대해야 하는가? 힘과 권력으로 대할 상대가 있고, 진심으로 대해야 할 상대가 있었다. 이세연은 후자였다.

"후…… 좋네. 이유를 말해주지. 대신 어디 가서 절대로 말하면 안 되네."

"저는 어디 가서 다른 사람들의 비밀을 말할 정도로 예의가 없는 사람이 아닙니다. 안심하셔도 괜찮아요."

유 회장은 순간 감동을 받았다. 맨날 김태현 같은 놈만 상대하다가, 이세연처럼 깍듯하고 올바르고 품성 바르고…… 하여간 여러모로 대비되는 상대를 만난 것이다.

세상에는 이런 젊은이들도 있구나!

'하긴 김태현 그놈이 유난히 싸가지가 없……'

"회장님?"

"아, 크허험. 미안하네. 잠깐 생각을 하느라…… 그래. 이유를 말하기로 했었지. 나는 요즘…… 판온을 하네."

"……네?"

"판온을 한다고!"

유 회장은 살짝 붉어진 얼굴로 외쳤다.

"아, 그, 그러셨군요. 요즘은 많은 분들이 판온을 하시니까……."

이세연은 유 회장이 가볍게 판온을 즐기나 싶었다. 나이 많은 분들도 가상 스포츠를 체험하는 용도로 많이들 쓰니까.

"그래. 김태현 그놈하고 같이 플레이를 했었는데……."

"풉!"

이세연은 깜짝 놀라서 작게 뿜었다.

"아, 죄, 죄송해요."

"아니야. 놀랄 만도 하지."

단순한 의미가 아니었다. 대형 퀘스트들만 깨고 다니는 최상위 랭커. 그런 김태현과 같이 다닐 정도의 실력이 된다는 걸 의미했다.

'이 회장님 레벨이 몇이야?!'

"그놈하고 같이 다니면서, 판온이 참 재밌다는 걸 알게 됐는데……."

"아, 네."

'생각보다 훨씬 더 하드 게이머셨네.'

"그러면서 대회도 보고 말이야."

점점 손자 이야기하는 할아버지 같은 느낌을 풍기는 유 회장!

"재미를 느껴서 유성그룹 게임단을 다시 부활시켜 볼까 했네."

"아, 한 번 해체됐었죠."

E스포츠 역사에 길이 남을 연패 기록을 남긴 후 해체!

"그때는 내가 게임의 재미를 몰랐었네. 지금은 부끄럽게 생각하고 있어."

스스로의 잘못을 인정하는 유 회장! 그걸 보고 이세연은 놀랐다. 보통 이런 걸 인정하는 사람은 드물었던 것이다.

"아, 아니요. 그 정도로 연패를 했으면 해체할 법도…… 아차."

"……어쨌든 그런데 그놈이!"

"네?"

"아. 이야기를 건너뛰었군. 그런 재미를 알게 되어서 나도 게임단을 다시 부활시켜 보고 싶어졌네. 진심으로 응원해 보고 싶었단 말이야."

설마 정말 회장 본인이 판온에 미쳐서 취미로 지원하는 경우라니. 이세연은 표정을 유지하기 위해서 애썼다.

"한번 해체했었던 게임단을 다시 만드는 건 새로 만드는 것보다 더 번거롭지. 예전의 실패 정도는 잊을 정도의 강렬한 충격이 있어야 해. 난 그래서 김태현 선수나 그쪽 같은 스타 선수를 데려오려고 했네. 김태현 그놈하고는 이야기가 나름 잘됐다고 생각했는데……."

"그런데…… 김태현 선수는 독자적으로 게임단을 만들었잖아요?"

"그렇지! 난 농담인 줄 알았는데!"

유 회장은 분통을 터뜨렸다.

"내 마음을 알겠나? 내가 그렇게 눈독을 들이고 있었는데 매몰차게 거절을 하고 가버렸어!"

"……그 마음 잘 알아요!"

드물게 이세연도 큰 소리를 냈다. 동병상련! 판온 1 때 그런

명승부를 펼쳐놓고 길드 가입 제안을 거절하고 접은 김태현!

"그 자식은 원래 그렇다니까요!"

"그렇지! 그놈은 정말 그런 놈이야!"

"심심하면 사람 속이나 뒤집고!"

"맞아!"

서로 싫어하는 것을 이야기할 때 사람은 빠르게 친해진다! 이세연과 유 회장은 마치 십 년 넘은 친구처럼 태현의 욕을 계속했다.

"이세연 선수. 내가 이세연 선수를 곁으로 원하는 이유는 새로 부활할 게임단을 이끌어줄 스타 플레이어를 원하기 때문일세. 그렇지만 정말로 원하는 이유는 김태현 그놈의 코를 납작하게 만들어주고 싶어서야!"

"회장님……!"

이세연은 오랜만에 피가 끓는 걸 느꼈다. 두 사람은 굳게 악수했다.

탁!

"그 제안, 받아들이겠어요!"

이로써 유성 게임단의 부활은 확실하게 결정되었다. 다른 게임단보다 늦게 움직였기에 스타 플레이어들을 많이 확보하지는 못했지만, 이세연이라는 걸출한 선수와 유성그룹의 전폭적인 지원이 있었다. 강력한 다크호스!

"다음 해 초에 열릴 새로운 판온 대회. 그 대회를 노려주게. 그 대회에서 뭔가를 보여주게!"

"네!"

"아, 그리고 우리 손녀가 이세연 선수 팬인데, 혹시 사인 좀 해줄 수 있을까?"

"네?"

"허허, 꼭 내 손녀라서 하는 말은 아닌데 내 손녀는 성격도 착하고 공부도 잘하고…… 이번에 수능을 봤는데 만점을 받았다지?"

몇 마디에서 느껴지는, 손녀에 대한 무한한 애정! 팔불출 같은 모습을 보여주는 유 회장에게, 이세연은 뜨뜻미지근한 시선을 던졌다.

"아, 네. 잘됐네요."

"그렇지?"

"손녀분은 어느 대학을 가시기로 했나요?"

"그야 한국대학교지. 한국 최고의 대학교 아닌가."

"그렇죠. 반갑네요. 저도 한국대학교를 다녔…… 앗. 그러고 보니 무슨 과를 다니기로 했나요?"

"……국어국문학과."

"네?"

"국, 국어국문학과……."

"손녀분이 원하신 건가요?"

"그렇다네."

유 회장의 얼굴에서는 숨길 수 없는 아쉬움이 드러났다. 그러나 이세연은 아무렇지도 않게 말했다.

"자기가 원하는 걸 하는 건 좋은 거죠. 잘됐네요."

유 회장은 순간 이세연의 뒤에서 후광이 잠깐 번쩍이는 걸 느꼈다. 속물적으로 생각했던 스스로가 부끄러워졌다.

"그, 그렇긴 한데…… 그렇긴 한데 말이야…… 어쨌든 그건 이미 끝난 일이니 중요하지 않고, 실은 손녀가 그쪽 팬이어서 말이야. 한번 만나줄 수 있나?"

"물론이죠."

이세연은 고개를 끄덕였다. 속으로는 약간 걱정을 하면서.

'괜찮으려나?'

유성그룹의 손녀에, 회장이 저렇게 오냐오냐하면서 키웠다면 성격이 살짝 걱정됐다. 그렇지만 이세연은 스스로를 가다듬었다. 그 험한 연예계에서도 살아남은 그녀였다. 까다로운 사람 몇 명 정도야 얼마든지 상대할 수 있었다. 하물며 상대가 연하라면 더더욱.

"아, 아, 안, 안녕하세요!"

그러나 유지수는 이세연이 걱정했던 것과 전혀 다른 사람이었다.

"아. 네. 안녕하세요."

"팬, 팬이었어요! 잘 부탁드립니다!"

생각했던 것보다 훨씬 더 착하고 좋은 아이! 덕분에 이세연은 유지수와 빠르게 친해질 수 있었다. 유지수는 정말로 판온 팬이었는지 이것저것 물어왔다.

-판온 1에서 네크로맨서였다고 하셨는데 어떤 식으로 언데 드 운용을 하셨어요?

-원거리 직업이 다수를 상대할 때는 어떤 식으로 싸워야 하 나요?

-김, 김태현 선수랑 판온 1에서 붙은 적이 있다고 했는데 어 떤 선수였나요?

-김태현 선수가 뭘 좋아하나요?

-김태현 선수에 대해서 아는 게 있으면 더…….

-저번에 기사 보니까 김태현 선수랑 그, 그런 사이라고 하던 데 진짜인가요?

"절대 아니거든요?"

"앗, 죄송합니다."

도중에 한 번 정색한 것 말고는 대부분 즐거운 대화였다.

'정말 판온을 좋아하는구나.'

유지수에게 호감이 생긴 이세연은 이것저것 가르쳐 주었다.

"괜찮으면 판온 같이 할래요? 제 길드에 받아줄 수 있는데."

"아, 아니요. 이미 들어간 길드가 있어요. 신세를 많이 졌거 든요!"

소수정예로 운용되는 이세연의 길드는 판온의 모든 플레이어들이 들어가길 꿈꾸는 길드였다. ……한 명 빼고! 그런 길드에 들어오라는 제안을 자길 챙겨준 사람을 위해 조심스럽게 거절하는 유지수를 본 이세연은 기분이 좋아졌다. 사람이 이래야지!

"이세연 씨. 궁금한 게 있는데요……."

"편하게 물어보세요."

"그, 원하는 사람이 있는데……."

"아, 게임 이야기인가요?"

"네? 네!"

유지수가 부끄러워하면서 말하자 이세연은 고개를 끄덕였다. 판온 내에서 길드원 섭외는 일상이었다. 일류 길드는 다른 길드의 길드원들을 빼 오는 기술도 일류! 길드장의 능력 중 하나는 길드원을 유지하고, 길드원들을 모으는 능력이었다.

"수단과 방법을 가리지 말아야죠."

이세연은 단호하게 말했다.

"수단과…… 방법을요? 그건 좀……."

"아니에요! 그렇게 무르게 나오는 건 패배자들이나 하는 방법이에요."

이세연은 말하다가 '이제 곧 스무 살 될 애한테 이런 소리를 해도 되나?' 싶었지만, 그냥 하기로 마음먹었다. 원래 이런 세상의 진리는 빨리 알면 알수록 좋았으니까!

"룰 안에서 할 수 있는 건 모두 한다! 이게 승리의 방법이에요. 제가 판온 1에서 1위를 찍을 수 있었던 건 이런 점에서 철저했기 때문이에요."

"······그렇군요!"

유지수는 눈빛을 반짝였다. 이세연은 순간 알 수 없는 불길함을 느꼈다.

'응? 뭐지?'

뭔가 퀘스트를 제대로 마무리 짓지 못해서 나중에 나올 보스 몬스터를 만들어 버린 기분!

"어, 어쨌든 원하는 상대방을 길드에 넣고 싶으면 상대방을 먼저 파악해야 해요. 수단과 방법을 가리지 않는 건 그다음이죠. 상대방이 어떤 사람인지? 뭘 원하는지? 약점이 뭔지?"

"약점도요?"

"약점을 써먹을 때도 있거든요. 하여튼 철저하게 조사해서 방법을 짜는 거죠."

"이런 방법들을 쓰면 상대를 무조건 손에 넣을 수 있나요?"

"거의······ 그렇죠? 무조건이라는 건 없으니까요."

뭔 짓을 해도 말을 안 듣는 상대가 가끔 있게 마련이었다.

CHAPTER 2

"아, 왜 귀가 간지럽지?"

"누군가 네 욕을 하는 게 아닐까?"

"너무 그럴듯해서 지적하기 힘들군. 어쨌든 애들아! 모여 봐라!"

촬영을 끝내고 돌아온 태현은 숙소에 있는 사람들을 불러 모았다. 케인, 최상윤, 정수혁은 우르르 몰려왔다.

"이다비는?"

"불렀어. 곧 올 거야."

"아니. 이 시간에 사람을 부르면 좀 그렇지 않아?"

케인은 용감하게 손을 들고 지적했다. 벌써 자정이 다 되어 가는 시간!

"시끄럽고. 내가 한 가지 놓치고 있던 걸 깨달았다."

"뭡니까, 선배님?"

"우리는…… 연습을 안 하고 있었어."

"······그, 그러네?"

얼빠진 케인의 목소리가 방 안에 울려 퍼졌다. 최상윤이 믿지 못하겠다는 태도로 물었다.

"어, 나 빼놓고 너희들이 일단 먼저 하고 있었던 거 아니었어?"

"퀘스트하느라 바빴지."

"야, 야! 뭐 이런 무너져 가는 팀에 사람을 부른 거야?!"

"아직 안 무너졌다. 어쨌든 스케줄을 보자고. 내년 초에 던전 클리어 대회가 있고, 내년 중순부터는 팀별 투기장 프로 리그, 그리고 내년 말에 개인전 대회."

전부 다 판온 제작사에서 지원하는 공식 세계 대회. 어마어마한 판온의 인기를 실감할 수 있는 대회 일정이었다.

"지금 들어보니 다른 게임단들은 전부 출전하더라도 중점을 두고 있는 대회들이 있다고 하더라고."

"우리도 그래야 하겠지?"

"음. 일단 개인전은 빼고······."

태현의 말에 다른 셋은 시무룩해졌다. 그들을 무시하는 태현의 모습에 케인은 소심하게 손을 들었다.

"그, 그래도 포기할 거까지는 없지 않냐? 우리가 이길 수도 있잖아."

"그야 너나 상윤이는 가능성이 있긴 하겠는데······."

아직 개인전 대회 형식도 나오지 않은 상황이었다.

판온 제작사가 공식적으로 대회를 개최하기로 하고, 팀별 투기장 프로리그도 방식을 꽤 바꾸기로 했다고 들었다. 즉, 아직 아무도 어떤 식으로 대회가 굴러갈지는 알 수 없는 상황! 그래도 몇 가지 사실은 확실했다.

"먼저 개인전 대회는 팀 투기장 대회처럼 프로 리그식으로 가지는 않을 거야. 그건 공식적으로 발표했으니까."

케인은 이해가 안 간다는 듯이 물었다.

"근데 왜?"

"그야 판온 1 때 성대하게 말아먹은 적이 있었으니까 그랬겠지."

판온 1에서도 여러 대회가 나왔었다. 판온 1도 판온 2만큼은 못해도 어마어마한 인기를 끌었지만, 대회가 성공적으로 자리 잡지는 못했다.

"아무래도 1:1은 골수팬들만 좋아하는 거기도 했고, 하다 보면 좀 비슷비슷한 장면만 나오기도 했지. 밸런스도 그렇고……."

최상윤의 설명에 태현은 맞다는 듯이 고개를 끄덕였다.

"아마 그래서 개인전은 토너먼트식으로, 대회 한 번을 여는 식으로 진행하는 걸 거야. 바꾸지는 않겠지. 문제는 이 개인전의 형식인데, 난 아마 팀 투기장처럼 밸런스 맞추지는 않을 거라고 본다."

태현의 진지한 말에 다른 사람들은 귀를 쫑긋 기울였다.

"그건 왜지?"

"발표 보면 대충 느낌이 와. '꼭 컨트롤에만 구애되는 게 아닌'이나 '다양한 변수들을 넣고 싶다'거나…… 이러려면 아이템, 장비를 제한 걸고 레벨 제한 걸면 안 되지. 개인전은 리그 형식이 아니라 토너먼트 형식인 만큼, 화려하고 변수 많은 대회를 원하는 게 분명해."

태현은 냉정하게 분석을 계속했다. 다른 사람들은 감탄했다. '대회? 그게 먹는 건가?' 같은 무신경한 태도를 보여주던 태현이었는데 가장 심도 있게 분석하고 있었던 것이다.

"저 왔어요!"

"어? 벌써?"

"집중해. 케인."

"알, 알겠어."

태현은 케인을 한 번 구박하고 설명을 이어갔다.

"어쨌든 이런 식의 완전 허용 개인전이면, 우리가 이길 가능성이 좀 많이…… 줄어들지."

이다비, 정수혁은 1:1에서 변수가 너무 많았다. 마법 잘못 터지면 자폭하고 딱 좋았고, 이다비는 상인 직업이고…….

"그래서 기대하지 말라고 한 거다. 물론 포기는 안 해. 가능성이 하나 있으니까."

"뭐? 어떤 가능성?"

"개인전 대회도 결국 게임단끼리 붙잖아. 5명, 5명을 1:1 5번 하는 식으로."

"그렇지?"

"이 5번의 대회 선수가 처음부터 정해져 있고 더 많은 승수를 거두는 팀이 이기는 거면 우리가 많이 불리하지. 그렇지만 선수가 정해져 있지 않고, 이긴 선수는 계속해서 싸울 수 있다면 좀 해볼 만할 거야."

"응? 어떻게?"

"네가 쟤네 둘 몫까지 해주면 되잖아."

"어, 내, 내가?"

케인은 말을 더듬었다. 이렇게 믿어주기를 바라는 건 아니었다. 부담 백배!

"농담이야. 너나 나나 상윤이가 나눠서 해야지. 어쨌든 개인전 대회는 대충 이 정도야. 가장 늦게 열리는 대회기도 하니까 신경을 나중에 써도 된다고 생각해. 팀 투기장 대회 준비도 지금 당장 급한 건 아니니까 나중에 합을 맞춰보고, 역시 가장 급한 건 내년 초에 있는 던전 클리어 대회인데……."

던전 클리어 대회. 각각 팀이 한 던전을 얼마나 빨리 깰 수 있느냐를 겨루는 대회! 판온에서 던전 클리어는 언제나 인기 있는 컨텐츠였다. 실제로 개인 방송이나 공식 방송에서도 가장 인기 있는 컨텐츠 중 하나가 던전 클리어! 가지각색의 던전을 다양한 플레이어들의 조합으로 깨나간다. 새롭고 어려운 던전일수록 보는 사람들의 재미는 몇 배로 뛰었다.

그 인기를 알아차린 판온 제작사 측에서 이번 기회에 공식 대회로 지정한 것이다.

"……문제는 우리가 정석적인 방법으로 던전 클리어를 하는 파티가 아니라는 점이지."

그랬다. 태현 일행은 정석적인 방법으로 던전 클리어를 하는 대다수의 파티와는 거리가 멀었다. 애초에 조합부터가 딜러-힐러-탱커의 조합이 아닌 상황!

"여기서 던전 클리어 좀 자신 있는 사람?"

아무도 손을 들지 않았다. 최상윤은 입맛을 다시며 말했다.

"나도 솔플 위주라, 솔플로 깰 수 있는 던전만 깼는데……."

솔플에는 한계가 있었다. 안 그래도 어려운 던전을 혼자서 공격하다니. 정보를 얻고, 솔플로 깰 수 있는 던전만 노리는 게 일반적이었다. 아직 아무도 공략하지 못한 던전을 클리어 하는 건 더욱더 무리!

케인도 뻘쭘한 태도로 말했다.

"나, 나도 너랑 같이 다니기 전에는, 그 뭐시냐, PVP 위주 라서……."

"애들 삥 뜯고 다녔다고?"

최상윤과 달리, 케인도 다른 의미로 던전 클리어의 기회가 없었다.

"이다비는?"

"저희 길드는 나름 던전 클리어를 하긴 하는데……."

이다비는 머뭇거렸다. 파워 워리어 길드도 나름 던전 클리 어와 인연이 깊은 길드였다.

-〈성기사이즈킹〉 길드만이 공략에 성공한 〈마의 칠인 던전〉! 그 독점 공략법을 판매합니다! 파격적 세일! 길마님이 미쳤어요!

-〈도시 지하 드워프 던전〉의 다른 출입 경로를 팝니다! 길드가 독점 해서 들어갈 수 없었다고요? 걱정하지 마세요!

파워 워리어 길드도 역시 정석적인 공략법과는 거리가 먼 길드! 다른 길드 혼자 알아낸 공략법을 훔쳐내서 팔거나, 다른 길드가 독점하고 있는 던전의 입장법을 찾아내서 팔거나…….

"이야, 대단한데?"

"그건 다른 의미로 대단하다."

태현과 최상윤은 감탄했다. 길드가 독점하고 있는 공략법을 알아내는 것도, 던전의 공략법을 파는 것도 보통 일이 아니었다. 듣기에는 쉬워 보여도 엄청난 노하우가 필요했다.

"그, 그 정도까지는……."

이다비는 얼굴을 붉히면서 쑥스러워했다. 그걸 본 케인은 기가 막히다는 듯이 따졌다.

"야! 내가 레드존 길드 이끌고 다니면서 PVP 한 거랑 쟤가 파워 워리어 길드 이끌고 한 거랑 뭐가 다른데?!"

"당연히 다르지."

"엄청 다르지 않나?"

"케인 씨. 제가 보기에도 그건 좀 다른 것 같습니다."

케인은 조용히 쭈그러들었다. 구석에 박힌 케인은 무시하고, 남은 사람들은 화기애애하게 이야기를 이어갔다.

"일단 길드 안에 길드원을 심거나, 아니면 길드원 한 명을 매수하는 방법을 써요. 어떤 길드냐에 따라 방법이 갈리는데……."

"오호. 더 말해봐."

태현은 흥미진진한 얼굴로 이다비의 노하우를 전해 들었다. 배울 점이 많은 파워 워리어 길드!

그걸 본 최상윤은 속으로 생각했다.

'둘이 아주 죽이 잘 맞는다.'

사기꾼 콤비!

"그런데 태현 님은 던전 클리어로 유명하지 않았나요?"

"맞아. 너 판온 1 때 공략 불가능했던 던전 몇 개 깼었잖아?"

대장장이라는 비전투 직업으로 랭커를 사냥한 덕분에 묻혀 버렸지만, 공략 불가능한 던전 몇 개를 깬 것으로도 유명했다. 대장장이를 강하게 만들기 위해서는 좋은 장비가 필요했고, 태현이 좋은 장비를 얻기 위해 했던 짓들은 상상을 초월했다.

"음…… 그렇긴 한데 말이지. 그건 판온 1 때 일이었던 데다가, 나도 정석적인 방법으로 깬 적이 드물어서……."

정보를 모으고 균형 맞는 파티를 만들어서 도전! ……을 하기에는 태현은 솔플이었고, 적도 많았다.

"네가 깬 던전 중에 그…… 〈수인족 왕의 지하 미궁〉 있지 않았어? 석 달 동안 아무도 못 깼던 그 미궁. 나름 유명한 던전 공략 파티가 그거 깨려다가 세 번 죽어가지고 게임 접었잖아."

"아. 그거. 던전 위에서 땅 파서 들어갔어. 내가 그때 대장장이여서 곡괭이 스킬이 최고급 9였나 그랬을걸."

이다비와 최상윤은 생각지도 못한 진실에 당황스러워했다.

'이, 이런 진실인 줄은 몰랐는데?'

"……그, 그러면 〈붉은 눈 리치의 안식처〉는? 그거 마법 방어를 200% 버프 받고 들어간 마법사가 마법에 즉사 당했잖아. 거기는 플레이어 수준으로 절대 공략 불가능하다고 했었는데."

"아, 그거. 거기 참 좋았지. 끌고 오면 무조건 죽어 나가니까. 그래서 죽일 놈들 있으면 거기로 끌어들였거든. 포탈 하나 새로 파가지고. 근데 다섯 파티인가 여섯 파티가 전멸하고 나니까 마법이 잠깐 멈추더라고. 궁금해서 잠깐 들어갔더니 깨지더라."

둘은 더 이상 묻지 않았다. 환상이 깨질 것 같았던 것.

"어쨌든 나도 정석적인 방법으로는 안 해봐서 말이야. 대회에서 이런 방법을 쓸 수는 없잖아."

"그렇지!"

대회에서 다른 길드원들을 꼬셔서 미끼로 쓰거나, 던전 밖으로 나가서 다른 입구를 찾거나 하는 방법을 쓸 수는 없었다.

"어쨌든 한번 해보면서 합을 맞춰볼 수밖에 없겠지."

김태현, 케인, 최상윤, 이다비, 정수혁. 근거리 딜러, 탱커, 근거리 딜러, 비전투 직업, 원거리 딜러. 힐러 따위는 넣지 않는 화끈한 조합!

"……야, 힐러는?"

"안 맞으면서 하면 어떻게든 되지 않을까?"

"되겠냐?!"

여기서 유일하게 제정신인 최상윤이 발끈했다.

"퀘스트는 무산됐지만 난 운이 좋았다."

앨콧의 말에 길드원들은 침묵했다.

-우리가 폭발에 전멸했는데 뭔 자기 혼자 운이 좋대?

-자기는 안 죽었으니까 운이 좋다는 거지.

-아니, 우리 원수나 갚아줄 것이지 왜 김태현하고 같이 퀘스트를 깬 거야?

-몰라. 대를 위해 소를 버렸다는데 변명 같아.

-다른 길드원들도 수군거리더라. 김태현하고 뭐 관계 있냐고.

-내 생각에는 쫀 거 같은데.

-뭐? 아무리 그래도 앨콧인데…….

"너희 왜 말이 없냐?!"

앨콧은 길드원들이 침묵하자 발끈했다. 원래 다른 사람에게 욕을 들을 일이 많은 사람은 이런 감각이 예민하게 발달했다. 잠깐 조용하다는 건 이들이 귓속말로 이야기하고 있다는 것!

"아, 아니요. 저희도 그렇게 생각하고 있었어요."

"앨콧 님이 김태현 그 자식을 죽여주지 않을까~ 생각했는데 뭐 앨콧 님도 생각이 있었겠죠. 그렇겠죠. 네."

아무리 앨콧이라도 이런 상황에서 역으로 화를 낼 만큼 뻔뻔 하지는 않았다. 그건 김태현만이 가능한 안면철판신공이었다.

"멍청한 놈들! 그게 다 깊은 계획이…….'

"……."

"됐다. 내가 말해서 뭐 하겠냐."

앨콧은 '뭔가 있다'는 태도를 보여주기 위해 말을 멈췄다. 그러나 길드원들은 더 이상 속지 않았다.

'그나저나 〈카르바노그의 무딘 창〉을 찾아야 하는데…… 설마 카라그가 갖고 있는 거 아니야?' 생각만 해도 오싹했다.

태현 일행이 도망치고 나서, 몇몇 겁 없는 랭커가 카라그를 잡겠다고 나섰다. 그리고 일격에 전멸했다. 정말로 일격에! 아무리 보스 몬스터고, 정보가 없었다지만, 랭커를 일격에 잡다니. 절대 지금 잡을 수 있는 놈이 아니었다.

'으…… 파이토스 교단 퀘스트를 포기하는 건 너무 아까운데.'

앨콧은 더 찾아봐야 할지, 아니면 포기하고 다른 퀘스트를 깨야 할지 고민했다. 지금 그가 깨고 있는 건 직업 퀘스트가 아니었다. 성기사와 망치의 신, 파이토스 교단의 퀘스트였다.

암살자 계열 직업인 앨콧이 파이토스 교단을 믿고 있다는 건 얼핏 보면 이상한 일이었지만, 자기 직업과 다른 계열의 신을 믿는 건 판온에서 은근히 흔한 일이었다. 교단마다 특성이 있었고 앨콧은 파이토스 교단의 특성을 원했던 것이다.

'암살자 직업들이 주로 믿는 암살자의 신 자크수나, 도적의 신 헤넨은 의외로 효율이 안 좋아. 거기서 주는 보상 스킬들은 내 직업 스킬들 하위호환이고. 차라리 파이토스 교단이 낫다. 그래서 파이토스 교단 퀘스트를 깨기 시작했는데……'

길드 동맹의 지원도 있고, 파이토스 교단 초반 퀘스트들은 손쉽게 깼다. 그러나 몇 개 깨고 교단 내 위치가 상승하자, 퀘스트 난이도는 확 올라갔다.

몇몇 퀘스트는 아예 처음부터 포기할 정도의 난이도! 그러나 이번에 나온 퀘스트는 포기할 수 없는 퀘스트였다.

〈카르바노그의 무딘 창-파이토스 교단 퀘스트〉

위대한 신, 파이토스는 대륙에 카르바노그의 힘이 깨어났다는 걸 알아차리고 신탁을 내렸다. 카르바노그는 교단은 없지만 그 힘은 대대로 대륙을 뒤집어놓았던 신! 오로지 파이토스 교단만이 그 힘을 안전하고 온건하게 다룰 수 있을 것이다.

〈카르바노그의 무딘 창〉을 찾아 파이토스 교단으로 갖고 와라. 만약 성공한다면 당신은 파이토스 교단의 중요 인물이 되리라. 그러나 주의하라. 다른 교단도 카르바노그의 힘이 깨어났다는 걸 알고 있을 테니…….

보상: 〈파이토스의 일격〉, [교단 대주교 직할 암살자] 자리 수여, ?, ??, ??

막대한 공적치 포인트도 공적치 포인트였지만, [교단 대주교 직할 암살자]라는 교단 내 자리와 〈파이토스의 일격〉이라는 신성 권능 스킬이 너무 엄청난 보상이었다.

[교단 대주교 직할 암살자]는 교단 암살자라는 강력한 NPC들을 부릴 수 있는 어마어마한 위치! 그리고 〈파이토스의 일격〉은 앨콧이 파이토스 교단 내에서 노리고 있던 신성 권능 스킬 중 하나였다.

'안 돼. 이건 절대 포기할 수 없어!'

게다가 다른 교단에도 퀘스트가 나왔다는 암시가 신경이

쓰였다. 다른 교단에서 퀘스트를 깨고 있는 플레이어들이 언제 이 퀘스트를 받고 〈카르바노그의 무딘 창〉을 가지고 갈지 알 수 없는 일!

쿡-

"아! 그만하라고! 진짜!"

"미안. 너무 재밌어서."

"그게 미안하다는 놈의 태도냐!"

다시 넘어진 케인은 울컥해서 소리쳤다. 태현은 한 손에 〈카르바노그의 무딘 창〉을 들고 있었다.

"아니, 케인. 사실 진지한 이유가 있어. 던전 클리어 대회에서 우리가 이기기 위해서는 남들보다 더 다양한 방법을 갖고 있어야 한다고. 그리고 그런 면에서 봤을 때, 모두가 아는 장비가 아닌 이런 유니크한 장비야말로 비장의 수가 될 수 있지 않겠어?"

"그…… 그런가?"

"그래. 그러니까 몇 번 더 실험해 보자."

쿠당탕!

케인에게 말한 것처럼 숨겨진 성능을 알아차리지는 못했지만, 태현은 한 가지는 깨달을 수 있었다. 이 창…… 손맛이 너무 좋았다!

'중독성 있다!'

태현도 중독되어 버릴 것 같은 손맛. 계속해서 케인을 찌르게 되어버릴 것 같은 손맛이 있었다.

[당신의 헌신에 카르바노그가 기뻐합니다.]

태현의 표정이 갑자기 싸늘해졌다. 그리고 재빨리 창을 집어넣었다.

"노는 건 여기까지만 하고 빨리 던전이나 가보자고. 지금 우르크 지역에 공개된 던전이 이 정도인가?"

이다비가 준 지도에는 우르크 지역에 알려진 던전들이 표시되어 있었다. 태현은 그중 너무 쉽거나 깰 필요가 없는 걸 X표로 지우고, 남은 던전들을 훑어보았다.

"일단 해적들 아키서스 교단으로 끌어들이는 퀘스트도 해야 하니까 던전 클리어에 너무 시간을 쓸 수는 없고. 해적들 있는 바닷가로 움직이면서 경로에 있는 던전들을 깨자."

"너무 위험하지 않아?"

갑자기 나타난 최상윤의 모습에, 케인은 깜짝 놀랐다.

"저, 저, 저 사람은 누구야? 네 여자친구?"

"너는 참……."

태현은 넘어져 있는 케인을 딱하다는 듯이 쳐다보았다. 왠지 모르게 재밌으니까 그냥 내버려 둘까?

'최상윤 씨인가요?'

'최상윤 씨네요.'

정수혁과 이다비는 바로 알아차리는데 혼자 못 알아차리는 케인!

"그러고 보니 예전 레드존 때 본 적 있었는데⋯⋯! 안녕하세요! 잘 부탁드립니다!"

과거의 원한은 떠올리지도 않고 고개를 굽신거리는 케인이었다.

"케인. 우리 5명으로 던전 깨기로 하지 않았냐?"

"웅? 그랬지."

"그럼 쟤가 누구겠냐?"

최상윤은 케인의 모습을 보고 히죽히죽 웃었다. 그걸 무시하고 태현은 말을 이었다.

"확실히 다섯 명이서 있는 던전들만 닥치는 대로 공략하면 목숨이 몇 개라도 부족하긴 하겠지. 몇 가지 원칙을 세우고 하자고. 먼저 사전 정보로 확인하고, 들어가서 위험하다 싶으면 바로 나오고."

태현은 '다른 사람들이 깬 던전'과 '다른 사람들이 아직 못 깬 던전'을 둘 다 테스트해 볼 생각이었다. 둘 다 팀 KL이 어떤 수준인지 파악할 수 있는 기회가 되리라.

"근데 케인, 너 악마의 피 해결해야 한다고 엄청 징징거리지 않았냐?"

"어, 어?"

케인은 태현의 질문에 당황했다. 처음에는 '이게 뭐야!' 하면서 어떻게든 빨리 없애려고 했는데, 생각이 조금 달라진 것이다. 생각보다 반인반마 종족 성능이 엄청 좋았던 것!

예전 우드스탁 길드가 받아들였던 어설픈 악마화 상태와는 차원이 달랐다. 게다가 〈아키서스의 노예〉 직업 페널티라도 올까 봐 걱정했는데, 이 직업은 무슨 직업인지 반인반마가 됐는데도 페널티가 없었다.

'신성 직업 맞아?'

"좀 더 있어도 되지 않을까?"

"……너 설마 그거 멋있다고 생각해서 안 고치는 건 아니지?"

"아, 아니거든?"

그리고 마지막으로, 겉모습이 은근히 멋있었다.

"제대로 본 거 맞아?"

"맞다니까. 내가 못 알아볼 리 없지. 한때 우리 길드장이었는데. 그리고 최근에 올라온 거 봤잖아? 무슨 저주라도 당했는지 종족 변했다는데. 저런 사람이 둘이겠어?"

"음……."

약탈자 플레이어 몇 명이 산 능선 위에 엎드린 채 태현 일행이 지나가는 걸 보고 있었다. 그들이 우르크 지역에 온 이유는 오스턴 왕국에서 내건 현상금 퀘스트였다.

카라그의 목을 가져가면 영지를 준다고 했지만, 꼭 그것 때문만은 아니었다. 대형 퀘스트 때문에 이렇게 플레이어들이 많이 오면 떡고물이 흘러넘치는 것이다. 으슥한 곳에서 은신하고 있다가 만만해 보이는 플레이어가 보이면 공격! 약탈자 플레이어의 기본 정석이었다. 게다가 우르크 지역은 아직 지도가 안 만들어진 곳들이 많아 그들이 숨어서 대기하기 좋았다. 그런데 갑자기 퀘스트 열기가 식어버리고, 플레이어들이 삼삼오오 떠나버리자 그들도 선택을 해야 했다.

"더 남아서 기다려 볼까, 아니면 그냥 우리도 다른 곳을 갈까?"

"기껏 왔는데 몇 명 잡지도 못했어. 좀만 더 기다려 보면…… 어?"

그때 그들의 눈에 한 일행이 들어왔다. 원래라면 '와! 신난다!'라고 하며 덤벼들었을 그들이었지만…….

그들은 그러지 못했다. 상대방을 알아본 것이다.

"케, 케, 케, 케인이잖아?!"

"뭐?! 케인? 그러면 저 옆에 있는 건……."

"처음 보는 얼굴이지만 김태현이 분명해! 김태현은 얼굴 바꾸고 다니는 스킬이 있다고 들었어."

"힉!"

김태현의 이름을 듣자마자 한 명이 고개를 박았다. 약탈자 플레이어라고 하면, 상대가 랭커여도 신경 쓰지 않고 대박을 노리고 덤벼드는 무법자들 같은 이미지가 있었지만…….

약탈자 플레이어들도 사람이었다. 누구보다 계산 많이 하고 약삭빠른 게 그들! 극소수 또라이들이 아니면 이길 승산 없는 싸움에 끼어드는 일은 없었다. 그리고 태현은 약탈자 플레이어들에게 저승사자 같은 이름이었다. 판온 2에서 보여준 모습만으로도 충분히 건드리기 힘들었는데, 판온 1에서의 신분까지 나온 지금은 더욱 그랬다.

-내 친구 판온 1 때 김태현하고 시비 잘못 붙었다가 게임 접을 때까지 공격당했다더라.
-내 친구의 형의 동생의 친구가 김태현 잡으려고 함정 팠는데 들켜서 함정에 장비 벗고 뛰어들어야 했다더라.

약탈자 플레이어들 비밀 게시판에서 주기적으로 도는, 태현에 대한 흉흉한 소문! 진실이야 어쨌든 간에 약탈자 플레이어들 대다수가 태현을 건드릴 생각을 안 하는 건 사실이었다.

"튀자! 아직 우리 못 본 거 같아!"

"아니야. 내게 좋은 생각이 있어!"

패닉 상태에 빠진 동료들을 말리고, 약탈자 플레이어는 자신만만하게 말했다.

"정말 좋은 생각 맞어?"

"아. 괜찮다니까. 김태현이 예전 김태현이 아니래요. 이 사람들아. 방송도 많이 출연해서 그런지 사람이 둥글어졌대."

"……진짜?"

"오크 요새 공략 퀘스트 때 참가한 놈들 말 들어보니까 김태현이 나타나서 사람들 목숨도 구해주고 그랬다던데? 김태현도 사람이고 인기 많아졌는데 판온 1 때처럼 굴 수는 없는 거겠지."

"……."

"그리고 봐라. 우리가 공격 안 하면 저쪽이 우리가 약탈자 플레이어인 걸 어떻게 알겠냐? 그냥 공격 안 하고 시치미 뚝 떼면 돼."

그들이 선택한 방법은 하나. 착한 척하기! 정확히 말하자면 '척'은 아니었다. 정말로 착하게 굴 생각이었으니까.

'따라다니다가 빈틈 보이면 공격하자!'라고 하기에는 그들은 너무 겁이 많았고, 태현은 너무 무서웠다.

"자! 쫓아가자고. 만약 숨겨진 던전이나 히든 퀘스트 하나만 발견해도 대박이야! 그리고 김태현 관련 정보가 얼마에 팔리는 줄 알지?"

"알지. 예전에 몇백 받은 놈 있었다며. 젠장, 파워 워리어 길드 놈들만 아니었으면 지금도 위치는 바로 팔아먹었을 텐데. 상도덕도 없는 놈들……."

태현이 판온 1의 태현이라는 게 밝혀지고 나자, 원수진 사람들은 한동안 태현을 죽일 궁리만 했다. 1:100으로 쫓아오던 것도 바로 그때! 태현에게 당한 게 얼마나 많았는지 플레이어들은 태현에 관한 정보를 닥치는 대로 게시판에서 구입했다. 판온은 게시판에서 정보를 유료로 팔 수 있었던 것이다.

그때 어떤 사람이 태현의 최신 위치 한 줄을 몇백만 원에 올렸는데 다급한 플레이어들이 바로 구입한 일이 있었다. 태현을 얼마나 잡고 싶어 하는지 보여주는 그 사건은 거의 전설이 되었다. 당연히 돈에 눈이 먼 플레이어들은 태현의 정보를 모아서 팔려고 했고, 그건 태현을 노리는 플레이어들이 원하는 바였다. 아무리 날고 기는 태현이라도 이렇게 사방에서 만나는 이들이 태현을 판다면 버티기 힘들 테니까!

그리고 그때 나선 게 파워 워리어 길드였다.

[☆김★태☆현★ 위치 팝니다! 옆집보다 싸요!]
[진짜 원조 김태현 위치 공유! 다른 놈들은 모두 가짜!]
[50년 전통 김태현 위치 판매점! 다른 집 가시면 후회합니다!]

신이 나서 우르르 글을 올려대는 파워 워리어 길드원들!

길드원들은 허위 정보로 아이디가 신고 먹어도 새로 파서 다른 글들을 올려댔다. 애초에 그런 신고 따위는 조금도 신경 쓰지 않는 그들이었다. 그 결과, 태현의 정보는 똥값이 되었다. 진짜 정보, 가짜 정보가 뒤섞여서 뭐가 정말인지 파악하기 힘들어져 버린 것!

덕분에 이제 태현의 정보를 팔아먹으려면 위치 같은 간단한 정보로는 안 됐다. 태현의 스킬이 어떤 스킬이냐, 태현의 장비가 어떤 장비냐, 이 정도는 갖고 와줘야 팔 수 있는 것!

"그래도 쓸 만한 정보는 아직도 꽤 비싸게 팔린다고."

"난 그거 아직도 이해가 안 간다. 저번에 〈김태현이 화가 난 것 같은데 이거 풀려면 뭔 아이템 줘야 하냐〉라고 올린 글 봤지? 그건 대체 뭐냐?"

"몰라. 우리야 돈만 받으면 됐지."

그 정보 요청 글을 봤을 때, '이딴 걸 누가 알겠어?' 하며 다들 넘겼었다. 더 놀라운 건 이 정보 요청 글에 〈거래완료〉가 떴다는 점이었다.

-님아비다이 님이 판매에 성공했습니다.
-구매자분이 매우 만족합니다.

-주인님. 누가 쫓아오는데요?
"뭐?"
태현은 멈칫했다. 이런 면에서 흑흑이는 매우 예리한 감각을 보여주었다.
"근데 넌 용케 이런 걸 잘 알아챈다?"
태현은 의아해했다. 흑흑이 말고 다른 놈들, 그러니까 최상윤 같은 플레이어나 태현도 눈치를 못 챈 걸 보면 상대는 은신 스킬에 꽤 많은 투자를 한 플레이어였다.
근데 혼자서 먼저 눈치채다니!
-그야 사악한 기운이 느껴져서…… 악명이 높은 상대는 제 앞에서 은신해 봤자 의미가 없습니다.
악명 스탯이 높으면 은신이고 뭐고 흑흑이에게 먼저 발각되는 것이다. 태현은 다행이라고 생각했다. 지금 상황에서 사디크 교단에 흑흑이 같은 마수가 있었다면 태현은 바로 들킬 수밖에 없었으니까.

"야. 누가 쫓아온대."

"뭐!? 어떤 미친놈이?! 제정신이 아닌가?!"

최상윤은 기겁해서 외쳤다. 세상에 쫓아올 놈이 없어서 태현을 쫓아오다니!

"……아니, 나 쫓아올 수도 있지 않냐?"

-헤헤. 주인님. 제가 이렇게 뛰어난…….

"조용히 하고 있어."

-……넵.

누군가 쫓아온다고 해서 꼭 태현을 노리는 상대라는 법은 없었다. 그렇지만 노려지고 있는 게 사실이라면, 일단 태현을 공격하려는 상대라고 보는 게 좋았다. 그게 가장 가능성 높았으니까!

"태현이를 노리는 거겠지?"

"김태현을 노리는 거겠지."

"제 생각에도 태현 님을 노리는 것 같은……."

"시꺼."

"앗! 던전 들어간다! 거봐! 내가 뭐라고 그랬어! 김태현만 따라다녀도 엄청 남는 장사라고 했잖아!"

"저 던전 무슨 던전인데? 별로 대단해 보이는 던전 같지는 않은데······."

"잠깐. 저 던전 공개된 던전인데? 여기 지도에도 나와 있잖아."

약탈자 플레이어 중 한 명이 〈파워 워리어〉 길드가 만들어서 판매한 우르크 지역 지도를 꺼냈다. 거기에는 지금 태현 일행이 들어간 던전이 나와 있었다.

요새 형태의, 별로 어렵지 않은 난이도의 던전이었다. 레벨 100만 넘으면 무난히 파티 하나로 깰 수 있었다. 김태현 일행이 들어가기에는 아무래도 수준이 안 맞는 던전! 그러나 약탈자 플레이어는 단호하게 말했다.

"이런 멍청한 놈 같으니. 김태현이 그런 만만한 던전에 들어가겠어?"

"그러면?"

"저 던전에 숨겨진 무언가가 있는 게 분명해!"

다른 사람들은 '어? 그럴듯한데?' 하는 표정을 지었다. 김태현 일행이 아무것도 아닌 던전에 들어가는 건 그들이 생각해도 뭔가 좀 이상했던 것이다.

"설, 설마 숨겨진 히든 던전?!"

"그럴 수도 있어! 저기 입구가 있는 거지!"

던전 안에 또 다른 히든 던전의 입구가 있는 형식! 판온에서 그런 형식의 던전은 종종 있었다. 약탈자 플레이어들은 기대감으로 눈빛을 반짝였다.

'이대로 쫓아가기만 하면······.'

'숨겨진 던전의 입구를 찾아낼 수 있어!'

'그러면 대박이야!'

"가자! 가자!!"

"계속 쫓아오는데?"

"역시. 태현 님을 쫓아오는 게…….”

"맞아. 태현이를 노리는 게 아니고서야 저렇게 끝까지 쫓아
올 리 없지.”

모두가 고개를 끄덕였다. 태현을 노리는 게 아니라면 저렇
게 던전 안까지 쫓아올 리 없었다.

태현은 짜증 난다는 표정으로 말했다.

"합 맞춰보려는데 왜 자꾸 이상한 놈들이 따라붙는 거야?
시간도 촉박한데.”

"그야 네가 했던 짓들이…… 억!”

태현은 번개 같은 동작으로 〈카르바노그의 무딘 창〉을 케
인에게 찔러넣었다.

우당탕!

몇 번이고 반복한 덕분에 이제 눈을 감고도 무기를 바꿔서
찔러 넣을 수 있었다.

[카르바노그가 쓰러진 아키서스의 노예를 비웃습니다.]

"뭐야?!"

케인은 이상한 메시지창이 뜨는 걸 보고 어이가 없어 외쳤다. 뭔 놈의 아이템이 이렇게 사람에게 쓸데없이 굴욕감을 주는 거지?

"김, 김태현이 케인 공격하는데?"

"뭐? 무슨 헛소리야. 그냥 장난치는 거 아니고?"

"아니야! 케인이 자빠졌다고!"

약탈자 플레이어 중, 은신 위주로 캐릭터를 키운 플레이어가 정찰을 맡고 있었다. 기본 은신 스킬 레벨도 높고, 〈어둠 속에 숨기〉나 〈소음 삭제〉 같은 스킬로 은신 능력을 뻥튀기 가능하며, 착용하고 있는 〈이반코 도적 세트〉도 은신 능력을 올려주는 장비 세트였다. 다른 플레이어들은 들킬까 봐 최대한 거리를 두고 따라가고 있었다. 그런데 가장 앞에서 정찰하고 있던 플레이어가 보고를 한 것이다. 김태현이 케인을 공격하고 있다고!

"쓰러질 정도면 장난은 아닌 것 같은데?"

"맞아. 어느 정도 대미지 입지 않는 이상 쓰러지지는 않잖아. 내구도도 닳는데 그런 장난을 하겠어?"

그러는 와중, 태현은 쓰러지는 케인을 다시 한번 찔러서 쓰러뜨렸다.

"헉! 진짜 공격하는 거 맞다니까?!"

"김태현이 왜 케인을 공격하는 건데?! 둘이 친하다며!"

"케, 케인이 뭔가 실수를 해서 벌주는 거 아닐까? 김태현 그 놈 성격이 지×맞다던데……."

"아까는 성격 좋아졌다면서?"

"성격 좋아진 놈도 열 받는 일 있으면 화낼 수 있지! 그게 내 책임이냐?"

"야, 싸우는 건 나중에 하고. 어쩌지? 계속 따라가? 잘못 걸렸다가 우리까지 당하는 거 아냐?"

"역시 이상한데. 보통 놈들이 아닌가?"

쓰러진 케인이 일어나는 동안, 태현은 생각에 잠겼다. 원래 이렇게 케인이 쓰러진 걸 보면 먼저 공격을 해야 정상이었다. 빈틈으로 보일 테니까. 그렇지만 쫓아오고 있는 놈들은 공격을 하지 않았다. 정말 신중한 게 분명했다.

"어쩔 수 없군. 이쪽에서 먼저 가보자."

"괜찮겠어?"

"이런 던전에서 시간 끄는 것보단 낫겠지. 그리고 함정을 파고 있어도 빠져나갈 정도 자신은 있고. 케인. 앞으로!"

"……왜 나야."

투덜거렸지만 케인은 앞장서서 움직였다. 탱커인 그의 역할을 잘 이해하고 있었기 때문이었다. 그러나 그걸 본 약탈자 플레이어들은 기겁했다.

"여기로 오잖아?!"

"야, 야! 어쩔 거야?"

"아직 들켰다는 보장은 없어! 침착해!"

"잘 지나가던 놈들이 왜 여기로 오겠어! 들킨 게 분명해! 저거 봐! 우리 쪽으로 오고 있잖아!"

"튀, 튈까?"

"튀면 더 수상해! 아까 말한 대로 준비해! 알겠지?"

"알겠어! 간다!"

그들이 떠드는 것도 모르는 채, 케인은 긴장한 얼굴로 접근했다. 기습한다면 바로 반격한다!

"반……."

"……?!"

"반갑습니다, 케인 님!"

"……??"

케인이 다가오자마자 호다닥 튀어나오며 넙죽 엎드리는 플레이어들! 원래라면 케인은 '하하 무슨 오해가 있었나' 하면서 오해를 풀었겠지만, 케인은 이제 그러지 않았다.

그러기에는 너무 많이 당해왔던 것!

"어디서 수작질이야! 움직이지 마라!"

"네?!"

"그렇게 날 방심시켜 놓고 공격할 생각이겠지! 이 사악한 놈들!"

"아, 아니. 그런 게 아니라……."

케인이 시끄럽게 떠들자 뒤에서 천천히 따라가고 있던 태현 일행이 물었다.

"뭐야? 어떻게 됐어?"

"이 자식들이 날 방심시키려고 함정을 팠어! 내 앞에서 넙죽 엎드렸다고!"

최상윤은 고개를 갸웃거렸다.

"그걸…… 함정이라고 할 수 있나?"

"이해해 주자. 케인은 워낙 많이 당했으니까."

졸지에 함정을 판 약탈자로 몰리게 된 약탈자 플레이어들은 기를 쓰고 변명을 시작했다. 물론 약탈자긴 했지만 그래도 지금은 정말 순수한 마음이었던 것이다.

"케인 님! 저 모르시겠습니까! 레드존 길드 때 같이 다녔던 주벨입니다! 주벨!"

케인은 오랜만에 듣는 길드 이름에 눈을 깜박였다. 뭐라고?

"저요! 저! 주벨!"

"주벨?!"

"네! 케인 님! 저예요!"

케인이 알아보는 모습을 보여주자, 다른 약탈자 플레이어들은 감탄과 질투의 눈빛을 보냈다.

'정말 케인의 길드에 있었던 놈 맞구나!'

'구라인 줄 알았는데.'

'부럽다. 그런 허접한 길드 들어가 있었던 게 이렇게 도움이

될 줄이야.'

케인이 들었다면 멱살을 잡았을 생각들! 그러거나 말거나 주벨과 케인은 반가워서 서로 손을 잡았다.

"케인 님! 그때 길드가 망하고서 얼마나 슬펐는지 모릅니다! 흑흑! 케인 님을 따라갔어야 했는데!"

"흑흑! 그런 일이 있었지! 그때는 정말!"

"그래도 케인 님이 이렇게 잘 된 걸 보니 얼마나 기쁜지 모릅니다! 먼 거리에서나마 응원하고 있었는데!"

"너 이 자식! 감동이잖아!"

케인이 울컥한 표정으로 주벨을 껴안자, 주벨은 '됐다!' 싶었다. 저 표정을 보니 거의 넘어온 것이나 다름없었다.

"그때 케인 님이 〈장비 추적의 저주〉에 당해서 장비들을 잃어버렸다는 말을 듣고 얼마나 가슴이 아팠는지……!"

"응?"

케인은 순간 멈칫했다. 뭔가 위화감을 느꼈던 것이다.

"왜, 왜 그러세요?"

"내가 〈장비 추적의 저주〉에 당해서 장비들 잃어버린 건 어떻게 알았지?"

케인은 태현한테 길드가 박살 나고 나서, 복수를 하겠다고 설치다가 남은 길드원들에게 PK를 당해 도주한 경험이 있었다. 그 과정에서 〈장비 추적의 저주〉 스크롤을 맞은 탓에 장비를 다 벗어 던지고 튀었어야 했던 것이다. 케인이 길드원들한테 배신당했다는 건 알아도, 저렇게 자세하게 아는 건 좀 이상했다.

"네? 들, 들어서……."

"그걸 어떻게 들었냐고. 그때 이미 길드 박살 나 있었는데. 길드원들 다 나갔었잖아."

"아, 그, 그게 그러니까…… 나중에 그놈들이 자랑하는 걸 들었……."

주벨이 급하게 변명했지만 케인은 이미 의심을 굳힌 상태였다.

"너 이 자식 그 새끼들이랑 한 패였었지?!"

"컥! 커헉! 아닙니다! 아니에요!"

"아니긴 뭘 아냐! 이게 누구를 호구로 보고!! 지금 다시 나타난 건 뭐냐? 어? 뜯어낼 자신이 있어서 나온 거냐?"

"그런 거 아니라니까요, 길마님! 사과드리려고 온 거예요!"

"뭐? 사과? 했다는 건 인정하는 거네?"

'아차.'

주벨은 아차 싶었다.

"그, 그런 게 아니라 그때 길드원으로서 못 도와드린 걸……."

"개소리하지 마! 네가 그런 놈일 리 없어! 왜냐하면……!"

케인은 확신에 차서 말했다.

"레드존 길드에 그런 기특한 놈은 한 명도 없었다고!"

뒤늦게 도착해서 상황 설명을 들은 태현은 고개를 갸웃거렸다.

"뭐야, 그러면 케인을 쫓아온 거였어? 이 자식…… 그래놓고 내가 원한 산 놈이 많다는 소리나 해?"

"나, 나야 몰랐지."

"그보다 레드존 길드라니. 그런 이름이었나?"

"네가 부쉈잖아!"

"내가 부순 길드가 한둘이어야 기억하지. 어쨌든 케인 쫓아온 거면 네가 알아서 해라."

"죽여도 되겠지?!"

"대부분의 문제를 해결하는 좋은 방법이지."

훈훈한 둘의 대화를 들은 주벨은 기겁해서 외쳤다.

"케인 님! 케인 님! 아니에요! 용서해 주십쇼! 케인 님은 그때보다 훨씬 더 잘나가시잖습니까!"

"시끄러."

"그냥 케인 님 정도 되는 분은 어느 던전에서 어떻게 깨실지 보고 싶어서 따라온 거였습니다! 순수한 마음으로요!"

붕붕붕-

케인은 대답 대신 무기를 빙글빙글 돌렸다. 마치 목 날리기 직전 망나니 같은 자세!

"내가 그때 말이야, 얼마나 개고생을 한 줄 아냐? 장비 다 벗고서 김태현한테 가서 목숨만 살려달라고…… 얼마나 굴욕이었는지 아느냐 이 말이야! 어!"

"그, 그래서 이렇게 잘되셨으니 좋은 거 아니겠습니까?"

"논리적인데?"

뒤에서 듣던 최상윤은 감탄했다. 반박할 수 없는 논리!

물론 케인에게 그런 논리가 와닿을 리 없었다.

"죽여 버린다!!"

"히익!"

케인이 무기를 치켜들자 주벨은 납작 엎드렸다.

그 순간!

[방랑 오크 부족들이 당신을 알아봅니다. 뻔뻔하게 그들의 요새에 찾아온 당신의 모습에 오크들이 매우 분노합니다!]

지금 그들이 있는 던전은 〈방랑 오크 부족의 무너진 요새〉. 거기서 방랑 오크 부족이 케인을 알아봤다는 건…….

"뭐야?!"

-취익! 대족장님의 원수! 감히 여기를 들어오다니! 우리가 모두 죽는 한이 있더라도 너는 용서할 수 없다!

"잠, 잠깐만! 뭔가 오해가 있었던 것 같은……."

쿠르르릉!

요새 통로의 벽이 갑자기 좁혀져 오더니, 통로의 바닥에서는 기묘한 소리가 들리기 시작했다.

"뭐임?! 도대체 뭐임?!"

자리에 있던 약탈자 플레이어들도, 태현 일행도 당황해서 주변을 두리번거렸다. 이미 몇 번이고 클리어한 던전에서 이런 변화가 일어날 줄은 아무도 몰랐던 것! 이 자리에서 가장 기계 공학 스킬과 대장장이 기술 스킬이 높은 태현에게는 다른 메시지창이 떴다.

[방랑 오크 부족들이 무너진 요새에 숨겨진 함정을 전부 가동시켰습니다. 요새가 완전히 무너집니다. 피하십시오!]

피할 곳이 없었다. 태현은 케인을 쳐다보며 말했다.

"너 이 자식……."

"이건 나 때문은 아니지!!"

그 대화를 마지막으로, 자리에 있던 플레이어들은 모두 바닥 아래로 떨어졌다.

[던전:<두 종족이 맞서 싸웠던 잊혀진 지하광산>에 입장하셨습니다. 당분간 로그아웃이 제한됩니다. 로그아웃 시 던전에서 강제로 퇴장당하며, 페널티가 부여됩니다. 던전에 처음으로 입장했습니다. 보너스로……]

"재수 없는 놈은 뒤로 자빠져도 코가 깨진다더니……."

태현은 중얼거리며 바닥에 착지했다. 상황을 파악한 것이다. 꽤 많은 플레이어들이 이미 클리어한 던전이었다. 그렇지만 이런 일이 일어났다는 건 들어 본 적도 없었다. 그렇다는 건? 태현 일행이 숨겨진 히든 던전의 조건을 만족시킨 게 분명했다.

'아마 케인이나 나나 우르크 지역 오크들한테 악명이 엄청 높아서겠지…….'

다들 쉽게 깬 일반 던전이라고 너무 쉽게 생각한 게 탈이었다. 이름에 '오크'가 들어갔을 때부터 긴장을 좀 했어야 했는데!

약탈자 플레이어들도 짧게 비명을 지르며 착지했다. 당황했지만 던전 메시지창을 읽은 그들은 무릎을 치며 외쳤다.

"역시! 김태현이야! 숨겨진 던전이 있었다니까! 내가 뭐라고 그랬냐! 김태현이 이런 무난한 던전에 그냥 들어갈 리 없다고 했잖아!"

"정, 정말이네? 진짜 히든 던전에 들어왔어! 대단해!"

태현은 빤히 그들을 쳐다보았다. 히든 던전에 들어온 게 얼마나 놀라웠는지, 지금 옆에 태현과 케인이 빤히 쳐다보고 있는데 눈치를 못 채고 있었다.

툭툭-

"이제 아까 하던 거 마저 해도 되겠지? 응?"

살기를 팍팍 뿌리며 주벨에게 말을 거는 케인! 한 손으로 묵직한 중병기를 돌리는 폼이 당장에라도 토막을 낼 폼이었다.

"잠깐, 잠깐. 케인. 물론 저놈들이 뭐 주워 먹을 거 없나 하고 쫓아온 놈들이고, 그중 하나는 예전 길드 때 널 PK해서 벗겨 먹은 놈이긴 하지만 이렇게 공격을 하는 건 너무 심하잖아."

"……너, 지금 말하고서 뭔가 이상하다는 생각 안 드냐?!"

케인은 어이가 없어서 되물었다. 아무리 생각해도 안 심했다!

-지금 모르는 던전에 들어왔잖아.

-그래서?

-그러면 한 명이라도 더 있는 게 좋지.

한마디로 총알받이로 쓰겠다는 것! 케인은 감탄했다. 이런 상황에서도 빠르게 남을 벗겨 먹을 판단을 하다니.

'이 자식은 정말 남 엿 먹이는 데에는 프로야!'

-너 속으로 이상한 생각하고 있는 것 같은데.
-아, 아니야. 어쨌든 알겠어! 네 말대로 하는 게 좋을 거 같다!

케인은 재빨리 동의했다. 돌아서서 주벨을 노려보며, 케인은 입을 열었다.

"지금 당장에라도 PK를 한 다음 리스폰 지역에 찾아가서 또 PK를 하고 그다음에 다시 PK를 하고 싶지만……! 김태현이 저렇게 말해주니 참아준다! 흥!"

케인의 말에 약탈자 플레이어들은 어리둥절했다. 대체 무슨 바람이 불어서?

"김태현이 말해서 살려준다는데?"

"정말 김태현 때문임?"

"아니, 김태현이 둥글어졌다잖아……."

약탈자 플레이어들이 혼란에 빠져 떠드는 동안, 태현은 던전을 훑어보았다. 〈방랑 오크 부족의 무너진 요새〉는 지상에 있던 던전. 그에 비해 지금 던전은 지하에 있는 던전.

'〈두 종족이 맞서 싸웠던 잊혀진 지하광산〉이라니. 두 종족이면…… 오크랑…… 고블린인가? 두 종족이 맞서 싸울 정도

면 뭐가 있지?'

"태현 님, 태현 님!"

쿡쿡-

이다비가 태현의 옆구리를 찔렀다.

"여기 보세요. 광맥이에요!"

[고급 대장장이 기술을 갖고 있습니다. 매우 질 좋은 고급 철 광맥을 발견했습니다.]

대장장이 기술을 고급까지 찍은 덕분에, 채굴 스킬이 낮아도 광맥의 질을 파악하는 게 가능했다.

'뭐야? 광맥이 왜 이렇게 많아?'

판온 1에서 대장장이였던 태현은 질 좋은 광맥이 얼마나 중요한지 잘 알았다. 한번 나오면 근처에 있던 길드들이 독점하기 위해 그 주변을 점령하는 일도 흔했다.

[고급 대장장이 기술을 갖고 있습니다. 매우 질 좋은 고급 흑철 광맥을 발견했습니다. 매우 질 좋은 고급 은 광맥을 발견했습니다.]

'다른 플레이어들이 여길 발견하면 눈이 돌아가겠는데?'

이렇게 질 좋은 광맥들이 많다니. 대장장이 플레이어들뿐만 아니라 다른 플레이어들도 눈이 뒤집혀서 달려들 게 분명했다.

"캘까요?"

"너 채굴 스킬이 있었나?"

"당연하죠. 상인 직업인데!"

"상인 직업은 보통 채굴 스킬 안 키우는데."

"태현 님이 그런 소리를 하시면 좀……."

잡캐 수준으로 스킬 트리를 다양하게 키우는 태현이 할 소리는 아니었다. 이다비는 능숙하게 곡괭이를 꺼내 광맥을 향해 휘두르기 시작했다. 한두 번 해본 솜씨가 아니었다.

깡, 깡-

"곡괭이 남는 거 있으면 빌려줄래?"

"채굴 스킬 있으세요?"

"안 올리긴 했는데, 다른 스킬들로 커버될 거야."

태현은 곡괭이를 들고 광맥 앞에 다가섰다. 채굴 스킬은 안 올렸지만, 고급 대장장이 기술 스킬은 어느 정도 보너스를 줬다. 거기에 무지막지한 행운 스탯과 아키서스의 화신 직업 스킬들까지.

깡, 깡, 깡-

[매우 질 좋은 고급 철광석(4)을 얻었습니다.]

[매우 질 좋은 고급 철광석(3)을 …….]

"태현 님. 보세요. 난타 스킬! 이거 하면 광석이 두 개나 세 개까지 나와요!"

"……어, 어?"

이다비는 곡괭이가 여러 개로 나눠지는 화려한 스킬을 보여주었다. 중급 채굴 스킬을 찍어야 얻을 수 있는 〈곡괭이 난타〉 스킬! 한 광맥에서 더 많은 광석을 캐낼 수 있는 쏠쏠한 스킬이었다. 어지간한 광부 직업에게 밀리지 않는 모습을 보여주는 이다비! 그녀 스스로도 그걸 알고 있었기에 뿌듯한 모습이었다.

"반응이 왜 그래요? 멋지지 않아요? 광석 2개나 3개씩 캐기가 얼마나 힘든데!"

"……너무 멋져서 잠시 할 말을 잃었어."

"그런 거였나요?"

이다비는 아하하 하고 웃더니 다시 곡괭이를 휘둘렀다. 태현은 속으로 생각했다.

'내가 몇 개 캤는지는 말해주지 말아야겠다.'

어째 판온 1에서보다 판온 2가 더 채굴 효율이 좋은 기분이었다.

"어, 저기, 김태현 님?"

"왜 부르냐?"

"……던전 탐험 안 갑니까?"

"아. 가야지. 케인! 얘네들 데리고 한 바퀴 돌고 와라."

무슨 강아지 산책시키는 느낌으로 약탈자 플레이어들을 다루는 태현! 케인은 옳다구나 하고 고개를 끄덕였다.

"좋지! 좋지! 내가 데리고 갔다 올게!"

"……같, 같이 가주시면 안 될까요? 저 길마 놈…… 아니, 케인 님이 태현 님 없는 자리에서 무슨 짓을 할지 모르는데……"

"무슨 소리야 인마! 날 못 믿냐?"

"네! 못 믿습니다!"

"⋯⋯너 이리 와봐라."

속마음을 드러내는 주벨의 모습에 케인이 울컥했다.

"난 지금 이거 캐야 해서 못 가."

"아니 던전이 있는데 태현 님 정도 되는 분이 왜⋯⋯ 그냥 이 사람 시키죠? 잘하잖아요."

카카카캉!

이다비는 신들린 곡괭이질을 보여주고 있었다. 그러나 최상윤은 고개를 저었다. 판온 1에서부터 같이 했기에, 태현이 이런 걸 절대 지나치지 않는다는 걸 알고 있었던 것이다.

"됐어. 우리끼리 가자고. 태현아. 이렇게 다녀오면 되지?"

"어. 쟤네를 앞에 세우는 거 잊지 말고."

"그래. 그래."

"어라? 왜 저희를 앞에 세우죠?"

"그야 너희들이 든든하니까 그렇지. 가자."

약탈자 플레이어들은 뭔가 이상해서 고개를 갸웃거렸지만, 깨닫기 전에 최상윤, 케인, 정수혁이 그들의 등을 떠밀었다.

깡! 깡!

"이런. 곡괭이 내구도 다 됐네요."

"줘봐. 내가 수리해 줄게."

태현은 친절하게 이다비의 곡괭이를 수리해 줬다.

'그러고 보니 내 장비는 내구도가 거의 안 닳아서 수리 스킬을 한동안 못 올렸군…….'

자기 장비 수리하는 것도 대장장이 플레이어에게는 쏠쏠한 부수입이었다. 그러나 태현에게는 그런 일이 거의 없다고 봐야 했다.

"감사합니다! ……잠깐, 태현 님 아까부터 곡괭이 하나만 쓰고 있지 않아요?"

뭔가 이상하다는 걸 깨달은 이다비가 물었다. 이런 채굴을 하다 보면 내구도가 빠르게 하락하게 마련인데, 태현은 이상하게 곡괭이 하나를 그대로 쓰고 있었다. 행운 스탯 덕분!

"고급 대장장이 기술 덕분이지."

"그렇군요. 고급 대장장이 기술…… 어? 언제 고급 찍으셨죠?"

태현은 못 들은 척 곡괭이를 계속 휘둘렀다.

깡-!

"여기는 대충 다 털었네. 리젠되려면 멀었으니 다른 곳 가자."

"아까 먼저 보낸 분들은 괜찮겠죠?"

"귓속말 없는 거 보니까 괜찮겠지."

"이런 이야기 하면 꼭 귓속말 오던데……."

"……불길하니까 그러지 말자."

태현은 갑자기 오싹해졌다. 케인이 '야! 김태현! 망했어! 어떡해!' 이러면서 귓속말을 보낼 것 같은 기분!

"광맥이 이쪽에 있나…… 좋아. 신의 예지!"

길이 나타났다. 그 길은 광맥이 있는 쪽이 아닌, 막혀 있는 벽으로 향해 있었다.

"응?"

"왜 그러세요?"

"이 뒤에 뭐가 있나 본데……."

"채굴 스킬 중급인 제 눈으로 봤을 때 이 벽은 깨기 힘들어 보이……."

꽈르릉!

태현은 <고대의 망치>를 들고 냅다 휘둘러서 벽을 박살 내 버렸다.

"응?"

"……아무것도 아니에요!"

[옛 오크 대장장이들의 숨겨진 비밀 창고를 발견했습니다. 명성, 대장장이, 채굴 스킬이 오릅니다.]

태현과 이다비는 서로 마주 보았다. 이 메시지창은…….

"대, 대박……!"

"진정해. 아직 뭐가 있을지 모르잖아. 쓰레기 같은 게 있을 수도 있다고."

"그렇죠. 그렇죠……!"

침착하게 이다비를 달래며, 태현은 안으로 들어갔다.

두근두근-

덜컥!

이다비의 발에 굴러다니던 상자들이 채였다. 태현은 기계공학 스킬로 함정이 있나 확인한 후 열었다.

[매우 질 좋은 고급 철 주괴를 얻었습니다.]
[질 좋은 중급 철 주괴를 얻었습니다.]
[옛 오크식 강철 중갑옷을 얻었⋯⋯]

오크들이 이 주변에서 채굴하고 정련한 다음 여기에 보관한 게 분명했다! 태현은 나지막하게 휘파람을 불었다. 이걸로 뭘 할지 순식간에 몇 가지 생각이 떠올랐다.

"태현 님. 이것 좀 보세요!"

"뭔데?"

"강화석이에요!"

타다닥!

태현은 재빨리 달려갔다. 이다비가 가리킨 곳에는 강화석이 가득 들어 있는 상자들이 쌓여 있었다.

[오크들의 주술을 위한 강화석! 고블린들은 건드리지 마시오!]

"이거 누가 쓴 거야?"

"그, 그게 지금 중요한가요?"

이다비의 말이 맞았다. 지금 중요한 건 산더미처럼 쌓인 강화석이었다.

'생각해 보니 강화 스킬을 의외로 안 쓰고 있었군.'

태현은 고대의 망치(+7)를 꺼냈다. 판온 1과 판온 2의 강화 스킬이 달라진 것도 모르고, 겁 없이 강화를 시도한 덕분에 +7까지 강화에 성공한 고대의 망치!

덕분에 이제까지 쏠쏠하게 잘 쓰고 있었다. 물론 그다음부터는 깨먹을까 봐 겁나서 강화에는 손도 대지 않고 있었지만!

'현재 강화 스킬 레벨은 5고……'

강화 스킬 레벨이 5니, +4 강화까지는 실패하지 않고 강화할 수 있었다. 실제로 태현의 장비는 〈고대의 망치〉를 제외하면 기본적으로 다 강화를 해놓은 상태였다.

'강화 스킬을 올리는 건 확실히 너무 비효율적이었긴 하지.'

태현이 강화 스킬을 내버려 두고 다른 스킬부터 올린 건, 판온 2에서 강화 스킬이 너무 비효율적으로 변했기 때문이었다. 강화 스킬 레벨이 5면 +4까지는 실패하지 않고 강화할 수 있긴 했지만, 그래도 스킬 레벨이 너무 더디게 올랐다.

안 그래도 스킬이 느리게 오르는데, 그 스킬을 올리기 위해서 수백, 수천 개의 장비를 구해 강화석을 꼬라박아야 하는 것이다. 게다가 싸구려 장비는 오르지도 않았다. 나름 좋은 장비여야 했다. 강화석 가격도 만만치 않은데!

골드를 엄청나게 먹는 영지를 갖고 있는 태현에게는 강화 스킬을 올릴 만한 금전적 여유도, 시간적 여유도 없었다. 그럴 시간에 대장장이 기술 스킬이나 기계공학 스킬, 아니면 직업 퀘스트를 깨는 게 더 빨랐다.

'그렇지만 이렇게 강화석하고 장비들이 나오면…… 하고 싶어지는데…….'

태현의 손가락이 꿈틀거렸다.

판온 1에는 이런 말이 있었다.

한 번도 강화를 안 해본 놈은 있어도 강화를 한 번만 한 놈은 없다!

한번 시작하면 끊을 수 없는 강화의 마력! 판온 2에서 강화 스킬이 그렇게 까다롭게 변했는데도 아직 강화에 목을 매는 대장장이 플레이어들이 많다는 게 그 증거였다. 강화에 발을 디뎠다가 패가망신한 대장장이 플레이어들이 한둘이 아니었던 것!

"음, 조금만 해볼까……."

"강화하시게요?"

"응. 여기 장비들도 있으니까."

"강화하면 더 비싸게 팔 수 있으니까 그것도 나쁘지는 않겠네요."

이다비는 빠르게 견적을 계산했다. 여기 있는 오크 장비들은 대충 레벨 제한이 100~150 정도인 장비들이었다. 지금이라면 고렙~랭커에게까지 팔 수 있는 장비란 뜻! 강화를 몇 번 더 하면 비싸게 팔 수 있었다.

"좋아. 한번 해볼까?"

"……태현 님. 눈빛이 좀 이상한 것 같은데……."

"하하. 착각이겠지."

"앗. 함정이다. 지나가면 옆쪽 벽에서 화염이 나오는 고블린 식 함정이래!"

"오오!"

"대단해! 주프! 역시 주프야!"

화기애애하게 떠드는 약탈자 플레이어들. 그 뒤에서 무표정 하게 있던 케인이 입을 열었다.

"잘됐네. 전진."

"……네?"

"전진하라고. 이것들아!"

"아니, 함정 있다니까요?"

"그러니까 전진해야지! 쉭쉭!"

케인은 진심으로 무기를 휘둘렀다. 그 서슬에 약탈자 플레 이어들은 기겁해서 앞으로 피했다.

"으악! 저 인간 미쳤어!"

"뭐 하는 거야!"

달칵-

[<옆쪽에서 화염이 나오는 고블린 식 함정>을 밟았습니다.]

"포션 꺼내!! 포션!"

"화염 저항 포션 어딨어?!"

"장비 갈아 끼고 엎드려! 일단 엎드려!!"

이리 뛰고 저리 뛰는 약탈자 플레이어들! 케인은 그 모습을 흐뭇하게 쳐다보았다.

"크하하하! 내가 김태현한테 당한 거의 1/100도 안 된다! 이 자식들!"

옆에서 최상윤과 정수혁이 슬슬 거리를 벌렸다.

최상윤은 속으로 생각했다.

'태현이 이 자식은 대체 뭔 짓을 했길래 사람이 이렇게 맛이 갔대?'

"헉, 헉헉……."

"살았다!"

약탈자 플레이어들은 눈물을 흘리며 서로를 얼싸안았다. 원래 직격당했으면 바로 로그아웃 당할 뻔한 함정이었다. 그런 걸 서로 협력해서 살아남은 것이다. 원래 우정이나 팀워크는 찾아볼 수 없는 그들이었지만, 이번에 살아남자 갑자기 우정과 팀워크가 샘솟았다.

"이거야! 이렇게 하면 살아남을 수 있어!"

"맞아! 서로를 믿으면 된다고!"

"우리 꼭 같이 살아남는 거다!"

뒤에서 지켜보고 있던 정수혁은 고개를 갸웃거렸다.

'그런데 저렇게 합을 맞추는 건 우리가 하려고 했던 거 아닌가?'

대회를 준비하기 위해서 던전에 들어왔는데, 정작 이상한 놈들이 합을 맞추고 팀으로 완성되어 가는 기분이었다.

"시끄러, 이것들아!"

케인은 큰소리로 외쳤다. 약탈자 플레이어들은 케인을 노려보았다. 방금 함정으로 밀어 넣은 덕분에 죽을 뻔한 것.

"너무하지 않습니까!"

"맞아! 케인 님! 사람이라면 이러면 안 되는 겁니다!"

"뭐라는 거야 이것들이? 남 삥 뜯고 다니던 놈들이 왜 착한 척이야!"

케인은 가당치도 않다는 듯이 고개를 돌렸다. 최소한 선량한 플레이어가 저런 소리를 하면 흔들리기나 했을 것이다. 그런데 저놈들 중 한 명은 그를 벗겨먹으려고 했던 놈이 아닌가! 어디서 착한 척을!

"앞으로 가! 이것들아! 뒤로 물러서면 공격이다!"

"태현 님한테 이를 겁니다!"

"일러봐, 이 자식들아! 너희들은 여기에 김태현이 없는 걸 감사히 여겼어야 해! 있었으면 포션도 못 쓰게 했을걸!"

CHAPTER 3

"아, 왜 귀가 간지럽지."

"태현 님. 그런데 강화 너무 많이 하는 거 아닌가요? 그러다가 장비 부서지면 본전도 못 건지잖아요!"

"응? 애초에 부서지는 거 감안하고 하는 건데?"

태현은 여기 쌓여 있는 오크들의 장비들과 강화석으로 강화 스킬 레벨을 올릴 생각이었다. 나름 쓸 만한 장비들인 데다가 강화석도 많으니, 계속 시도하다 보면 강화 스킬을 올릴 수 있겠지! 목표는 강화 스킬 레벨 6.

여기 있는 걸 모두 써서 스킬 레벨 1이라도 올리면 엄청난 성과였다. 그만큼 강화 스킬은 올리기 어려웠으니까.

태현의 말을 이해한 이다비의 얼굴이 창백해졌다.

"그만두세요! 그거 팔면 얼마인데!"

"이 정도 희생은 감수해야지!"

"강화 스킬에 쏟아부어서 좋은 꼴 본 사람 없다고요! 저희 길드원 중에서 강화 스킬 때문에 접은 애들이 몇 명인데!"

이다비가 안절부절못했지만 태현은 아랑곳하지 않고 망치를 휘둘렀다. 파괴는 강화하는 자의 숙명!

[강화를 시도합니다.]

[강화가 성공합니다. 우르크 불꽃 꼬리 부족의 오크 중갑옷(+7)이 우르크 불꽃 꼬리 부족의 오크 중갑옷(+8)로 변합니다.]

[강화 스킬이 오릅니다.]

[칭호: 팔성 강화의 성공자를 얻었습니다. 서버에서 처음 얻은 칭호입니다. 각 스탯이 30씩 증가합니다.]

'응?'

무심코 두드리다 보니 무심코 성공해 버린, +8의 영역!

파아앗!

〈우르크 불꽃 꼬리 부족의 오크 중갑옷(+8)〉에서는 화려한 빛이 뿜어져 나왔다. 그걸 본 이다비는 떨리는 목소리로 물었다.

"설, 설마……?"

"8강이네. 다음 강화 가야지."

+8인데도 망설이지 않고 다음 강화를 가려는 태현. 피도 눈물도 없는 냉정함이었다. 그러나 강화를 해본 대장장이 플레이어들이라면 고개를 끄덕였을 것이다. 강화는 멈출 수 없는 법!

"안, 안 돼……! 그만두세요……! 그걸 팔면! 그걸 팔면!!"

[강화를 시도합니다.]

[강화가 실패합니다. 우르크 불꽃 꼬리 부족의 오크 중갑옷(+8)이 파괴됩니다. 강화 스킬이 오릅니다.]

파지직!

고대의 망치 밑에 있던 갑옷이 그대로 파스스 소리를 내며 가루가 되어버렸다.

"으······."

"으?"

"으아아앙!"

"우냐?!"

진심으로 통한의 눈물을 흘리는 이다비! 태현도 예상하지 못한 반응이었다.

"아, 아니. 강화를 하다 보면 이런 일은 원래 있는 법이잖아."

"으흑흑!"

"미안, 미안."

"그러면서 강화하지 마세요!"

입은 미안하다고 하면서 손은 다음 갑옷을 가져다가 강화를 시작하는 태현!

[강화를 시도합니다.]

[강화가 성공합니다. 우르크 불꽃 꼬리 부족의 불꽃 꼬리 장검

(+7)이 우르크 불꽃 꼬리 부족의 불꽃 꼬리 장검(+8)로 변합니다.]

파아앗!

다시 한번 도착한 +8의 영역. 그제야 태현은 위화감을 느꼈다.

'어? 뭔가 이상한데?'

강화 성공률이 너무 높았다. 현재 태현의 강화 스킬 레벨은 5. 강화는 한 단계 올라갈수록 성공 확률이 절반으로 팍팍 떨어졌다. 지금 태현의 강화 스킬 레벨로 +8 강화에 성공할 확률은 원래 6% 정도밖에 되지 않을 것이다. 그런데 벌써 두 번째 성공하고 있었다. 우연치고는 너무 행운에 가까웠다.

"앗?! 다시 +8이면 이제 멈춰…… 안 돼! 안 된다고요!"

"실험을 해봐야 해!"

"그만두세요!!"

이다비는 통곡하기 시작했다. 그러나 태현은 멈추지 않았다.

[강화를 시도합니다.]

[강화가 실패합니다.]

"……아직 장비는 많아!"

이다비가 더 이상 흘릴 눈물이 없을 때쯤 되자, 태현은 몇 가지 사실을 깨닫게 되었다.

'강화 성공률이 너무 높다!'

[칭호: 9성 강화의 성공자를 얻었습니다. 서버에서 처음 얻은 칭호입니다. 각 스탯이 50씩 증가합니다.]

실제로 태현은 +9까지 강화하는 데에도 성공했다. 원래 싸구려 아이템 수백 개를 들고 와서 계속해서 강화를 해도 도달하기 불가능한 영역. 0.1% 미만으로 내려가는 확률을 계속 뚫는 건 불가능에 가까웠다. 그런데 태현은 뚫는 것에 성공했다.

'강화에 행운 스탯이 영향을 끼치는 거였어? 젠장, 진작 알았으면…… 아니, 그래도 달라지는 건 없겠군. 지금 장비들은 더 이상 강화하기 무리니까.'

+8을 성공하는 건 다섯 번에 한 번 정도. +9를 성공하는 건 열 번에 한 번 정도. 처음이 이상하게 운이 좋았던 거였지, 계속 장비를 강화해 보자 대충 평균을 구할 만한 확률이 나왔다.

'20%, 10%…… 이 정도 확률이면 지금 갖고 있는 장비를 강화하는 건 무리겠고…….'

지금 태현이 착용한 장비들은 흔한 제작 템이 아닌, 어디서 구하기 힘든 유니크한 장비들이었다. 그런 장비들을 저런 확률을 믿고 강화할 수는 없었다. 그러다가 부서지기라도 하면 이번에는 이다비 대신 태현이 눈물을 흘리게 될 것이다.

'음…… 그렇지만 영 아쉬운데. 이 정도만 되어도 다른 놈들보다 훨씬 더 나은 조건이고…… 이걸 어떻게 활용할 수 없나…….'

태현은 자신이 갖고 있는 스킬들을 훑어보며, 지금 이 강화 스킬을 어떻게 유용하게 쓸 수 없나 고민했다.

불안정한 장비 제작, 불안정한 강화. 라제단 대장장이의 스킬들. '불안정' 옵션이 달린 아이템 제작 스킬이나 강화도 라제단 대장장이의 스킬이었다. 내구도는 엄청나게 하락하고 파괴 확률이 올라가지만, 성능이 전체적으로 올라가는 '불안정' 옵션!

'아예 <불안정한 장비 제작>으로 내가 쓸 만한 무기를 만든 다음, 거기에 강화까지 넣어서 사용하면 어떨까?'

발상의 전환! 계속 쓸 수 있는 좋은 무기를 만드는 게 아닌, 불안정한 장비를 만든 다음 강화해 무기를 만드는 것! 안 그래도 쓸 만한 무기를 찾고 있던 태현에게 이 발상은 끌리는 발상이었다.

'불안정한 장비에 강화까지 넣고 최대한 성능을 끌어올리면 어지간한 아티팩트보다는 성능 좋지 않을까? 빠르게 부서질 테니 일회용일 수밖에 없긴 하겠지만 이건 숫자로 커버하면 되고.'

태현은 차근차근 생각을 정리했다. 지금 쓰고 있는 태현의 무기들도 어마어마한 무기들이었다. <유성>이나 <에다오르의 뜨겁게 끓어오르는 진홍빛 대검> 같은 무기들은 지금 경매장에 올라와도 소란을 일으킬 것이다. 그렇지만 태현은 더 강력하고 폭발적인 공격력을 가진 무기를 원했다.

물론 그런 무기는 쉽게 구할 수 있는 게 아니었다. 실제로 태현이 이번에 우르크 대족장의 창고를 털려다가 실패하지 않았는가. 보통 플레이어들은 게임하면서 한 번 보기 힘든 것!

'+8, +9까지 가면 일반 아이템이어도 성능이 어마어마해지지. 내가 직접 만들고, 거기에 불안정한 옵션까지 단 다음 강화

하면 어디 가서 밀리지는 않을 거다. 한번 해볼 가치는 있어!'

결정을 내린 태현은 이다비에게 힘차게 말했다.

"이다비!"

"네?"

"이제 강화는 그만하자! 모두 챙겨!"

강화 스킬 레벨을 올리지 못한 건 아쉬웠지만 지금은 여기까지면 됐다. 영지로 돌아가서 다른 대장장이들의 도움을 받아 이번 아이디어를 시험해 볼 생각이었다. 성능 좋고 안정적인 아티팩트 무기 대신, 불안정하고 잘 망가지더라도 폭발적인 성능을 가진 무기!

"네! 좋아요!"

이다비는 벌떡 일어서서 강화석들과 장비들을 모조리 집어넣기 시작했다. 늦게 하면 태현이 다시 강화를 할까 두려워하는 모습이었다. 그걸 보니 태현도 살짝 양심에 찔렸다.

"아, 그리고 보니 저번에 물어본 거 말인데."

"네? 뭐요?"

"그 판온 아이템 선물로 주는 거."

"……그, 그러고 보니 그런 이야기도 했었죠?"

이다비는 태현과 눈을 마주치지 못하고 시선을 피했다.

죄책감!

"다른 사람한테도 물어봤는데 그렇다고 하더라고. 너한테 물어보길 잘한 거 같아."

"네?! 진짜요?!"

이다비도 처음 듣는 소리! 요즘 선물로 판온 아이템이 유행한다니!

"그래서 말인데, 판온 아이템이면 어떤 게 좋을까?"

"역…… 역시 갑옷 아닐까요? 묵직하고 투박하고 성능 좋은 갑옷만큼 좋은 게 없지 않을까…… 싶은데요……."

이다비의 말끝은 자신감 없다는 듯이 흐려졌다. 양심이 찔렸던 것이다.

"갑옷? 흐음. 그렇군. 그렇군. 잘됐네. 내 무기 만들고 강화하면서 갑옷이나 만들어볼까……."

"……웅? 잠깐만요. 강화라뇨. 다시 하실 거예요?"

"……웅."

"대체 왜……!"

"아, 아니. +10까지 노리지는 않을 거야. 거기까지 노리는 건 너무 타산이 안 맞으니까."

"앗. 그러면요?"

"내가 쓸 만한 무기 만들어서 +8~+9까지만 강화해 보려고."

"태현 님이 쓰실 무기라면 힘들지 않을까요? 재료 구하는 것도 만만치 않을 텐데."

"웅. 그래서 재료는 일반적인 것만 쓸 거야. 철 같은 거."

불안정한 무기 강화의 핵심은, 강화 도중 무기가 박살 나더라도 타격이 적어야 한다는 것이었다. +8, +9 성공률이 20%, 10%라도 거기까지 가는 확률까지 합치면 그 밑으로 떨어졌다. 그걸 생각해 보면 귀한 광석이나 보석은 재료로 쓸 수 없었다. 애초에 불안정한 옵션을 달려는 것 자체가 무기 재료의 한계를 보완해 보려는 것!

"그런 거라면 이번에 구한 것만으로도 충분히 되겠네요."

"그렇지. 몇 개야 도중에 박살 나겠지만 어떻게든 커버가 될 거야."

"다행이에요. 정말⋯⋯! 망하는 줄 알았어요! 안 그래도 요즘 영지 수입 관리 때문에 머리 아파 죽겠다고요!"

절망과 슬픔의 골짜기의 골드를 관리하고 있는 이다비 입장에서는 한 푼이라도 더 벌어야 했다. 영지에서 골드 먹는 사람들이 너무 많았던 것!

"그, 그래도 요즘 나름 영지 잘 굴러가지 않아? 새로운 플레이어들도 많이 오고 건설도 진행되어가고 있고⋯⋯."

"그 사람들한테 들어가는 골드가 더 많다고요. 건설은 당연히 골드 많이 잡아먹고요!"

저번 카르바노그 토끼 소동 이후 태현의 영지에는 새로 온 플레이어들이 늘었다. 문제는 이 플레이어들이 돈이 되는지였다. 나오는 것보다 들어가는 게 더 많은 플레이어들!

-아키서스의 이름으로 축복을 내려 드리겠습니다! 모두 아키서스를 믿으십시오!

-농작물을 더 많이 자라게 하고 싶으십니까! 아키서스를 믿으십시오!

-더 나은 물건을 만들고 싶으십니까! 아키서스를 믿으십시오!

-배가 고프십니까? 아키서스의 이름으로 음식을 드리겠습니다!

"뭐 갈락파드가 아키서스 전도하는 데에 열심이니까……
그래도 다른 놈들보다는 낫잖아? 다른 놈들은 아키서스 전도
할 생각도 안 하는데. 교단 유지하려면 아무래도 갈락파드가
있어야……."

갈락파드는 과한 면이 있어도, 펠마스나 에드안보다는 훨씬
더 괜찮은 NPC였다. 무엇보다 교단 유지, 관리, 성장이 가능
한 NPC! 아키서스 교단에서 이 정도 NPC면 무릎 꿇고 '감사
합니다!'를 해야 할 NPC였다.

말하던 태현은 뭔가 이상한 걸 깨달았다.

"……잠깐만. 아키서스의 이름으로 음식을 준다니? 그건 처
음 듣는데?"

"네? 갈락파드가 영지 내에서 공짜로 음식 풀잖아요? 플레
이어들 먹고 사냥 가라고."

"처음 듣는 소린데?!"

"모르고 계셨어요?!"

"아니, 지금 우르크 지역에서 퀘스트 깨느라 바빴는데 영지
에서 무슨 일이 일어나는지 일일이 확인할 시간이 있겠어?"

"저는 당연히 태현 님 허락받고 한 줄 알았죠!"

이다비의 잘못이 아니었다. 이다비의 상식 안에서는, 태현
의 허락도 안 받고 멋대로 일을 벌이는 NPC가 이상한 것!

"갈락파드 이놈……! 잠깐만, 아키서스 교단에 있는 건 하급 사제들과 성기사들, 그리고 쓸데없는 NPC들밖에 없는데 요리사는 어디서 구한 거야?"

"당연히 요리사 플레이어들을 퀘스트 주고 고용했죠."

태현은 얼굴을 감싸 쥐었다.

"갈락파드 님! 여기 이번에 거둔 〈축복받은 밀〉입니다! 이걸 바치겠습니다!"

"갈락파드 님! 저는 여기 〈상처 하나 없는 마력 넘치는 사과〉를 갖고 왔습니다! 이걸 바치겠습니다!"

"아주 좋다. 축복을 받아가도록."

"까르륵!"

"아이 좋아!"

새로 영지에 도착한 농부 플레이어들은 농작물을 바치고 공적치 포인트를 쌓아갔다. 보통 다른 교단의 퀘스트를 깨는 플레이어들은 공적치 포인트를 바로 쓰지 않고 쌓아놨다. 조금 모은 걸 쓰는 것보단, 많이 모아서 교단의 아티팩트 같은 것과 바꾸는 게 효과적이었던 것이다.

그러나 아키서스 교단을 믿는 플레이어들은 아니었다. 하루 받아서 하루에 다 쓰는 그들! 애초에 다른 교단들과 달리, 아키서스 교단을 믿는 플레이어들은 교단 공적치 포인트를 많이 쌓으면 뭐가 좋은지 몰랐다.

　-아키서스 교단은 공적치 포인트 많이 쌓으면 바꿀 수 있는 거 있나?
　-아티팩트? 근데 관련 정보가 하나도 없던데. 없는 거 아니야?
　-교단 사제들이나 성기사들 빌릴 수 있나? 근데 물어봐도 빌릴 수 있는 항목 없던데. 이것도 안 되는 거 같은데.
　-그러면 그냥 축복이나 받자!
　-그래! 안 그래도 새로 만들 아이템 있는데 그냥 써야지!

　아키서스 교단 공적치 포인트는 제작 직업 플레이어들에게 매우 유용했다. 이제 본인이 직접 축복을 받는 것만으로도 모자라 아키서스 사제들까지 자리에 불러서 제작 과정에 도움을 받는 그들!

　"여기! 여기에 축복 걸어주시죠!"

　"축복 포션 다 갖고 와! 지금 간다! 3, 2, 1!"

　결과물이 랜덤일 때가 있긴 했지만 효과 하나만은 확실했다. 그 결과…….

　"으음. 창고에 농작물들이 가득 쌓였군."

　"헤헤, 갈락파드. 이렇게 농작물들이 쌓였으니……."

　펠마스는 은근슬쩍 갈락파드에게 말을 걸었다. 산더미처럼 쌓인 농작물들. 게다가 하나하나가 아키서스의 축복으로 인해 품질이 좋았다. 이걸 잘 판다면……!

　"그래. 많이 쌓였군."

"그럼~ 그렇지! 우리 교단 내에서는 이걸 다 소모하지도 못하잖아?"

현재 아키서스 교단 성기사들, 사제들, 기타 영지 NPC들이 먹어도 한참 남을 양!

"그렇군."

"그렇다면 역시 팔o……."

"이걸 신도들에게 뿌려야겠다."

"응? 잠, 잠깐만. 그건 좀 아니지 않아? 팔면……."

"어허! 네 이놈 펠마스! 또 네 버릇을 못 고치고 어디서 헛소리를! 아키서스 님의 축복을 받아 무럭무럭 자란 작물들을 어디 감히 골드로 바꾸려고 하느냐!"

"아, 아니. 사람이 이것만 먹고 살 수는 없잖아…… 골드도 있어야…… 영지 관리를……."

"시끄럽다!"

"힉!"

무력으로 붙는다면 갈라파드의 적수가 되지 못했다. 펠마스는 황급히 전략을 바꿨다.

"아니. 이걸 뿌리는 것도 좀 그렇잖아? 어떻게 뿌리게?"

"영지에 굶주리는 모험가들이 많을 테니, 이걸 요리해서 먹고 가게 하면 더 열심히 사냥할 수 있겠지. 이 근처 영지의 몬스터들도 줄어들 테고, 결과적으로 영지가 더 발전하게 되는 것이다! 아키서스 님 만세!"

"아키서스 님하고 상관이 없…… 헉. 그게 아니라, 우리 요리사도 없잖아?"

"그렇긴 하군."

"그렇지? 그러니까 그냥 팔……."

"요리사를 모집해라!"

"아!!"

"응? 퀘스트 떴네? 요리사 모집?"

"난 패스. 지금 재료 없어. 필드로 나가서 재료 구해야 해."

"아냐. 퀘스트창 읽어봐. 재료 준다는데?"

"뭐? 재료를 줘? 진짜?"

"가서 요리만 하면 된다는데?"

"그래? 그러면 해볼까?"

요리사 플레이어 입장에서 재료도 주고 보상도 주니 솔깃한 퀘스트였다. 게다가 아키서스 영지에서 돌아다니는 플레이어라면, 교단 퀘스트가 얼마나 쏠쏠한지 알고 있었다.

더 크고, 더 강한 축복!

축복을 내놔라……! 축복을 내놓으란 말이다!

제작 직업이 한번 맛 들이면 절대 아키서스 축복 없이 제작을 할 수 없다는 말까지 있었다.

"무슨 요리를 하면 됩니까?"

"알아서 해서 나가는 모험가들에게 먹이도록."

"네? 진짜요?"

"알아서 해라. 나는 요리는 모른다."

쿨하게 지시하고 떠나 버리는 갈락파드! 평소와는 너무 다른 퀘스트 내용에 요리사 플레이어들은 당황했다.

"진짜 마음대로 해도 돼?"

"재료는 여기 있긴 한데……."

당황하던 요리사 플레이어들은 곧바로 깨달았다. 이건 기회라는 것을!

"평소에 못 만들었던 거 만들어본다!"

"재료 소모가 너무 심해서 못 만들어봤던 요리인데…… 이것도 만들어봐야지!"

이다비가 들었다면 피눈물을 흘릴 소리를 하는 플레이어들! 그러나 한번 욕심에 불이 붙은 요리사 플레이어들은 멈추지 않았다. 덕분에 신이 난 건 전투 직업 플레이어들이었다.

"어? 공짜 요리야? 잘됐네. 요즘 이 영지도 잘나가나 봐. 이런 이벤트도 열고."

"에이, 이런 거는 초보한테나 도움이 되지, 나 정도 되는 플레이어한테는 도움이 안 된다고. 공짜 요리 수준이라고 해봤자 뻔하지. 차라리 다른 곳에서 요리사 와서 먹는 게 도움이 더…… 아닛?!"

투덜거리던 고렙 플레이어는 먹자마자 나오는 진한 맛과 강력한 버프 효과에 기겁했다.

[<의욕 넘치는 새내기 요리사가 만든 호화로운 사과 파이>를 먹었습니다. 행운 스탯이 영구적으로 1 오릅니다.]

[일시적으로 민첩, 체력, 행운 스탯이 ……]

[아키서스의 축복을 받은 사과, 아키서스의 축복을 받은 설탕, 아키서스의 축복을 받은 요리 버프를 받습니다.]

요리 하나를 먹은 것치고는 믿을 수 없는 수준의 버프! 이미 재료부터가 아키서스의 축복으로 범벅이 되어 있었는데, 거기에 요리사들도 축복을 받고 요리를 하고, 사제들이 완성된 요리에 또 축복을 하니…… 과잉 축복 요리!

"내, 내구도가 안 깎여?!"

"공격을 이렇게 맞았는데 피했다고?!"

"이 거리에서 공격이 맞아?!"

전투 직업 플레이어들은 충격을 받았다. 이제까지 다른 교단에서 받아왔던 버프와는 전혀 다른 종류의 버프! 사실, 지금까지 <절망과 슬픔의 골짜기>는 제작 직업 플레이어들에게는 나름 묘한 인기가 있었지만, 전투 직업 플레이어들에게는 그 정도까지는 아니었다. 전투 직업 플레이어들에게는 딱히 매력이 없었던 것이다.

가끔 이 영지에 있는 미친놈ㄷ…… 아니, 기계공학 대장장이들이나 강화를 파는 대장장이들에게 찾아와서 스킬을 부탁할 때 아니면 올 일이 드물었던 것! 그렇지만 영지에서 나눠주기 시작한 무료 요리들은 전투 직업 플레이어들도 고민하게 만들 정도였다. 너무 효율이 좋았던 것이다.

-비카: 요즘 아탈리 왕국 던전 도는데, 〈절망과 슬픔의 골짜기〉를 거점으로 할까 고민 중이에요. 혹시 아탈리 왕국에서 사냥하시는 분 있으면 조언 부탁드려요.

-님아닝쑤: 〈절망과 슬픔의 골짜기〉 구립니다. 다른 영지가 훨씬 더 시설 좋습니다. 오스턴 왕국이 더 좋습니다. 여러분들도 거기 가는 게 좋습니다.

-자베프: 예전에는 그랬는데, 요즘 〈절망과 슬픔의 골짜기〉 엄청 좋아졌어요. 지금 그 근처에서 뛰는 플레이어들은 골짜기 거점으로 하는 게 거의 정석처럼 됐는데, 이게 거기서 푸는 요리 때문이거든요. 요리에 무슨 약을 탔는지 효율이 미쳤어요. 요리 최대한 먹고 던전 뺑뺑이 치면 다른 던전 몇 개 깨는 것보다 훨씬 더 효율이 높게 나옵니다. 불편한 거 감수하고 거점 삼을 만해요.

-세만어리워워파: 맞음. 게다가 다들 놓치고 넘어가는 게 있는데, 골짜기 근처는 세금이 엄청 낮음. 계속 던전 돌다 보면 차이가 꽤 큼.

-님아비다이: 맞아요. 그리고 영지 지금 시설 계속 건설하고 있고, 다른 영지에는 없는 독특한 건물들도 많아요. 아키서스 교단이라는 프리미엄이 장난 아니거든요!

그 결과, 아탈리 왕국의 전투 직업 플레이어들에게는 골짜기를 들리는 게 거의 정석적인 사냥법이 되었다. 골짜기를 거점으로 삼고→교단에 가입한 다음→사냥 나갈 때 요리를 최대한으로 먹어치워서 버프를 미친 듯이 중첩시킨 후→버프 시간 한계까지 사냥만 한다! 아키서스 교단의 요리가 불러일으킨 나비효과였다. 갈락파드도 예상치 못한 효과!

"전투 직업을 가진 모험가들이 왜 이렇게 많아졌지?"

"그러게?"

"흠. 이것은 분명 아키서스 님의 커다란 뜻일 것이다! 오오! 아키서스 님을 경배하라!"

"광신도 샊……."

"뭐라고 했지?"

"아무것도 아니야!"

펠마스는 투덜거리다가 들켜서 황급히 말을 돌렸다. 교단에 가입한 전투 직업 플레이어들이 늘어나자, 아무도 예상치 못한 결과가 하나 더 생겨났다. 바로 사디크 교단이었다.

"공적치 포인트 쌓였는데 뭐 하지?"

"축복받아서 뭐 만들어."

"아니, 어차피 요리 먹는 걸로도 충분한데…… 그리고 사냥 갈 때 아키서스 사제 데리고 갈 수도 있잖아. 좀 다른 곳에 쓰고 싶은데."

"축복받아서 뭐 만들라니까."

"나 전투 직업이야 이 자식들아!"

"축복받아서 뭐 만드는 게 좋을 거야."

그제야 플레이어는 주변 친구들이 약간 이상하다는 걸 깨달았다. 맛이 간 도박 중독자의 눈!

"너도 제작을 해보자, 친구야!"

"안 쓸 거면 포인트 좀 빌려주라! 나 만들 거 하나 있는데!"

"저리 꺼져! 이것들이 미쳤나!"

친구들을 밀치고, 전투 직업 플레이어는 다른 보상을 찾았다.

'그래. 스킬은 어떨까?'

교단 스킬! 다른 교단에서도 종종 나오는 보상이었다.

'아키서스 교단 스킬이 뭐가 있지? 김태현이 쓰는 거 하나라도 있으면 좋겠는데……'

김태현의 화려한 전투 영상을 떠올리며, 플레이어는 얻을 수 있는 보상 스킬들 목록을 켰다.

두근두근!

아키서스의 하급 분노, 아키서스의 하급 이간질, 아키서스의 하급 얄팍한…….

'김, 김태현이 이런 걸 쓰지는 않을 거 같은데……'

뭔가 좀 환상이 많이 깨지는 스킬들! 축복 계열 스킬도 있었는데 전투 직업인 그가 쓸 만한 건 아니었다. 그러던 도중 그는 이상한 걸 발견했다. 사디크의 불타는 피, 사디크의 하급 화염: 검, 사디크의 하급 화염: 방패, 사디크의 이글거리는…….

처음에는 버그가 난 줄 알았다. 그러나 다시 봐도 스킬 목록은 그대로였다.

'왜 아키서스 교단 스킬 보상에 사디크 스킬들이 있냐?!'

아무리 놀라도 대답해 줄 사람은 없었다. 결국 그 플레이어는 호기심에 사디크 스킬 하나를 보상으로 선택했다.

[<사디크의 불타는 피> 스킬을 보상으로 받았습니다. 공적치 포인트가 감소합니다.]

'진짜 된다?!?'

그러나 거기서 끝이 아니었다.

[아키서스 교단 내 명성이 올라갑니다. 사디크 교단이 교단의 스킬을 훔친 당신에게 분노합니다. 사디크 교단의 NPC를 만날 경우 페널티를 받습니다.]

도대체 어떤 일이 있었길래 사디크 교단의 스킬을 훔칠 수 있었는지 궁금해지는. 그렇지만 중요한 건 그게 아니었다. 사디크 교단의 스킬을 정말 배울 수가 있다는 것! 그게 중요했다.

'어? 이거 엄청 좋은 거 아닌가?'

사디크 교단처럼 대륙에서 악신 취급받는 교단은 스킬들이 강력한 대신, 믿는 것에 페널티가 붙었다. 악명이 높아진다거나, 도시에 들어갈 때 천대를 받는다거나, 심하면 현상금이 걸리거나! 각오를 한 플레이어만이 악신 교단을 믿을 수 있었다. 그런데 아키서스 교단은 딱히 악신 취급받는 교단이 아니었다. 즉 사디크 교단의 페널티 없이 사디크 교단의 스킬을 배울 수 있다는 것!

그 사실을 깨달은 플레이어는 전율했다.

"갉잖은 아키서스 스킬 보상 받을 때가 아니었어! 사디크다! 사디크 스킬을 배우는 거야!"

"자네 방금 뭐라고 했나?"

"헉! 죄송합니다."

생각 없이 말했다가 아키서스 사제들의 눈총을 받은 플레이어는 고개를 숙였다.

"아니, 이 미친놈들이. 사디크 믿으라고 할 때는 안 믿다가 왜 이제 와서 믿는 거야!!"

버포드는 갑자기 일어난 사디크 교단 붐에 어이가 없어서 투덜거렸다. 지금 그는 갈락파드에게 받은 퀘스트를 깨고 있었다. 사디크 교단에서 아키서스 교단으로 넘어온 이상 보상이 적어도 어쩔 수 없이 할 수밖에 없는 퀘스트!

아쉽긴 해도 그렇게 크게 불만은 없었다. 망한 사디크 교단에서 넘어온 것만으로 솔직히 다행이라고 생각하고 있었으니까. 그렇지만 마음 한구석에는 아쉬움이 있었다. 사디크 교단에서 조금만 더 잘했으면 낫지 않았을까? 조금만 더 플레이어들이 많이 왔으면, 그래서 좀 더 잘 싸웠으면…….

"······아오! 저것들 진짜!"

버포드는 울컥해서 투덜거렸다. 눈앞의 광경이 버포드의 속을 뒤집어놓고 있었다. 바로 그의 눈앞인, 아키서스 신전 앞뜰에서 사디크 교단의 스킬을 배워서 수련하는 플레이어들! 사디크 성기사들과 사제들이 나름 세심하게 지도하고, 플레이어들은 '오옷! 이런 스킬이 있었다니! 사디크 교단 대단해!' 하면서 감탄하고 있었다. 이렇게 좋아할 거면 좀 진작 사디크 교단에 들어왔으면 서로 좋지 않았겠는가!!

"저 사람 왜 이렇게 우리를 노려보는 거죠?"

"무시하십시오. 저건 패배자입니다. 자, 다음은 사디크의 화염 가호를 가르쳐 드리겠습니다."

사디크 성기사들과 사제들은 버포드를 무시했다. 그의 부하였지만, 아키서스 교단에 들어온 이후로는 거의 잡상인 취급!

"버포드. 시킨 퀘스트는 다 했나?"

"아, 아니요. 갈락파드 님. 지금 하러 가려고······."

"이놈! 그런데 여기서 게으름을 부리고 있다니! 아직 혼이 덜 났구나!"

"아닙니다! 지금 하러 가려고······."

갈락파드의 잔소리가 시작되면 한 시간은 기본으로 움직일 수 없었다. 귀중한 시간을 게임 속 NPC한테 들으면서 날려야 하는 것이다.

"너희 사디크 놈들은 항상 말이 많다! 여긴 아키서스 교단이야. 너희들처럼 게을러터져서는 결코 아키서스 님만큼 위대해질 수 없다는 걸 모르겠나!"

결국 버포드는 한 시간이나 갈락파드에게 설교를 듣고 풀려날 수 있었다.

[갈락파드에게 따끔한 설교를 들었습니다. 교단 내 명성이 오릅니다. 신성이 오릅니다.]

'이딴 거 필요 없어……!'

버포드는 울상을 지으며 속으로 투덜거렸다. 사디크 교단의 스킬을 처음부터 배운 정통 사디크 플레이어인 그는 이렇게 고생하는데, 웬 듣도 보도 못한 뉴비들이 사디크 교단의 스킬들을 쏙쏙 배워먹고 페널티도 없이 잘나가는 걸 보니 속이 뒤틀렸다.

툭툭―

"저기요……."

버포드는 고개를 돌렸다. 처음 보는 플레이어들이 그에게 말을 걸고 있었다.

"사디크 성기사라고 들었는데, 맞나요?"

"이제는 사디크 성기사는 아니고 아키서스…… 어쨌든 뭐 대충 맞다고 치고, 왜 불러요?"

"저희도 이번에 사디크 스킬 받았는데 같이 파티하실래요? 아무래도 저희보다 많이 아시니까 가르침을 받고 싶어서요."

"무……."

버포드가 갑자기 파르르 떨자 말을 건 플레이어들은 당황했다. 실례되는 소리였나?

"물론이지!!"

"……."

"같이 합시다! 이래 봬도 내가 사디크 정통 후계자란 말이야! 플레이어 중에서 사디크 스킬을 가장 잘 아는 건 나라고! 저기 요즘 겉핥기로 배운 놈들은 비교할 수도 없다고!"

"아, 네……."

버포드는 신이 나서 플레이어들을 이끌고 필드로 나갔다.

그 결과, 지금 절망과 슬픔의 골짜기는 전투 직업 플레이어들도 꽤 숫자가 많아진 상태였다. 엄청난 발전!

[영지를 거점으로 한 플레이어의 숫자가 늘었습니다. 명성이 오릅니다. 영향력이 확대됩니다.]

[다른 영지의 영주들이 당신을 주목합니다.]

[영지의 병력을 늘릴 수……]

이 모든 게 요리 때문에 시작되었다고는 아무도 생각하지 못했다. 그건 태현도 그랬다. 영지에 무슨 변화가 일어난 지 파악 못 한 채, 갈락파드의 행동 때문에 골치 아파할 뿐!

"아, 이 자식 진짜…… 어차피 영지에 한 번 가려고 했는데 바로 가야겠네."

"무료 음식 취소하시게요?"

태현은 잠깐 고민하다가 고개를 저었다.

"아니. 그러기는 너무 늦었지."

"네?"

"원래 사람들은 공짜로 받던 거라도 다시 가져가면 화를 낸다고. 이미 시작한 이상 취소하면 괜히 역효과만 날걸."

무료로 요리를 풀어주는 것에 익숙해진 이상, 그걸 취소하면 플레이어들은 불만을 품을 게 분명했다. 아무리 사정을 설명해 봤자 제대로 귀에 들어오지도 않을 것이다. 태현은 이런 원리를 아주 잘 알고 있었다.

"그냥 시작한 이상 진행은 계속해야지. 멈추려면 다른 방법을 써서 멈추든가 해야 하는데……."

"예를 들어 어떤 방법이요?"

"식재료를 좀 형편없는 걸로 바꿔치기하면……."

"……."

"그게 더 귀찮긴 하겠군. 젠장. 갈락파드 이 자식, 쓸데없는 짓을 해서."

아무래도 교단을 이끌고 교단의 세력을 관리해야 하다 보니, 플레이어들의 눈치를 볼 수밖에 없었다. 여기서 더 늘리지는 못해도 더 줄일 수는 없다! 태현은 아직 전투 직업 플레이어들까지 영지로 우르르 몰려든 걸 알아채지 못하고 있었다.

"해적 부족 퀘스트를 깨고 갈까 했는데 먼저 가야겠군. 어차피 아이템도 한 번 만들어야 하니 잘됐나……."

태현은 입맛이 썼다. 이놈의 영지는 어떻게 된 게 얻고 나서 하루도 마음 편한 날이 없는 기분!

'다른 놈들 영지 운영하는 글 보면 뭔가 되게 잘 굴러가던데 왜 내 영지는 이러지?'

아무리 생각해도 〈아키서스〉라는 이름에 뭔가 마가 낀 것 같았다. 그것밖에 이유가 없었다. 멀쩡한 사람도 들어오면 약간 이상해지는 아키서스 교단!

둘이 떠드는 사이, 멀리서 비명 소리가 들려왔다.

"으아아! 으아아아아! 으아아아아아!"

태현은 한숨을 푹 내쉬었다.

"케인이지 저거?"

"케인 씨가 또 케인짓을……"

이다비가 중얼거리는 걸 들으며, 태현은 냉정하게 말했다.

"케인, 너도 이제 좀 침착하게 상황에 대응하는 법을 배워야지. 언제까지 그렇게 칠칠치 못하게…… 헉, 저거 뭐야?!"

이다비의 시선이 아프게 느껴졌지만, 태현이 이렇게 놀라는 데에도 이유가 있었다. 케인 일행의 뒤에서 쫓아오는 게 워낙 기상천외하게 생겼던 것이다.

-침입자. 포착 완료. 제거. 제거. 삐삐빅!

[옛 고블린 추적 파괴 골렘을 발견했습니다. 기계공학 스킬이 오릅니다. 고급 기계공학 스킬을 갖고 있습니다. 〈옛 고블린 추적 파괴 골렘〉의 제작법을 완전히 파악하는 데 성공합니다!]

삐걱거리면서 반쯤 부서졌지만, 통로를 꽉 채우고서 입에서 빔을 내뿜는 고블린 특제 골렘의 충격은 대단했다. 실제로 케인과 일행들은 비명을 지르면서 도망치고 있었으니까!

"너희 뭐 하냐? 왜 안 잡고 도망쳐?"

"그, 그게⋯⋯!"

"함정이군. 가라."

"크흑!"

"또 함정이군. 다시 가라."

"크윽! 너무하잖⋯⋯!"

"크하하하하! 시끄럽다! 시끄러!"

권력의 맛에 취해서 날뛰는 케인. 그리고 그런 케인을 '저 자식 위험한 거 아니야?' 하는 눈빛으로 쳐다보는 정수혁과 최상윤.

"야. 야. 케인. 우리 이 던전 처음이고, 이 던전 어떤 던전인지 파악하려고 온 거잖아."

"으하하! 그래서 파악하고 있잖아!"

"그건 파악이 아니라 그냥 괴롭히는 것 아닙니까?"

"김태현은 이렇게 파악한다고!"

"그거 아무나 하는 거 아니니까 그냥 우리 방식대로 하지 않을래?"

둘의 말에도 케인은 멈추지 않았다.

"가라! 앞으로 전진! 후퇴는 없다! 도망치는 놈은 사형이다! 으하하하!"

약탈자 플레이어들을 사정없이 몰아붙이며 던전을 전진하는 케인! 뒤에서 남은 둘은 수군거렸다.

"얘 진짜 미친 거 같은데?"

"어떻게 하죠? 선배님께 말씀드릴까요?"

"일단 좀 더 보자고. 아직은 크게 문제없으니까······."

케인이 뒤에서 날뛰면 날뛸수록, 약탈자 플레이어들의 팀워크는 진하고 끈끈하게 변했다.

"내가 먼저 달려들어서 어그로를 끌 테니까 그사이에 너희들이 딜을 넣는 거야!"

"좋아. 내 스크롤을 너한테 써줄게! 10초만 버텨!"

"지금 간다! 바로 지금!"

태현이 봤다면 '아니, 팀워크 다지려고 왔는데 왜 다른 놈들이 다지고 있어?'라고 황당해했을 것이다. 그러나 약탈자 플레이어들은 진지했다.

[HP가 10% 미만인 상태에서 계속해서 싸웠습니다. 체력이 오릅니다. 아슬아슬한 상황에서 흔들리지 않고 검을 휘두르는 데 성공합니다. 검술 스킬이 오릅니다.]

[지구력이······ 민첩이······]!

정작 스탯이나 스킬을 올려야 하는 케인은 안 올리고, 약탈자 플레이어들만 쭉쭉 성장하는 상황!

"헉, 헉헉……."

"야. 잠깐만. 나, 검술 중급 3이야! 언제 이렇게 올랐지?"

"그러게? 나도 지금 레벨 업 했어."

"헉, 이게 김태현 따라다니면 나온다는 그건가?"

-케인은 김태현 따라다니면서 랭커 됐다더라.

-어떤 길드의 길드원들은 김태현하고 한 번 같이 다녔는데 대박 났다더라.

흔하게 돌아다니는 소문! 약탈자 플레이어들이 태현의 뒤를 쫓아 던전에 온 것도 그 소문 때문 아니었는가.

태현이 노리는 대박의 콩고물이라도 주워 먹기 위해서!

"……근데 이건 아닌 거 같은데."

"그렇지? 김태현은 아예 여기 없고 저 미친놈만……."

그래도 약탈자 플레이어들은 아직 그렇게까지는 이성을 잃지 않고 있었다.

"휴식 끝! 움직여! 이 자식들아! 움직여!"

"아오, 저 새끼……."

"담가 버릴까?"

"아니, 그런데 우리가 이길 수 있나?"

예전에도 케인은 레드존 길드의 길마였다. 즉 약탈자 플레이어 중에서도 잘나가는 편이었다는 것! 그런데 안 보는 사이 태현과 같이 다니면서 랭커 중에서도 손꼽히는(소문에 따르자면) 랭커가 되어 있었다. 솔직히 이길 자신이 잘 안 나는 것!

"잠깐. 여기 접근 금지라고 쓰여 있는데?"

"전진!"

"아니, 접근 금지라고 쓰여 있다고!!"

"전진!!"

"아오, 저 미친 새끼!"

약탈자 플레이어들이 아무리 저항해도 케인을 막을 수는 없었다.

-기이잉! 기이잉!

뭔가 거대한 기계 장치가 돌아가는 소리와 함께 요란한 경보음이 들렸다.

[<옛 고블린 추적 파괴 골렘>, <옛 고블린 전투 승리 골렘>, <옛 고블린 요새 수호 골렘>이 깨어납니다.]

-침입자. 발견. 제거.

-오크들은 죽어야 한다.

"우리 오크 아닌데?!"

덩치 큰 기계 골렘들은 화끈하게 대답했다.

콰아앙!

빔으로!

[<옛 고블린 전투 승리 골렘>의 <불안정한 고블린 빔포>가 발사됩니다.]

"으아아악!"
재수 없는 약탈자 플레이어 한 명이 그대로 로그아웃 당했다. 심지어 탱커 역할을 하고 있는 플레이어였는데!
그 순간 분위기가 싸늘해졌다.
서걱!
최상윤은 재빨리 벽을 차고 올라 강력한 스킬을 골렘에게 박아 넣었다.

[<고블린식 외부 장갑>으로 인해 물리 피해가 50% 흡수됩니다.]

-위험도 상승. 타깃 고정.
순식간에 최상윤에게 집중되는 골렘들의 시야!
그걸 본 최상윤은 혀를 찼다.
"……튀자!"
"뭐?!"
"튀어, 이 멍청한 자식들아! 이 상황에서 뭘 어떻게 하려고!"
아무리 최상윤이 랭커라도 지원도 없는 이 상황에서 여기 이 골렘들을 다 썰어 넘길 수는 없었다. 물리 방어력에 특화된 데다가 한 방 한 방 대미지가 묵직한 준 보스급 몬스터들! 잘못하다가는 여기서 전멸할 수 있었다.

"그래도 속도가 좀 느린 게 약점이야! 도망치면 돼!"

"그, 그렇군! 정수혁! 마법으로 저놈들의 발을 묶어줘!"

"알겠습니다!"

"잠깐, 케인! 정수혁의 마법은……!"

최상윤은 기겁해서 케인을 말리려고 들었다. 정수혁의 마법은 분명……!

-카흘라단의 번개!

[<아키서스의 마법>으로 다른 마법이 추가로 발동됩니다.]

-질풍의 발걸음!

[<질풍의 발걸음>으로 <옛 고블린 추적 파괴 골렘>의 이동 속도가 빨라집니다.]

[<질풍의 발걸음>으로……]

"……으아아아아!"

케인은 비명을 지르며 달려 나갔다. 최상윤은 뒤통수를 한 대 때릴까 하다가 말았다.

"어떻게 좀 해줘! 김태현!"

"아이고……"

태현은 한숨을 쉬며 나섰다. 간단한 설명만으로도 저 골렘이 어떤 타입의 몬스터인지는 감이 왔다.

물리 방어 높고 한 방 한 방 대미지가 높고……

'근데 왜 이동 속도까지 빠르지? 보통 이동 속도는 느리지 않나?'

물론 이동 속도가 빨라도 상관은 없었다. 태현은 잡을 자신이 있었다.

'먼저 통로 가장 앞에 있는 놈에게 다가가서 다리 관절에 폭딜을 넣고…… 보아하니 저 빔은 회피 가능한 거 같은데. 다른 공격은 나한테 대미지 줄지도 모르니까 빠르게 집어넣고 무력화시켜야겠다.'

태현은 방금까지 강화를 하고 있던 〈고대의 망치〉를 집어들었다. 다른 플레이어들은 골렘을 보면 '힉! 골렘이다! 조심해!' 하고 떨었지만, 태현은 아니었다. 골렘 학살자!

-삐비빅. 고블린 대장장이 발견. 고블린 대장장이 발견.

"우리 중에 고블린이 있었나?"

-명령을 내려주십시오.

[칭호: 경지에 오른 기계공학……]

[칭호: 철거의 달인……]

[칭호: 신기술의 탐구자……]

[<옛 고블린 추적 파괴 골렘>, <옛 고블린 전투 승리 골렘>이 당신의 부하로⋯⋯]

"뭐 이런 미친⋯⋯."

죽어라 빔을 피해 달려왔던 케인은 눈앞의 상황에 허탈하게 중얼거렸다. 아무리 그래도 이런 차이는 너무 심하잖아!

"이야, 케인이 이런 짓도 하고. 아주 잘했어."

"크헤헤. 내가 이럴 줄 알고 끌고 왔⋯⋯."

"개소리는 1절만 하자."

"⋯⋯응."

"흠⋯⋯ 근데 고장이 많이 나긴 했군. 수리를 좀 해야 하나⋯⋯ 어쨌든 잘됐네. 역시 착하게 살면 자다가도 떡이 굴러온다고⋯⋯."

"⋯⋯??"

"왜 그런 눈으로 쳐다보지?"

"아, 아무것도 아닙니다."

"좋아. 남은 것도 챙기러 가자!"

태현은 휘파람을 불며 이동했다. 고블린 골렘들은 삐걱거리는 소리를 내며 그 뒤를 따랐다.

"이거 왜 이렇게 느려? 아까는 더 빨랐던 것 같은데."

"크흠. 크흐음."

태현 일행은 빠른 속도로 움직였다. 아까 약탈자 플레이어들이 건드렸던 곳에 도착하자, 오크들의 광석을 건진 곳과는 다른 분위기의 장소가 그들을 맞이했다.

"여긴 고블린들이 있었나 본데? 진짜 고블린들하고 오크가 싸웠었나……."

-가동. 가동.

"으아아악!"

"진정해. 인마."

아까 시달린 덕분에 소리부터 지르고 보는 케인!

태현은 그에게 편잔을 주며 남은 골렘들을 확인했다.

"30기 정도? 음. 이걸 어떻게 하지."

"들고 다니자! 네크로맨서처럼!"

"헉! 그거 좋은 생각 같습니다!"

케인의 의견에 정수혁이 눈빛을 빛내며 찬성했다. 네크로맨서의 멋이란 무엇인가. 그것은 강력한 소환수들을 군대처럼 거느리고 다니는 위엄 아니겠는가!

"아냐. 느려서 불편할 것 같아."

시무룩해지는 둘!

"네크로맨서야 소환수 이동 속도 올려주는 스킬에, 소환수 소환하거나 이동시키는 여러 스킬이 있으니까 이런 걸 운용할 수 있는 거지. 그런 거 아무나 하는 거 아니다. 나는 뭐 수리나 개조만 할 수 있으니…… 음. 역시 영지에 가져다 놓는 게 낫겠지? 어차피 영지 한 번 가기도 해야 하고."

"영지는 왜?"

"그런 사정이 있다."

빠득!

태현은 말하면서 이를 갈았다. 지금도 영지의 식량은 거덜이 나고 있을 것이다.

"좋아. 있는 거 다 챙기고 나가볼까?"

"저기요……."

약탈자 플레이어들이 쭈뼛쭈뼛 손을 들었다.

"저희는 그럼 이만 가봐도 될까요?"

"하하하……."

"하하하……?"

태현이 웃자 약탈자 플레이어들도 따라 웃었다.

"너희, 여기 위치 올려서 팔 거지?"

"네? 아닙니다! 저희가 감히 어떻게 그런 짓을!"

"아니야. 팔 거 같아. 분명히 팔겠지!"

"정말로 아닙니다! 크흑! 저희의 진심을 보여 드리고 싶은데!"

"아. 시끄럽고."

조금도 흔들리지 않는 태현.

"너희가 그 손해를 어떻게 메꿔야 하나 고민을 해봤지."

'지금 이제까지 함정은 우리가 다 몸으로 해체했는데 그 정도면 충분하지 않나?!'

'뭐 저런 악독한 놈이…….'

'쉿. 다 들리겠다.'

"그 결과 좋은 생각이 하나 났다."

좋은 생각이라고 했지만 전혀 좋게 들리지 않는 신기한 현상! 약탈자 플레이어들은 불길한 예감을 느꼈다.

"보니까 너희들은 길드가 없군."

"네……? 그렇죠?"

"저희는 자유로운 걸 추구하는 사람들이라……."

"레드존 길드 있던 놈이 말은 잘해요."

케인은 작게 중얼거렸다.

"그래. 그래. 하지만 너희들의 마음속에는 커다랗고 안정된 길드 안에 들어가서 가족 같은 길드원들과 함께 플레이를 하고 싶은 욕망이 있을 거야. 나도 안다."

그들도 처음 듣는 그들의 욕망!

"아니, 저희는 그런 거 필요 없는데……."

"쉿. 잠깐만 들어보자."

"왜 그래?"

"무슨 말인지는 들어봐도 늦지 않잖아! 커다랗고 안정된 길드라니. 저 말을 듣고도 눈치 못 챘냐?"

"뭔데?"

약탈자 플레이어들이 떠드는 걸 본 태현은 '어?' 싶었다.

이놈들, 역시 약탈자 플레이어들답게 눈치를 챘나?

"우리를 거기 넣어서 써먹으려는 거야! 우리가 필요한 거지! 우리도 케인처럼 될 수 있다고!"

"그런……! 엄청난 기회잖아!"

헛발질을 하는 약탈자 플레이어들이었다.

'눈치 못 챘군.'

눈치를 챈 건 이다비였다.

"태현 님. 설마……."

"아. 미안. 역시 좀 그런가? 파워 워리어도 내부 분위기 있을 텐데 저런 약탈자 플레이어를 넣으면……."

"……저런 선물을 주시다니! 너무 감동이에요!"

눈물을 글썽거리는 이다비! 태현은 흐뭇한 표정으로 시선을 돌렸다. 코밑을 쓱 훔치며 태현은 말했다.

"훗. 착각하지 말라고. 딱히 파워 워리어 길드가 예뻐서 주는 건 아니니까."

케인과 최상윤은 못 볼 걸 봤다는 표정으로 그들을 쳐다보았다. 그러는 사이 이야기를 끝낸 약탈자 플레이어들은 입을 모아 외쳤다.

"김태현 님! 말해주십시오! 저희는 준비됐습니다!"

"맞아요! 잘 생각해 보니 저희도 가족 같은 길드에 들어가서 가족 같은 길드원들과 함께 플레이를 하고 싶은 욕망이 있었습니다!"

옆에서 듣던 케인이 중얼거렸다.

"거기가…… 음…… 가족 같긴 하지……."

'가족'에서 '가'는 이상하게 작게 들렸다. 그래도 미운 정이라고, 예전 길드원이 저렇게 멍청하게 끌려가는 걸 보니 속이 쓰렸다.

"그래? 정말로 그랬나?"

"정말입니다!"

"정말로 정말인가?"

"정말로 정말입니다!"

무슨 광신도처럼 외치던 약탈자 플레이어들!

그러던 그들 중 한 명이 뭔가 이상한 걸 깨달았다.

'어? 김태현 길마 아니지 않나?'

그러나 정신을 차리기에는 이미 너무 늦어 있었다. 분위기는 더 이상 거절할 수 없는 분위기!

"좋다! 너희들에게 길드 초대를 할 테니 받아라!"

"감사합니다!"

[<파워 워리어> 길드에 가입하셨습니다.]

"와! 신난다! 파워 워리어 길드에 가입했…… 다?"

"파워 워리어……?"

"같, 같은 이름의 길드지? 그렇지?"

뭔가 어디서 많이 본 것 같은 길드의 이름을 본 약탈자 플레이어들은 현실을 부정하려고 했다. 그럴 리가 없어!

"나한테 고마워할 필요는 없다. 이런 걸로 고마움을 받는 것도 멋없는 짓이니까."

"태현 님은 너무 착한 거 같아요!"

태현과 이다비의 대화를 듣고 약탈자 플레이어들이 납득할 리 없었다.

"아, 아니. 김태현 이 섀…… 아니, 김태현 님…… 이게 뭡니까?"

"크고 안정적이고 길드에 넣어줬잖아? 길드원들도 가……

족같고."

약탈자 플레이어들은 순간 귀를 의심했다. 방금 '가'와 '족' 사이에 뭔가 거리가 있지 않았나?

"어때. 기쁘지?"

"뭔 개소리야! 누가 이딴 길드에 들어가고 싶댔냐……."

스르릉―

태현, 케인, 최상윤이 동시에 약속이라도 한 것처럼 무기를 꺼냈다.

"응? 뭐라고?"

"싫어? 설마 싫은 건 아니지?"

약탈자 플레이어들이 가장 잘하는 짓. 무기 뽑고 협박하기! 던전 안 같은 곳에서 아이템 분배 시 약탈자 플레이어들은 무기를 뽑고 은근히 위협을 했다.

난 널 PVP 할 수 있다!

이렇게 신호를 보내는 것이다. 죽이는 것보다 이게 더 효과가 좋았다. 페널티도 안 받고 아이템도 챙기고! 그런데 지금 태현 일행이 그걸 역으로 하고 있었다. 너무도 능숙하게!

"싫어?"

"아, 아니요. 싫다는 게 아니라……."

"좋지? 응? 좋지?"

"좋, 좋습니다…… 크흐윽!"

"으흐흑! 너무 좋습니다!"

울먹이며 감동하는 약탈자 플레이어들! 태현은 그들을 토닥였다.

"녀석들. 〈파워 워리어〉처럼 좋은 길드에는 평생 들어갈
일 없을 거라고 생각했나 보군. 괜찮아. 괜찮아."

"개새…… 너무, 감동을 받아서…… 크흑!"

'나중에 두고 보자!'

'너만 사라지면 바로 길드에서 나간다!'

약탈자 플레이어들은 속으로 저주를 내뱉었다. 그러나 그들
은 한 가지를 잊고 있었다. 태현은 판온 1때부터 아침 점심 저
녁으로 약탈자 플레이어들을 먹고 살아왔다는 것을! 그들의
속마음 정도는 뻔히 읽고 있었다.

"설마 내가 이렇게 제안했는데 받고서 나중에 몰래 길드 탈
퇴하는 건 아니지? 그러면 난 마음에 너무 상처를 받아서 너
희들을 계속 쫓아다닐지도 몰라. 판온 1때처럼 말이야. 내가
그때 상처를 많이 받았었거든."

세상에서 가장 무서운 협박! 약탈자 플레이어들 사이에서
흔하게 '너 죽인 다음 리스폰 지점 찾아가서 또 죽인다!' 하는
협박이지만, 태현이 하니까 질적으로 다르게 느껴졌다.

"탈퇴 안 할 거지?"

"물론입니다!"

"절대 할 생각 없습니다!"

"아. 만약 한 놈만 탈퇴해도 내 마음이 너무 아파서 연대 책
임을 물게 될 거야."

완전히 쐐기에 쐐기를 추가로 박는 태현! 더 이상 도망갈 구

석이 없다는 걸 깨달은 약탈자 플레이어들은 화살의 방향을 돌렸다.

-어떤 새끼가 김태현 성질 죽었댔냐?
-너희들도 좋다고 따라와 놓고 내 탓이냐!

아까까지의 팀워크는 사라지고 서로를 물어뜯는 그들!

"그런데 파워 워리어 길드에 저런 놈들 쓸모 있어?"
"물론이죠! 저희 길드에 쓸모없는 사람은 없어요!"
분명 감동적인 말인데 이다비가 하면 다른 의미로 들리는 말!
"게다가 저희 길드에는 전투 직업이 적은 편이거든요. 잘됐네요, 잘됐어!"
"저기, 그런데 말이야……."
"……?"
"저건 뭐냐?"
빠르게 〈절망과 슬픔의 골짜기〉로 움직인 그들. 케인은 영지 앞에서 일어나는 이상한 광경을 가리키며 물었다.
"〈딸기 위에 크림을 바르고 또 딸기를 올리고 또 크림을 바르고 또 또 딸기를 올린 요리〉! 다른 요리사들 요리보다 훨씬 더 사치스럽다고 자부합니다! 드시고 가보세요!"

누가 누가 더 사치스러운 요리를 만드나 경쟁하는 요리사들!

"아. 미안. 너무 배불러서 못 먹겠어. 꺼억!"

하도 많이 먹어서 더 이상 못 먹을 정도의 플레이어들!

"여기 이거 마시고 먹어봐."

"이게 뭔데?"

"〈연금술사의 소화제〉. 더 먹을 수 있게 만복 페널티를 없애줘."

"오오! 그런 아이템이! 이걸 먹으면 저걸 더 먹을 수 있겠군!"

불끈!

이다비는 주먹을 불끈 쥐었다. 당장에라도 가서 저 거대한 테이블을 뒤엎고 '너희 돈으로 해먹어!!'라고 외치고 싶었다.

"엎, 엎으면 안 돼."

"안, 안 엎어요……!"

간신히 정신줄을 붙잡는 이다비였다.

"앗! 김태현이다!"

"김태현! 김태현! 김태현!"

"김태현 님! 덕분에 잘 먹고 있습니다!"

순수한 감사! 그러나 태현의 귀에는 이상하게 비꼬듯이 들렸다.

네 돈으로 잘 먹고 있습니다!

"크, 크윽……!"

"야! 김태현! 정신 차려!"

태현도 간신히 정신줄을 붙잡는 데 성공했다. 최상윤은 케인과 정수혁을 불러 말했다.

"야, 얘가 사고 치기 전에 빨리 데리고 가자!"

"김태현! 김태현!"

"태현 님! 이쪽 한 번만 봐주세요! 저 강화하려는데 손 한 번 만 잡아주십쇼!"

"요리 너무 맛있게 잘 먹고 있습니다! 꺼억!"

쫘악!

"야! 아파! 살살 잡아!"

환호하는 영지의 플레이어들을 간신히 뒤로 한 채, 태현 일 행은 영지 안으로 들어갈 수 있었다.

케인은 뒤를 보며 중얼거렸다.

"근데 왜 이렇게 사람이 많아졌지?"

"위대한 아키서스 교단의 교황이시자 저 남쪽 대륙에서도 아키서스 교단의 세력을 펼치시고……."

"1절만 하자. 갈락파드."

"……예! 태현 님. 태현 님이 안 계시는 동안 이 갈락파드, 분골쇄신, 견마지로를 다하여 교단의 이름을 떨치기 위해 노 력했습니다!"

"적당히 노력하지 그랬냐……."

"예?"

"아무것도 아니다. 됐다. 나가봐."

태현은 기운 빠진 얼굴로 손을 흔들었다. 그러거나 말거나 갈락파드는 우르크 지역에서 고블린들을 믿게 한 걸 칭송하며 나갔다.

"태현 님! 그들 중 쌀 수 있는 고블린들을 데리고 와서 위대한 아키서스의 가르침을 받게 하는 게……."

"누가 저거 좀 데리고 나가라."

갈락파드가 나가고 나서 태현은 한숨을 푹 쉬었다.

"영지 상황이……."

[현재 <절망과 슬픔의 골짜기>는 매우 발전 중입니다. 다른 영지의 영주들이 질투할 수 있으니 주의하십시오. 현재 전투 직업을 가진 모험가들이 급격하게 늘었습니다. <아키서스 교단 전투 연습장> 건물을 추천합니다.]

[사디크의 힘을 받아들이는 모험가들이 늘었습니다. <아키서스 교단 사디크 스킬 명상소> 건물을 추천합니다.]

'……아무리 봐도 이름이 이상한데.'

사디크를 정말 이래도 되는 건가? 싶은 이름!

[현재 영지의 식량 사정은 매우 풍족합니다. 다만 <아키서스 교단의 일일 요리 제공> 이벤트가 지속될 경우 식량이 빠르게 바닥날 수 있습니다.

[건설되고 있는 건물들의 상황은 다음과 같습니다……]

"투기장은…… 다음 달이면 완성되려나……."

쓸데없는 이벤트, 구체적으로 말하자면 태현의 동상 같은 것만 안 만들었어도 진작에 완성됐을 것 같았다. 그러나 어쩌겠는가. 이미 지나간 일인 것을!

'일단 골렘 수리해서 영지에 배치하고, 고블린 부족이 준 아이템 제작서 확인해 보고, 내 무기 쓸 거 만들기 시작해 봐야지…….'

태현은 기운을 차렸다. 일단 가장 먼저 해야 할 건 골렘 수리. 공짜로 얻은 부하들인 만큼 알뜰하게 잘 써 먹어줄 생각이었다. 지금이야 영지가 평화롭지만, 언제 어디서 태현의 적이 공격해 들어올지 몰랐다. 솔직히 적이 너무 많아서 누가 먼저 들어올지 짐작도 안 갔다. 어느 날 영지가 불타고 있어도 태현은 전혀 놀라지 않을 자신이 있었다.

[현재 영지의 군사력은 C등급입니다. 동원할 수 있는 전력은 아키서스 성기사, 아키서스 사제, 상단의 용병, 민병대입니다.]

"C인 게 용하다. D 나와도 안 이상하군."

태현은 투덜거렸다. 다른 영지에 있는 기사단과 비교하면 너무 형편없었다.

'한 번 더 써먹을 수 있는 귀족 기사단이 있고, 플레이어들도 동원할 수 있긴 하지만…….'

그래도 아슬아슬한 건 변하지 않았다.

<절망과 슬픔의 골짜기>
영지 골드 : 12,183

'골드는 또 어쩌다가 이렇게 됐나……'

태현은 한숨을 쉬며 갖고 있던 골드를 영지 창고에 쏟아부었다. 먹어도 먹어도 계속 먹는, 돈 먹는 하마 같은 영지!

태현이 자기 장비를 자급자족하는 플레이어여서 망정이지, 안 그랬으면 파산을 해도 벌써 세 번은 했을 것이다. 온갖 방식으로 번 골드를 다 영지에 꼬라박고 있는 것이다.

'좋아. 골렘부터 수리해 보자. 일단 대장장이들부터 불러봐야지.'

그리고 태현은 이 결정을 나중에 후회하게 된다.

"저, 저, 저, 저희한테 이 골렘을 주신다고요?"

"난 준다고 한 번도 말한 적 없는데."

"크흐흑! 정말 감동입니다, 태현 님! 저희를 아껴주고 사랑해주시는 건 알고 있었지만!"

"아니, 그런 적 없는데."

자기들 좋을 대로 알아듣고 기뻐하는 기계공학 대장장이들! 태현은 이들을 대할 때면 왠지 모를 답답함을 느껴야 했다. 뭔가 나중에 크게 사고를 칠 것 같은 불길함!

"너희들한테 몇 기씩 나눠줄 테니까, 알아서 수리하고 좀 고쳐봐."

태현 혼자서 다 수리하면 좋겠지만, 시간도 부족하고, 어쨌든 이들은 영지의 전력 중 하나였다. 좀 많이 미친놈들이었지만 그래도 태현에게 아낌없이 충성하는 이들이 흔한가! 퍼주고 키워줘야 했다.

'아, 근데 왜 이렇게 불길할까…….'

"안심하십시오! 저희가 최선을 다해! 수리하고 개조하겠습니다!"

"개조하란 말은 안 했거든?"

"알겠습니다! 최선을 다해 개조하겠습니다!"

"너희 일부러 그러는 거냐? 응?"

태현이 그러거나 말거나 기계공학 대장장이들은 시시덕거리며 골렘에 달려들었다.

"여기다가 역병 폭탄을……."

"그거 아주 좋은 생각이다!"

'……내가 잘못 들은 거겠지.'

태현은 무시하고 움직였다. 할 일이 많았다.

"……그런데 넌 왜 날 따라오니?"

"무엇이라도 도와드리고 싶습니다!"

눈빛을 초롱초롱 빛내며 쫓아오는 기계공학 대장장이, 가브리엘! 솔직히 태현도 가브리엘은 무서웠다. 판온 1에서도 이런 미친놈은 흔하지 않았던 것이다. 해맑게 미친놈!

"아니…… 그냥 저기 골렘 가서 너희 친구들이랑 같이……."

"꼭! 도와드리고 싶습니다!"

"……알겠다."

태현은 입맛을 다셨다. 가브리엘도 이제 나름 대장장이 기술, 기계공학 스킬 양쪽으로 전문화된 대장장이 랭커였다. 맨날 '히히 폭탄 만들자 폭탄 발싸!' 이러고 다녀서 그렇지…….

[옛 고블린 추적 파괴 골렘, 옛 고블린 전투 승리 골렘, 옛 고블린 요새 수호 골렘을 수리합니다.]

"개조할까요?"

"아니."

"옆에 폭탄 발사구 달아도 될까요?"

"안 돼."

"자폭 기능은 안 되겠습니까?"

"……그, 그건 넣을까?"

태현도 살짝 흔들리는 마음! 가브리엘은 씩 웃었다.

'아. 젠장. 괜히 말했…….'

"그럼 지금 넣겠습니다!"

호다닥!

[옛 고블린 요새 수호 골렘에 <자폭> 스킬이 추가됩니다.]

"그런데 태현 님. 태현 님은 역시 대단합니다. 이번 우르크 퀘스트 보면서 감동했습니다!"

"뭘 감동까지…… 결국 대족장은 잡지도 못했는데."

"그래도 충분히 대단하셨습니다! 아. 그리고 보니 교단에 고블린 부족이 아키서스 믿는다고 떴던데요."

"어. 이번에 가서 퀘스트 깨서 믿으라고 설득했어."

태현은 가브리엘의 눈빛이 이상하게 빛난다는 걸 눈치채지 못하고 대답했다.

"고블린이라면 역시 기계공학…… 아닙니까?"

"드, 드워프도 기계공학 잘하잖아."

"드워프의 기계공학보다는 고블린의 기계공학이 더 좋습니다!"

안정적이고 무난한 드워프의 기계공학 스킬보다는, 뭔가 이상하고 실패 확률 있고 괴상한 결과물이 많은 고블린의 기계공학! 가브리엘은 그런 불확실함이야말로 기계공학의 정수라고 생각했다. 물론 태현은 아니었다.

기계공학은 그냥 기계공학이지 뭔 불확실의 매력이고 그런 게 있어!

"저도 고블린을 만나보고 싶습니다!"

"아, 아니. 고블린들이 은근히 부끄러움을 잘 타서 보기 힘들지 않을까?"

"저도 나름 고블린들이 좋아할 칭호를 갖고 있습니다! 괜찮을 겁니다!"

태현은 왠지 모르게 둘을 만나게 하면 안 된다는 생각이 들었다.

"일단 우리 하던 수리나 마저 하자고!"

급히 말을 돌리는 태현!

[옛 고블린 추적 파괴 골렘의 수리를 완료했습니다.]
[대장장이, 기계공학 스킬이 오릅니다.]
[<옛 고블린 추적 파괴 골렘>이 <김태현의 추적 파괴 자폭 골렘>으로 변합니다.]

이름이 뭔가 변하고 외형도 많이 변했지만 태현은 애써 외면했다.

"좋아. 이 정도면 됐겠지!"

"태현 님! 다음에는 뭘 하실 겁니까?"

"아니, 넌 할 일 없냐? 네 일 해!"

"태현 님을 도와드리는 게 제 일입니다!"

"이제 무기 만들어서 강화할 생각이었는데……."

"아, 그래요?"

순식간에 시무룩해지는 가브리엘!

"강화가 뭐 어때서?"

"폭발 안 하잖습니까."

"……."

"그렇지만 태현 님의 일이라면 돕겠습니다! 앗. 혹시 폭탄 강화는 안 하나요?"

[<대충 만들어서 쓸 불안정한 강철검>을 만들었습니다.]

[완벽한 균형! 완벽한 밀도! 경지에 오른 대장장이만이 만들 수 있는 명품입니다. 제작법을 널리 알리시겠습니까? 제작법을 널리 알릴 경우 추가로 보너스가 있습니다.]

"뭐 하러…… 거절."

태현은 이제 대충 만들어도 명품을 만들 수 있는 경지에 도달해 있었다. 각종 대장장이 기술 스킬과 함께 아키서스 직업 스킬까지 합쳐지니 어마어마한 시너지 효과가 나오는 것이다.

"태현 님. 이거 불안정해 보이는데 혹시 폭탄을 넣으실 겁니까?"

"아니."

"그렇다면 폭탄을 넣지 않으시겠습니까?"

"안 넣는다."

"힝……."

가브리엘은 무시하고, 태현은 <대충 만들어서 쓸 불안정한 강철검>을 계속해서 만들었다.

"요약해서 <대만불강검>이라고 해야지."

쓸데없이 강해 보이는 이름!

[<대만불강검>을 만들었……]

기본적으로 백 개는 넘게 만들 요량이었다. '불안정' 옵션에,

강화까지 할 생각이었으니 이 정도로도 모자라게 느껴졌다. 무한 반복 작업!

땅, 땅, 땅-

지나가던 케인은 태현을 보고 혀를 내둘렀다.

'저놈은 질리지도 않나?'

정말 하루 종일 자리에 앉아서 망치만 두드릴 수도 있을 것 같은 초연한 모습!

"태현 님. 광석 갖고 왔습니다."

"어. 앞에 놔줘."

"태현 님. 화로 세기 올릴까요?"

"어."

가브리엘은 확실히 입만 다물고 있으면 훌륭한 조수였다. 아니, 오히려 조수로서 과분했다. 방해되지 않도록 끼어들지 않지만, 필요한 재료를 파악해서 만들 때마다 계속해서 옆에다 가져다주는 것이다. 대장장이 기술 스킬에 대한 이해도가 높은 플레이어만 가능한 것!

"좋아. 이제 강화해 볼까."

"강화 이펙트도 폭발이면 좋겠……."

가브리엘은 무시하고 태현은 강화를 시작했다.

쨩! 쨩! 쨩!

[강화가 성공합니다. <대만불강검>이 <대만불강검(+1)>로 변합니다.]

[강화가 실패합니다.]

[강화를 시도…….]

〈대만불강검〉은 평범한 롱소드의 겉모습을 갖고 있었다. 재료가 질 좋은 강철일 뿐, 나머지는 아무것도 넣지 않은 것이다. 애초에 소모품으로 쓰려고 작정한 구성!

태현의 스킬이 워낙 좋아서 겉으로 날카로운 기운이 흐르고 번쩍이긴 했지만, 플레이어들이 보고 '어? 저 무기 좀 좋은 무기인가?' 할 정도는 아니었다. 오히려 '아니, 레벨 높으면 좀 좋은 무기 쓸 것이지 왜 저런 상점에서 팔 거 같은 무기를 쓰지?'라는 반응이 나올 것 같은 무기! 그런데 계속해서 강화가 성공하자, 은은한 빛을 내뿜기 시작했다. 강화 레벨이 높아질수록 강해지는 빛!

겉모습은 평범한데 번쩍번쩍! 오라를 가지게 된 것이다.

"무슨 직업 스킬이냐?"

옆에서 구경 온 최상윤은 검을 보더니 어처구니가 없어서 중얼거렸다. 다른 플레이어들이 보면 직업 스킬로 오해하기 딱 좋아 보였다.

[강화가 성공합니다. 〈대만불강검(+8)〉이 〈대만불강검(+9)〉로 변합니다.]

대충 만들어서 쓸 불안정한 강철검(+9):

내구력 15/15, 물리 공격력 375

공격 속도 100% 증가. 일정 확률로 방어 무시 대미지.

스킬 '칼날 폭파' 사용 가능.

행운 제한 500, 대장장이 기술 제한 고급, 기계공학 제한 고급. 경지에 오른 대장장이가 자신 혼자 쓰기 위해 만든 독특한 검이다. 안 그래도 날카로운 검을 강화한 결과 엄청난 공격력을 갖게 되었지만, 내구도는 매우 불안정하다.

태현은 눈을 커다랗게 떴다. 물리 공격력 375. +9까지 강화를 한 보람이 있었다. 이것만으로도 이미 에다오르의 대검보다 단순 공격력은 높았다.

물론 에다오르의 대검은 각종 속성 스탯과 스킬들이 붙어 있어서 비교하기는 쉽지 않았지만, 강철과 강화석만으로 이런 결과를 만들었다는 것 자체만으로도 대박이었다. 일회용 무기를 바꿔가면서 사용하려는 태현의 계획이 차츰 가닥을 잡아가기 시작했다.

'스킬이 〈칼날 폭파〉인 게 아쉽지만 뭐 어쩔 수 없지……'

아이템 만들었을 때 나오는 스킬은 태현이 고를 수가 없었다. 한 번 쓰면 칼이 박살 나는 스킬!

'내구력이 15. 생각보다 훨씬 낮긴 하지만…… 필요할 때마다 꺼내서 쓸 거니까.'

평소에는 에다오르의 대검이나 유성을 꺼내서 쓰고, 정말 폭딜이 필요할 때마다 이 칼들을 꺼내 쓸 생각이었다. 태현은 안도의 한숨을 내쉬었다. 이 정도면 충분히 성공이라고 볼 수 있었다. 스킬이 아쉬웠지만 깡스탯이 워낙 좋았고, 게다가 공격 속도 증가 옵션과 일정 확률로 방어 무시 대미지가 들어간다는 게 어마어마했다. 저 두 옵션은 경매장에서도 손꼽히는 옵션 아닌가!

원래 아이템에서는 없는 옵션이지만 강화가 +9까지 도착하자 추가로 옵션이 나왔다.

착착착-

태현은 강화를 마친 〈대만불강검〉을 차곡차곡 가방에 넣었다.

'이제 다음은…… 아. 이다비 생일선물로 줄 갑옷이나 만들어봐야지.'

평소 언제나 고생하는 이다비에게 그냥 갑옷을 줄 생각은 없었다. 아키서스의 아티팩트 제작. 직업 스킬을 써서 갑옷을 만들어줄 생각이었다.

'상인 직업한테 좋은 건 뭐려나? 회피, 방어, 도주 기능 정도려나…… 아. 아티팩트 제작하면 한동안 못 움직일 테니 다른 것부터 먼저 해야겠다.'

이다비에게 줄 갑옷도 있고, 고블린들에게서 받은 아이템 제작서도 있지만……. 일단 탈것을 하나 추가로 만들 계획이었다. 유 회장에게 줄 오토바이!

'저번에 그렇게 신세를 졌으니 이 정도는 해드려야지. 싸게 먹히는 거야.'

그렇게 생각하니 문득 갑자기 궁금해졌다.

요즘 유 회장은 뭘 하고 있지?

"후우우……."

유 회장은 눈을 감고 거대한 바다를 내려다보았다. 지금 유 회장은 거대한 대형선 〈유성호〉에 타고 있었다. 물론 현질로 지른 배였다. 목수 플레이어들이 만든 대형선 중 손꼽히는 배였지만, 유 회장의 현질 공격에는 버티지 못했다.

—이건 저희가 만든 배입니다! 팔 생각이 없어요! 이건 저희들의 우정이 담긴…… 이, 이만큼을 주신다고요? 정말로? 팔겠습니다!

거절하기에는 너무 많은 돈이었다. 유 회장은 그 배에 타 판온의 바다를 천천히 여행하고 있었다. 배 위에는 골드로 고용한 용병 NPC들과 비서실 직원들, 그리고 유 회장을 따라다니기 시작한 파워 워리어 길드원들이 있었다.

"후우우우우……."

아, 이렇게 평화롭고 고요한 것을!

유 회장은 분노와 증오가 가라앉는 것을 느꼈다.

'그래. 김태현 그놈에게 쓸데없이 휘둘렸던 것 같군……'

유 회장의 뒤통수를 매콤하게 후려치고 게임단을 창설해 버린 태현! 최대한 안 보고 잊으려고 했는데도 태현은 잊을 만하면 유 회장 눈앞에 나타났다.

-회장님, 여기 그 김태현 선수가 이세연 선수와 같이 찍은 화보가…….

꾸기깃!

그러나 그런 분노의 시간도 이제 끝이었다. 이세연도 섭외 성공했고, 좀 있으면 대회에서 태현의 팀에게 호된 맛을 보여 줄 것이 분명했다. 그걸 생각하니 원한이 조금 잊혀졌다.

핑-

바다에 드리운 낚싯대가 팽팽하게 흔들리기 시작했다.

"오오!"

"어르신! 파이팅입니다!"

"저희 대기하고 있습니다!"

요리사 복장을 하고 있는 파워 워리어 길드원들이 박수를 치며 유 회장을 응원했다. 그들이 응원하는 이유는 간단했다. 유 회장은 돈을 정말 잘 줬다!

"음?"

유 회장은 눈을 가늘게 떴다. 저 바다에서 무언가 플레이어처럼 보이는 게 헤엄을 치고 있었다.

"저게 뭐지?"

"사람 같은데요? 배를 잃어버렸나 봐요."

"무시하고 가죠? 인생은 냉혹한 법인데."

이런 면에서는 철저한 파워 워리어 길드원들! 그러나 유 회장은 고개를 저었다. 기껏 분노와 증오를 가라앉힌 상황.

"구해주러 가자."

"넵!"

누구 명령이라고 거절하겠는가. 일행은 재빨리 배의 방향을 틀었다.

"헉, 헉헉…… 감사합니다!"

"살았습니다!"

배를 기어오른 플레이어들은 가쁜 숨을 내쉬었다. 그대로 체력이 빠져서 익사하는 줄 알았던 것이다.

"자네들은 왜 여기서 헤엄치고 있나?"

"배가 박살 나서요!"

"배가 박살 나? 어떻게 배를 몰았길래?"

"암초에 박은 게 아니라 해적한테 당해서……."

"해적?"

"네!"

낚시꾼 플레이어들은 정말 재난이었다고 투덜거렸다. 조각만 한 낚싯배를 이끌고 바다를 돌아다니고 있는데, 웬 해적선이 그들을 치고 지나간 것이다.

"이 근처에 해적이 있었나?"

"네? 없는데요? 카테란드 해적단 해체된 지 오랜데?"

"김태현 님이 그 퀘스트 깼…… 읍읍!"

"야. 조용히 해, 인마. 어르신께서 싫어하시잖아!"

"읍읍읍!"

태현의 이야기만 하면 유 회장의 심기가 불편해진다는 걸 이미 깨달은 파워 워리어 길드원들이었다.

"됐다. 지금은 정보가 필요하니 말해봐라."

유 회장은 차분하게 말했다. 판온을 처음 시작했을 때 보여줬던 초보자의 모습은 찾아볼 수 없었다. 이제 어엿한 고렙 플레이어! 아니, 갖고 있는 장비들과 비싼 아이템들을 감안한다면 하위권 랭커와도 맞먹을 수 있을지 몰랐다.

그렇게 성장한 유 회장이기에 잘 알고 있었다. 이런 상황에서 가장 중요한 건 정보라는 걸! 정보를 갖고 있는 자가 판온에서 승리한다! 괜히 사람들이 비싼 돈 주고 정보를 사고파는 게 아니었다.

"이 근처에는 해적이 없습니다. 어르신."

"맞아요. 원래 카테란드 해적단이라고 하나 있었는데 김태현 님이 퀘스트 깨면서 날려 버렸잖아요."

"그거 덕분에 그쪽 어부 플레이어들이랑 해적 플레이어들이 엄청 기뻐했다고 들었었는데."

가끔씩 출몰해 바다를 돌아다니는 플레이어들을 공격하는 해적단. 플레이어들 입장에서 좋을 리 없었다.

"혹시 브랑송 함대랑 헷갈린 거 아냐?"

"맞아. 이 근처에서 브랑송 함대 보인다던데."

브랑송. 아탈리 왕국의 3함대를 이끄는 귀족. 태현과도 카테란드 섬 토벌 때 만난 적이 있는 귀족이었다.

그러나 살아남은 플레이어들은 단호하게 말했다.

"해적 깃발 달고 있었어요!"

"맞아요!"

"잘못 본 거 아냐?"

"아니라니까요!"

"알겠어. 알겠어. 그렇지만 하나 명심해 둬."

파워 워리어 길드원, 최민수는 어깨를 으쓱거리며 말했다.

"설사 해적이라고 해도 이 배를 쓰러뜨릴 수는 없어! 플레이어들이 만든 배 중 가장 크고 아름다운 배라고 해도 좋다고! 어중간한 해적 NPC가 보이면 그냥 함선째로 짓밟고 진행해도⋯⋯!"

"⋯⋯저게 뭐지?"

"네?"

"저게 뭐냐고 물었는데."

유 회장은 떨떠름한 표정으로 수평선을 가리켰다. 수평선 너머에서 뭔가 많은 것들이 넘실거렸다. 수십 척이 넘는 대함대!

"저, 저거⋯⋯."

"함대다! 어디 함대야?!"

"해, 해적인데?"

"뭐?! 해적이 여기 왜 나타나?! 아탈리 왕국은 뭐 하는 건데?!"

플레이어, NPC 가릴 거 없이 동시에 패닉! 살아남은 플레이어들은 당황한 목소리로 물었다.

"아니, 해적이라도 쓰러뜨릴 수 없다고 하셨잖⋯⋯."

"닥쳐! 지금 그게 중요해?! 너희들 때문이야! 너희들이 해적을 몰고 왔어!"

완벽한 소인배의 모습! 파워 워리어 길드원들의 비난에 플레이어들은 당황했다.

"아, 아니…… 제가 몰고 온 거 아닌데요!"

"시끄러! 너희들을 바치고 살아남겠어!"

둥둥둥둥-

배의 사람들이 혼란에 빠진 사이 해적 대함대는 빠르게 다가오기 시작했다. 파워 워리어 길드원들과 달리 냉정을 잃지 않은 유 회장이 물었다.

"추하게 그만 싸워라!"

"네, 넵!"

"그래서 지금 어떻게 할 건지 말해봐라. 도망칠 수 있겠냐?"

"물론입니다!"

최민수는 자신만만하게 말했다. 여기 있는 파워 워리어 길드원 중 가장 발언력이 높은 건 그였다. 개인 방송 〈파워 워리어 길드원 최민수가 진행하는 판타지 온라인 믿거나 말거나〉로 나름 충성팬이 있는 플레이어! 물론 그 과정에서 태현의 이름값도 한몫했다.

"지금 거리를 보십시오, 어르신! 저놈들이 전속력으로 달려와도 우리는 느긋하게 낮잠 한 번 자고 가도 될 정도의 거리입니다. 게다가 이 배는 플레이어들이 만든 배 중 손꼽히는 속력을……"

"됐고, 출발이나 시켜라."

"예!"

어쨌든 안 잡힌다니 잘됐다. 유 회장은 그렇게 생각하며 명령을 내렸다. 그 순간……

[대해적 갈르두의 함대가 <파도 올라타기> 스킬을 사용합니다.]

콰르릉!
갑자기 근처에 깊은 원이 생기더니, 파도가 올라오면서 같이 해적선 한 척이 올라왔다. 바다에서의 거리를 일순간에 좁혀 버리는 스킬! 해적 함대라면 이런 스킬이 있어도 이상할 게 없었다.
"뭐야?!"
"괜, 괜찮습니다! 아직 한 척입니다!"

[대해적 갈르두의 함대가 <파도 올라타기> 스킬을 사용합니다.]
[대해적 갈르두의 함대가 <파도 올라타기>……]

콰릉! 콰르릉!
계속해서 생겨나는 해적선들. 자리에 있던 플레이어들은 최민수를 빤히 쳐다보았다. 이거 어쩔 거냐는 눈빛!
"괜, 괜찮…… 싸우면 됩니……"
"넌 그냥 조용히 해라."
"네……"
최민수는 시무룩해져서 조용해졌다. 그걸 본 길드원들은 수군거렸다.
"저거 완전 케인 아니냐?"

CHAPTER 4

[해적들이 배 위로 올라오기 시작합니다! 이대로 계속해서 지속될 경우 배 상태가 <나포> 상태로 바뀝니다. <나포> 상태에서는 배를 마음대로 조종할 수 없습니다.]

"싸울까요?!"

"싸울 자신은 있는 거냐?"

"아니요……."

"저희는 비전투 공작이 전문이라…… 헤헤……."

솔직한 파워 워리어 길드원들!

유 회장은 한숨을 쉬더니 말했다.

"됐다, 이것도 판온이지."

그러는 사이 비서실 직원들이 가까이 다가와서 비장하게 말을 걸었다.

"회장님! 저희가 최선을 다해서 길을 뚫어드리겠습니다! 탈출하십시오!"

"······이, 이게 그렇게까지 비장하게 할 소리는 아닌 것 같은데."

비서실 직원들의 눈빛은 뜨겁게 타올랐다.

반드시 이번 기회에 회장님에게 눈도장을 찍히고 말겠다!!

너무 투명하게 보이는 속마음!

유 회장은 혀를 차며 말했다.

"여기서 도망을 치면 어디로 치라는 거냐? 헤엄이라도 치라는 거냐? 배 타고 가봤자 잡히기만 할 것 같은데."

"저희가 목숨을 걸고!"

"아. 시끄럽다."

"네······ 죄송합니다······."

[파티 상태가 <포로>로 바뀝니다. <포로> 상태에서는 마음대로······]

"크하핫! 이 배는 우리가 점령했다!"

해적들이 시끄럽게 떠들며 갑판 위를 돌아다니기 시작했다. 그걸 본 플레이어들은 분한 표정을 지었다.

우리 배인데!

"여기 창고에는 뭐가 있을······ 아니, 왜 물고기들이랑 낚시용 미끼밖에 없어?! 이런 배에! 너희 거지냐!"

"낚시하러 왔으니까 그렇지!"

"낚시하러 이런 배를 끌고 오는 놈들이 어디 있냐!"

"쉿! 조용히 해! 갈르두 님 오신다!"

"허어억!"

떠들던 해적들은 갑자기 움찔하더니 자세를 딱 바로잡고 멈췄다.

쿵-

[대해적 갈르두가 나타났습니다. 저항에 실패합니다. 공포 상태에 빠집니다.]

[대해적 갈르두를 직접 마주했습니다. 명성이 오릅니다. 이 이야기를 해안 도시에 전하면 대접을 받을 수⋯⋯.]

오금이 저리는 보스 몬스터, 갈르두! 플레이어들도 모두 능력치가 내려가는 걸 보면서 벌벌 떨었다. 공포 면역인 태현이나 이런 보스 몬스터 앞에서 멀쩡했지, 보통 페널티를 안고 시작했다.

"너희는 뭐 하는 놈들이냐?"

"저, 저희는 선량한 낚시꾼들입니다! 갈르두 님!"

파워 워리어 길드원들은 잽싸게 엎드리며 말했다. 비서실 직원들과는 차원이 다른 생존 본능! 자존심 따위는 애초에 배에 싣지 않은 그들이었다.

"낚시꾼 놈들이 이런 배를 끌고 와?"

"좀 더 크게 낚으려고 했습니다! 보십시오! 배에 낚시꾼 아이템들밖에 없습니다! 아이고! 갈르두 님! 위대한 갈르두 님을 이렇게 뵙게 되어서 정말로 기쁘기 그지없……."

"시끄럽다!"

"……넵."

"뭐라도 있을 줄 알고 잡았는데 쓴 마력이 아깝군."

갈르두는 혀를 찼다. 하도 배가 있어 보이길래 일단 잡고 봤는데, 잡고 보니 든 건 별로 없었다.

"좋다. 해군이면 죽였겠지만 아니라니 살려주도록 하지."

"감사합니다!"

"역시 갈르두 님이야!"

"선택지를 주마. 아이템을 다 벗고 저기로 나가거나, 아니면 내 밑에 들어와라."

"저기…… 라면?"

갈르두는 턱 끝으로 바다를 가리켰다. 그러니까 장비 다 벗고 헤엄쳐서 육지까지 가라는 뜻!

"……언제나 해적이 되고 싶었습니다!"

갑자기 돌아가는 대화에 유 회장이 당황해서 귓속말로 물었다.

-이래도 되는 건가?

-이럴 수밖에 없습니다! 지금 장비 다 벗고 갈 수는 없잖아요!

-장비야 뭐 새로 사면 되지 않나?

-……너무 아깝잖습니까!

차원이 다른 유 회장의 금전 감각! 그렇지만 유 회장은 일단 플레이어들의 말을 따르기로 했다. 궁금했기도 했던 것이다. 이 해적 놈은 왜 나타난 걸까?

'그러고 보니 예전에 남쪽 대륙으로 건너갈 때도 한 번 이놈을 만났었지.'

남쪽 대륙, 프리카 대륙. 투기장을 구경하기 위해 태현과 같이 배를 타고 갔었다. 그때 갑자기 갈르두가 나타나고, 유 회장이 태현을 수상하게 쳐다보자 '하하, 전 저놈과 상관이 없는데요' 하면서 망루로 올라가 갈르두의 해적 깃발을 쏴버리며 도발했다. 덕분에 그때 강제로 전투 참여하게 됐었는데…….
그때 희미하게, 멀리서 갈르두의 목소리가 들려왔다.

-저놈들이 도망을 치고 있다! 잡아라! 김ㅌ…….
"김ㅌ?"

유 회장은 순간 고개를 돌려 태현을 쳐다보았다. 그러나 태현은 표정 하나 변하지 않고 대답했다.

"잘못 들으신 것 같은데요?"

'……정말 아무 상관 없는 사이가 맞나? 아닌 것 같은데.'
그때는 도망치느라 정신없어서 넘어갔는데, 유 회장은 갑자기 의심스러워졌다.

쿵!

갈르두는 발을 한 번 구르더니 큰 목소리로 외쳤다.

"됐다! 이제 이런 귀찮은 짓은 필요 없다. 우르크 쪽으로 해적 놈들을 데리고 가자!"

와아아아아아!

"해적들을 데리러 간다고?"

"대해적 갈르두가 세력을 더 늘리려고 하나 봐요. 그런데 이상하네요. 갈르두는 에스파 왕국 근처에서 주로 움직이던 해적이고, 우르크 지역은 엄청 먼데……."

"그 해적들을 이끌고 김태현 백작을 치겠다. 나를 세 번이나 모욕한 빌어먹을 개자식!"

"아참. 너희는 김태현 백작을 아냐, 모르느냐?"

"그런 놈 모릅니다!"

"이름만 들어도 엄청 나쁜 놈 같습니다!"

"잘 아는군."

[갈르두의 기분이 좋아졌습니다.]

"휴……."

"우리 정체는 절대 밝히지 말죠."

"여기서 아키서스 교단 믿는 사람?"

파워 워리어 길드원들 전원이 손을 들었다.

"······절대 무슨 신 믿는지도 말하지 말자!"

괜히 재수 없으면 걸릴 수 있었다.

"역시 태현 님! 예술과 같은 제작입니다! 여기에 폭탄 달까요?"

"오토바이에 폭탄을 왜 달아!"

유 회장이 들었다면 '암살이냐?! 암살이냐!?' 하며 기겁을 했을 소리.

"태현 님. 제 말을 진지하게 들어주십시오."

"······말해봐라."

"폭탄은 없는 것보다 있는 게 무조건 좋습니다. 그건······ 상식입니다."

"······."

"폭탄이 있으면 안 터뜨려도 되고, 터뜨려도 됩니다. 그렇지만 폭탄이 없으면? 터뜨릴 상황이 닥쳐도 아예 터뜨릴 수가 없는 겁니다. 무조건 넣는 게 좋습니다."

은근히 그럴듯한 소리! 가브리엘은 옆에서 은근은근하게 계속 속삭였다. 마치 뱀과 같은 모습이었다. 그 소리에 순간 솔깃해 버린 태현은 결국······.

은색으로 칠한 폭발적으로 날아다니는 오토바이:

내구력 2,000/2,000

스킬 '부릉부릉', '폭발 가속', '미쳐 날뛰기' 사용 가능.

고급 기계공학 스킬이 없을 시 운전에 페널티, 운전 시 낮은 확률로 주변에 폭발을 일으킴.

드워프나 고블린을 상대할 시 친밀도에 막대한 보너스.

기계공학에 도가 튼 대장장이가 만든 뛰어난 탈것이다. 알 수 없는 신성과 행운이 느껴진다.

-붉은 버튼을 누르면 <비장의 자폭> 시전.

"……헉!"

만들고 나서야 태현은 아차 싶었다. 대체 무슨 짓을! 가브리엘은 그러거나 말거나 신이 나서 기뻐할 뿐이었다.

저번에 만든 오토바이 시리즈와 거의 비슷했다. <폭발적으로>가 이름에 들어간 것과, '붉은 버튼을 누르면 <비장의 자폭> 시전' 정도만 차이점일 뿐.

"통제 가능하니까 괜찮겠지. 뭐 내가 탈 것도 아니고."

빠르게 회복하는 태현! 태현은 빠르게 충격에서 회복했다. 원래 이런 면에서 오래 충격받지 않는 게 태현이었다.

"그런데 가브리엘, 너는 뭐 안 만드냐?"

"폭탄 말씀이십니까?"

"폭탄 말고."

"더 큰 폭탄 말하시는 겁니까?"

태현은 어이가 없어서 말을 잇지 못했다. 가브리엘도 실력 있는 기계공학 대장장이니, 폭탄 말고 다른 제작에 몰두해도 충분히 먹힐 것이다. 아니, 사실 좀 그래 줬으면 했다.

앞으로 영지를 관리해야 하는데 주야장천 폭탄만 만들어서 대체 어디다 써먹는단 말인가! 영지 주변에 심어놓기라도 할 게 아니라면 뭐라도 좀 쓸 만한 방향으로 돌려야 했다.

"그런 거 말고…… 좀 장비나, 탈것이나, 하다못해 다른 아이템이라도 만들어보라고. 리더인 네가 자꾸 폭탄만 만드니까 다른 대장장이들도 폭탄만 만드는 거 아냐!"

"으음. 저도 다른 걸 이것저것 만들어 본 적이 있었습니다."

"그래? 어떤 거?"

"흔한 대장장이들처럼 무기나 장비 같은 거 말입니다. 그런데 다들 똑같이 이런 걸 만드니 경쟁력을 갖추기 위해서 뭔가 다른 걸 해야 하지 않나 생각했습니다."

"폭탄 같은?"

"하하. 그때는 아직 폭탄을 생각 못 했고…… 이것저것 스킬들을 찾아보고 어떤 것에 특화된 대장장이가 되어야 할지 고민했습니다."

태현은 살짝 놀랐다. 가브리엘은 게임 시작부터 '히히 폭탄 발싸!' 하고 외치고 다녔을 줄 알았는데…….

"왜 그렇게 쳐다보시죠?"

"아, 아니야. 아무것도. 계속 말해봐."

"어쨌든 이것저것 찾아보긴 했는데 영 시원치 않았습니다. 라제단 대장장이라고, 나름 레어한 직업이라 NPC 찾아서 스킬 몇 개 배우긴 했는데 플레이어들은 별로 안 좋아하더라고요."

보기 드문 스킬이나 직업이라고 꼭 좋은 건 아니었다. 그냥 쓰기 애매하고 안 좋아서 보기 드문 것일 수도 있는 것!

그러나 태현은 놀랐다. 라제단 대장장이라니. 태현이 지금 잘 써먹고 있는 스킬들 아닌가. 장비 위조, 장비 강제 착용, 불안정한 장비 제작……

'음. 생각해 보니 플레이어들이 엄청 싫어하긴 하겠군.'

대장장이 플레이어는 아이템을 만들고 팔아야 성장이 가능한데, 누가 멀쩡한 대장장이를 내버려 두고 라제단 대장장이를 찾아가겠는가.

"게다가 대장장이는 길드 없으면 텃세가 엄청 심해서…… 그렇지만 폭탄을 만나고 제 인생이 바뀌었습니다!"

담담하게 이야기하다가 '폭탄' 이야기를 하니 눈빛이 활활 타오르기 시작한 가브리엘! 태현은 살짝 뒤로 물러섰다.

"언제나 감사드리고 있습니다. 태현 님!"

"그, 그래. 알겠으니까 좀 떨어져 줄래? 그리고 라제단 대장장이 스킬 뭐 있는지 물어봐도 되나?"

태현은 〈라제단 대장장이〉 직업에 관심이 갔다. 약간 맛이 간 것 같은 스킬 세트들과 대장장이 직업이란 게 태현의 취향! 만약 아키서스의 화신으로 강제 전직을 안 했다면 〈라제단 대장장이〉로 전직을 고민했을지도 몰랐다.

"〈장비 위조〉나 〈장비 영혼 파괴〉 같은 걸 배웠습니다."

"……〈장비 영혼 파괴〉?"

이름만 들어도 뭔가 매우 수상쩍은 스킬!

가브리엘은 웃으면서 말했다.

"별로 이상한 스킬은 아닙니다. 그냥 버프 스킬이에요."

장비 버프 스킬. 제작 말고 대장장이의 밥줄 중 하나였다. 사냥이나 던전에 대장장이를 데리고 가는 주된 이유 중 하나가 바로 이 스킬 때문! 숙련된 대장장이가 걸어주는 장비 버프 스킬은 정말 있고 없고의 차이를 확실하게 느낄 수 있었다. 그렇지만 태현은 대장장이 기술 스킬, 기계공학 스킬 둘 다 고급을 찍은 것치고는 장비 버프 스킬이 정말 적었다. 기껏해야 무기에 거는 〈날카롭게 갈기〉, 방어구에 거는 〈녹 없애기〉가 전부.

대장장이 직업을 고르지 않았기에 기본적인 스킬들만 갖고 있었다. 물론 그 기본적인 스킬들을 엄청나게 갈고 닦아 스킬 레벨이 어마어마하게 높았지만……. 〈사디크의 화염 부여〉 같은 것도 있었지만 이건 대장장이 스킬이 아니었고.

"장비 버프 스킬? 버프 스킬인데 왜 이름이 〈장비 영혼 파괴〉지?"

"그야…… 버프 효과는 좋은 대신 장비 내구도가 엄청나게 하락하거든요. 최대 내구도도 내려가는……."

어딘가 이상한 구석이 있거나, 부작용이 심한 것이 라제단 대장장이의 스킬! 싫어하는 게 이해가 갔다.

-장비 버프해 드립니다!

-오. 정말로 이만큼이나 버프가 돼?

-예! 대신 내구도가 이만큼 하락합니다!

그렇지만 태현은 경우가 달랐다. 플레이어 중에서는 드물게 장비를 일회용으로 쓰려는 게 태현! 어차피 일반 아이템을 스킬로 극한까지 강화시켜 쓸 생각이었으니, 이렇게 태현에게 필요한 스킬도 없었다.

"그거 어디서 구할 수 있지?"

"예? 이런 스킬이 필요하십니까? 이거 정말 아무도 안 쓰던데……."

"다 잘 쓰면 좋은 거지. 그래서 어디서 배웠어?"

"잠깐만요…… 여기 어딘가 스킬북이 있을 텐데……."

"스킬북이 있어?!"

태현은 깜짝 놀랐다. 판온에서 스킬을 배우려면 퀘스트를 깨야 했다. 직업 퀘스트든 일반 퀘스트든. 그리고 그런 퀘스트로 얻는 보상들은 대부분 본인 혼자만 사용 가능한 게 보통이었다. 저렇게 모든 사람들이 쓸 수 있는 스킬북이 있는 스킬들은 거의 평범한 일반 스킬들!

'라제단 대장장이 직업 스킬이 뭐 일반 스킬인가?'

"네. 애초에 라제단 대장장이 스킬들 배운 이유가 NPC한테 돈만 주면 스킬북을 팔아서였습니다."

"……그, 그래."

"아. 여기 있습니다! 이거 배우고서 효과 좋으면 다른 대장장이들한테 비싸게 팔려고 몇 권 더 샀는데……."

[아이템을 얻었습니다.]

"태현 님이 받아주신다면 더할 나위 없지요!"

"고마워. 잘 쓰지."

"태현 님. 아까 말씀드렸지만 감사드리고 있는 건 진심입니다. 저뿐 아니라 다른 대장장이들도 마찬가지일 겁니다."

가브리엘은 진지하게 말했다. 그 모습에 태현은 살짝 뭉클했다. 그래, 폭탄에만 집착하는 미친놈들이어도 뭐 어떠냐! 이렇게 그를 따라주는데!

"……그런 의미에서 저희랑 폭탄 한번 만들지 않으시겠……."

"스킬은 잘 쓰도록 하마."

"쳇."

<장비 영혼 파괴>

장비의 영혼을 끌어내 파괴시켜 장비의 힘을 극대화시킵니다. 부작용으로 내구도와 최대 내구도가 급격하게 하락합니다.

'흠. 뭐 괜찮긴 하군.'

태현은 스킬창을 보며 만족스러운 표정을 지었다. 스킬은 많을수록 좋다! 어떤 스킬이든 간에 있어서 손해 볼 건 없었다.

'그 라제단 대장장이 NPC, 어디서 만나볼 수 없나?'

골드만 주면 스킬을 살 수 있다니. 엄청난 기회였다. 태현은 바로 찾아가려고 했지만 아쉽게도 그럴 수 없었다.

─떠돌이로 돌아다니는 NPC여서 지금 어디에 있는지는 저도 잘······.

위치가 고정된 NPC가 아니었던 것이다.

'뭐, 어쩔 수 없지. 이거 얻은 것만으로 만족하자.'

스킬들을 얻을 기회가 더 많으면 좋을 텐데. 태현은 그렇게 생각하며 다음 작업으로 넘어갔다. 다음 작업은 혼자 해야 하는 작업이었다. 가브리엘은 도와줄 수 없는 작업.

[아키서스의 아티팩트를 제작하기 시작합니다. 제작하는데 걸린 시간과 사용한 재료에 따라 아티팩트의 힘이 달라집니다. 결과물은 랜덤입니다.]

[신성, 행운 스탯이 소모됩니다.]

'일단 오크들 비밀창고에서 챙겨왔던 광석들하고, 영지에 있는 보석들하고······.'

이곳저곳에서 모아왔던 것들. 보상으로 얻은 것도 있고, 다른 플레이어들에게서 뜯어낸 것도 있고. 그런 아이템들을 태현은 아낌없이 갈아 넣었다. 원래 대박을 노릴 때에는 아껴서는 안 되는 법.

'외형은······ 이다비 말대로 투박하게 하는 게 좋겠군!'

쓰는 본인이 그러라고 했으니 태현은 최대한 맞춰줄 생각이었다.

땅, 땅, 땅-

"그거 뭐 그렇게 묵직하게 생겼냐?"

"디자인이 좀 이상하지 않아?"

케인이나 최상윤은 지나갈 때마다 의아하다는 듯이 물어봤다. 너무 투박하게 생겼던 것이다. 굳이 저렇게 디자인을 할 필요가 있나?

"아이템은 성능이지!"

"아니, 그렇긴 한데…… 디자인도 좋으면 좋잖아?"

"쯧쯧."

태현은 최상윤을 보며 안쓰럽다는 듯이 고개를 저었다.

"자식. 요즘은 이게 유행이다."

최상윤은 고개를 갸웃거렸다. 처음 들어보는 유행!

"뭐, 뭔 유행?"

"너도 유행에서 뒤처졌구나."

태현은 최상윤의 어깨를 툭툭 두드리고는 가버렸다. 왠지 모르게 굴욕적! 다른 사람이면 몰라도 유행과는 거리가 먼 태현에게 '넌 유행에서 뒤처졌구나'라는 소리를 듣다니!

'아니, 근데 뭐가 유행이라는 거지?'

[용광로에서 보석을 녹이고 있습니다.]

[남은 시간-03:00]

아티팩트 제작이라고 계속 붙들려 있는 건 아니었다. 사이사이 시간이 났다. 태현은 그 틈을 타 고블린들한테 받은 제작법을 읽어보기로 했다. 뭔지 궁금하기도 했고.

'고블린 하면 기계공학이니까, 분명 쓸모없는 걸 주지는 않았겠지!'

[<고블린 만능 제작기>의 제작법을 얻었습니다.]

이름부터 기대감을 증폭시키는 이름! 만능 제작기라니.

이 무슨⋯⋯!

태현은 허겁지겁 아이템 설명을 확인했다.

고블린 만능 제작기:

고블린 기계공학의 정수! 설치하고 아무거나 집어넣으면 아무거나 나옵니다!

그게 다였다.

'아, 아니. 그럴 리 없어. 그럴 리가 없어⋯⋯!'

태현은 현실을 부정하며 기계공학 대장장이들을 불러 <고블린 만능 제작기>를 만들었다. 기계공학 스킬이 고급 이상 있어야 만들 수 있는 거지, 재료 자체는 흔하게 구할 수 있는 강철이나 구리 같은 재료들이어서 창고 안에 있는 걸로 만들 수 있었다. 그렇지만……

"그러면 한번 넣어보겠습니다!"

"그래. 넣어봐."

대장장이 한 명이 철광석을 집어넣었다.

[<평범한 철광석(1)>을 집어넣었습니다.]

[가동 중……]

[짜잔! <맛있는 치즈(1)>가 나왔습니다.]

"여기 치즈……."

"진짜 랜덤이냐!!"

울컥한 태현은 치즈를 집어 던졌다. 옆에 있던 케인은 치즈를 머리에 얻어맞았다.

"후…… 그래. 공짜로 얻은 것에 그렇게 많은 걸 바라면 도둑놈이지."

"에드안 부르셨습니까?"

"아냐. 갈락파드. 에드안 부른 거 아니야."

하도 '고대의 비법'이라고 해서 기대를 한 것이지, 얻은 건 공짜로 얻은 것이다. 실망할 것도 없었다.

"쯧…… 이거 영지 가운데에 설치하고 원하는 놈들 마음대로 쓰라고 그래."

"그래도 됩니까?"

"어. 이건 뭐 써먹기도 애매하고……."

완전 랜덤으로 나오는 결과물. 이건 태현이라도 통제 자체가 불가능했다. 태현은 입맛을 다시며 말했다.

"최대한 빨리 아티팩트 제작 끝내고 해적 부족 전도하러 가야겠다."

우르크 지역의 오크들은 박살 났고, 남은 건 해적 부족들인 〈붉은 바다 무법자 부족〉뿐이었다. 다행히 오크들이 없어져서 설득은 훨씬 쉬울 것 같았다.

'해적들은 뭘 좋아하나? 럼주? 앵무새? 화약? 고블린처럼 쉬우면 편할 텐데.'

"역시 태현 님! 아키서스의 위엄을 대륙의 서쪽부터 동쪽까지 퍼뜨리려고 하는 그 모습에 저는 감격했……."

갈락파드가 늙은 몸을 떨며 감격하는 모습을 본 태현은 갑자기 불안해졌다.

'이 자식 혹시 또……'

"갈락파드. 너도 따라와라."

뭔가 사고를 치기 전에 미리 예방하려는 속셈!

"예?"

"왜, 싫어?"

"영광입니다!"

갈락파드는 펄쩍 뛰며 기뻐했다.

"교황님의 위대한 원정에 제가 참여하게 되다니! 이 갈락파드, 늙은 몸이지만 목숨을 다해……!"

"어, 뭐야. 갈락파드 밖에 나갑니까?"

지나가던 펠마스가 듣더니 기뻐하며 말했다. 순간 태현과 갈락파드는 시선을 교환했다. 둘은 서로가 무슨 말을 할지 깨달았다.

"펠마스도 데리고 가셔야……."

"그래. 펠마스. 너도 같이 가자!"

"저, 저는 갑자기 몸에 탈이…… 크으윽……!"

"내가 고쳐주마. 펠마스."

꾀병을 부리는 펠마스를 보며, 갈락파드는 자애로운 목소리로 말했다. 같은 아키서스를 믿는 이들만이 보여줄 수 있는 끈끈한 우정!

"갈락파드……!"

"펠마스……!"

"……그걸 믿으라고?"

"저놈을 잡아라!"

바로 돌변하는 둘의 태도! 갈락파드가 외치자, 평소에 갈락파드가 데리고 다니는 로브 입은 괴인들이 호다닥 달려들었다. 그들은 재빨리 펠마스의 사지를 붙잡고 쓰러뜨렸다.

"이거 봐라! 이거 봐! 갈락파드! 이놈! 어디서 위대하신 태현님 앞에서 이런 짓이냐! 반역이라도 저지를 셈이냐!"

"시끄럽다. 닥쳐라."

갈락파드는 지팡이로 펠마스의 얼굴을 찰지게 후려갈겼다. 퍽!

경쾌하고 둔탁한 소리. 태현은 감탄했다. 사람을 한두 번 패

봐서는 저런 소리가 나오지 않았다.

"커헉!"

"자, 내가 네 병을 고쳐주마!"

"으악! 크악! 커헉!"

퍽! 퍽! 퍽!

굳이 마법을 쓰지 않고 지팡이로 두들겨 패는 갈락파드!

"나았느냐!"

"나, 나았다! 나았다고!"

"아직 안 나은 거 같구나!"

"아냐! 진짜로 다 나았어! 보라고! 엄청 쌩쌩하잖아!"

"아니다! 너는 아직 낫지 않았다! 나는 알 수 있다. 네 마음 속에는 아직 사악한 것이 남아 있어!"

"뭔 개소리 컥! 크악! 그만 패라고! 다 늙어서 뭐 이리 힘이 좋아!"

태현은 고개를 절레절레 저으며 지켜보았다. 이게 아키서스 교단 고위 NPC들이라니!

"됐다. 그만해라. 갈락파드."

"예. 태현 님."

"그래. 펠마스. 병은 좀 나은 거 같으냐?"

"다…… 나았습니다……!"

"그래, 그래. 그러면 같이 갈 수 있겠지?"

갈락파드를 데리고 가면 펠마스가 날뛸 게 분명했다.

한쪽을 데리고 갈 거면 둘 다 데리고 가야 한다!

'무슨 양, 늑대, 양배추를 데리고 강을 건너는 옛날이야기도 아니고 이런 걸 신경 써야 하나?'

"하지만 태현 님! 제가 가버리면 영지는 누가 관리하겠습니까? 아, 아니. 제가 꼭 가기 싫다는 건 아니고요."

갈락파드가 눈을 부릅뜨고 노려보자 펠마스는 변명부터 했다.

"맥크레니 상단 NPC들한테 맡길 거다."

영지를 돕고 있는 아탈리 왕국의 맥크레니 상단! 갈락파드나 펠마스처럼 과감한 결정은 내리지 못하지만, 현상 유지는 기막히게 잘할 것이다. 그리고 태현이 바라는 게 바로 그거였다. 제발 어디 갔다 오는 동안 사고 좀 치지 마라!!

땅, 땅, 땅-

태현은 눈빛을 빛내며 망치를 두드렸다. 아키서스 아티팩트 제작을 위한 압도적인 집중!

"야, 안 쉬냐?"

"먼저 나가라."

원래 태현은 규칙적으로 운동-게임-운동-게임을 돌리는 사람이었다.

게임도 몸 망가지면 못 한다!

그러나 몇몇 상황은 예외였다. 그중 하나가 대박 아이템 제작! 원래 명품 하나를 만들기 위해서는 몇 날 며칠 밤새우는 것 정도는 기본이었다. 캡슐에서 나와서 한숨 잔 케인은 아직도 캡슐에서 나오지 않는 태현을 보고 경악했다.

"얘 진짜 안 쉬냐!?"

"뭐. 태현이? 쟤 원래 저러잖아. 내버려 둬. 체력 좋아서 며칠 정도는 저래도 돼."

최상윤은 판온 1때 태현이 저러는 걸 몇 번 봐서 그런지 태연했다. 정수혁도 걱정된다는 표정으로 캡슐을 쳐다보았다.

둘 다 걱정하자 최상윤은 다시 설명했다.

"야, 저건 별것도 아니야. 판온 1때는 어땠냐면……."

"안녕하세요!"

"앗. 안녕하세요. 어서 오시죠."

이다비가 들어오자 모두 반갑게 인사했다.

"태현 님은요?"

"캡슐 안에 있는데?"

"일찍 들어가셨네요."

"아냐. 안 나온 거야."

이다비가 놀라는 동안 최상윤은 설명을 이어갔다.

"어떤 길드랑 싸움이 한번 붙었는데, 그때 그쪽 길드가 너무 숫자가 많으니까 거기 길드가 점령한 던전에 들어가서 버티기를 시작했어. 거기 던전이 엄청 큰 던전이어서 길드가 뽑는 수익이 어마어마했거든. 길드 입장에서는 어떻게 뚫어야 하니까 계속 들어가려고 하는데, 태현이는 입구부터 닥치는 대로 함정 깔면서 오는 족족 죽여 버렸고."

케인과 정수혁은 눈빛을 빛내며 태현의 이야기를 들었다. 물론 태현이 판온 1에서 했던 것들은 유명했지만, 직접 아는 사람한테서 듣는 생생한 이야기는 질적으로 달랐다.

"그래서 어떻게 됐습니까?"

"길드 입장에서는 환장할 노릇인 거지. 한 명이 저렇게 알박기를 했는데 못 뚫으니까. 그래서 누가 아이디어를 낸 거야. 한 명씩 교대로 들어가면서 시간을 끌자고."

"······??"

"태현이는 혼자니까 언젠가는 로그아웃하고 쉴 거 아니야. 그때 던전 안으로 들어가서 재접속할 경우 앞뒤로 포위하려고 한 거지."

"아아, 그렇군요!"

"물론 태현이는 그걸 간단하게 깨뜨렸다."

"어떻게 말입니까?"

"그냥 안 자고 계속 버텼지."

생각지도 못한 무식한 방법!

"들어오는 길드원들 공격하고, 잠깐 숨어서 '어? 이 자식 로그아웃했나?' 싶게 만든 다음 공격하고, '야 안 되겠다 잠깐 쉬자' 하면 나와서 폭탄 던지고 다시 들어가고······."

이야기를 듣던 사람들의 얼굴은 점점 질려갔다.

"나중에는 길드 쪽에서 그냥 골드 주면서 나가달라고 빌던데?"

"왜 그렇게 다들 원한이 심한지 알겠다."

"뭘 이 정도를 가지고. 다른 거 들으면 더 기겁을 할 거다. 이른바 <길드장 인간폭탄 협박 사건>인데, 이건 공개도 안 됐어. 거기 길드가 쪽팔리다고 통제해서 영상 안 올렸거든. 거기 랭커가 지금 판온2 랭커 중 한 명이었는데 누구였더라……."

이름부터 수상쩍은 사건! 그러나 최상윤은 다 말하지 못했다. 캡슐을 열고 태현이 나온 것이다.

벌컥, 벌컥, 벌컥-

캡슐을 열고 나온 태현은 물을 1.5리터 페트병째로 들이켜더니, 밖에 모인 사람들을 보고 손 한 번 흔들고 다시 캡슐로 들어가려고 했다.

"야! 야!"

"좀 쉬세요!"

"안 돼. 지금 잠깐 광석 녹이는 시간이라 쉬러 온 거야. 다시 들어간다."

"뭘 그렇게까지 해서 만드는 거예요! 저번에 그 선물이라면 그렇게까지 할 필요 없을 거예요!"

"무슨 소리야. 선물이라면 정성을 다해야지."

말이야 맞는 말! 이다비는 할 말이 없었다.

"그, 그렇지만 너무 무리하면……."

"난 무리 안 해. 멀쩡하다고. 솔직히 여기서 몇 날 며칠은 더 셀 수 있는데."

"받는 상대방이 슬퍼할지도……."

말해놓고도 이다비는 설득력이 없다는 걸 느꼈다. 그러나 태현은 살짝 흔들렸다.

"아, 아니. 안 그럴걸. 아마."

"대체 누구 주시려고 그러는데요?"

결국 이다비는 조심스럽게 물었다. 상대를 알고 싶지 않았지만 호기심이 이긴 것이다. 그러나 태현은 곤란한 얼굴로 피했다.

"그건 대답하기 조금 그런데……."

"설, 설마……!"

이다비는 무언가 깨달았다. 뭐든 간에 당당하게 대답하던 태현이 대답하지 못한다니.

'케인 씨?!'

생각해 보니 그 갑옷도 엄청나게 투박하게 생긴 게 딱 탱커용 같았다.

"응? 나 왜 쳐다봐?"

'아, 아니. 여자라고 했으니까…….'

케인은 왜 쳐다보는지 이해를 하지 못하고 고개를 갸웃거렸다. 이다비는 혼란스러운 생각을 정리했다.

'그런데 진짜 케인 씨 말고 받을 사람 없지 않나?!'

"내, 내가 뭐 잘못했나? 이다비. 내가 저번에 〈파워 워리어〉 길드 욕한 건 진심으로 욕한 게 아니라 개네들이 날 별명으로 써서……."

이다비가 말이 없자 케인은 주절주절 변명을 시작했다.

[<아키서스 비전의 성스러운 갑옷> 아티팩트가 완성되었습니다. 신성, 행운이 소모됩니다. ……대장장이 기술 스킬, 기계공학 스킬이 크게 오릅니다.]

  아키서스 비전의 성스러운 갑옷:
  내구력 800/800, 물리 방어력 300, 마법 방어력 300.
  스킬 '아키서스의 비전 가호', '아키서스의 비전 축복', '아키서스의 성스러운 힘', 스킬 '아키서스의 축복받은 도주', 피격 시 '아키서스의 마법' 발동.
  '아키서스의 화신'이 주위에 있을 시 행운 대폭 상승, 명중률 대폭 상승, 회피력 대폭 상승, 물리 저항력 25% 상승, 마법 저항력 25% 상승.
  아키서스의 화신이 신성력을 불어넣어 만든 갑옷이다. 단순히 신성력만 있는 성물이 아닌, 대장장이 기술로 봐도 어마어마한 완성도를 가지고 있다. 아키서스의 화신이 주변에 있다면 갑옷의 성능이 엄청나게 올라간다.

  파아아아아아앗! 엄청난 빛이 하늘로 솟구쳤다.

  [교단의 명성이 올라갑니다. 아키서스 교단의 아티팩트가 만들어졌다는 소식이 대륙의 각 교단으로 전해집니다.]

  '전의 아티팩트는 안 나온 거 보면, 퀄리티 차이가 심해서 그

런가?'

태현은 그렇게 생각했다.

"오오…… 태현 님……! 이것이 드디어……! 이 갈락파드, 눈물을 금치 못하겠습니다! 이걸 교단 본 신전에 전시해 놓고 오는 신도들에게 보여줘야……."

"아니, 쓸 건데."

"그런! 태현 님께서 쓰신다면 어쩔 수 없겠군요, 이 갈락파드……."

"아니, 선물할 건데."

"그런!!"

갈락파드의 비통한 외침은 무시하고, 태현은 성능을 확인했다. 갖고 있던 금속들과 보석들을 쏟아부은 보람이 있었다.

'오토바이 만들고, 내 검 만들고, 영지 창고는 거의 비었겠군. 새로 채워 넣어야겠다.'

사실 마음 같아서는 오리하르콘이나 아다만티움 같은 특별한 금속을 원했다. 대장장이들의 꿈만 같은 금속! 오리하르콘이나 아다만티움 같은 금속을 아주 조금만 섞어 넣어도 아이템의 퀄리티가 달라졌다. 게다가 태현 같은 경우는 오리하르콘 석궁에 쓸 화살도 필요했고.

그렇지만 이런 건 쉽게 구할 수 없었다.

'깡스탯도 훌륭하고, 옵션도 강력하다. 내가 근처에 있을 때만 추가로 발동된다는 게 아쉽지만 그걸 감안해도 충분히 좋아.'

만약 태현이 없을 때도 추가 옵션이 발동된다면 거의 사기 아이템이라고 봐야 할 정도!

'달려 있는 스킬들은…….'

〈아키서스의 비전 가호〉는 액티브 스킬로, 사용할 경우 각종 상태 이상을 제거하고 회피력을 올려주는 스킬. 〈아키서스의 비전 축복〉도 액티브 스킬로 비슷한 축복 버프 계열이었다. 특히 〈아키서스의 성스러운 힘〉이 좋았는데, 패시브 스킬로 공격을 맞을 경우 일정량의 HP를 흡수하는 스킬이었다. 〈아키서스의 축복받은 도주〉는 이름 그대로의 스킬이었고…… 거의 걸어 다니는 요새나 다름없는 수준!

'근데 피격 시 스킬 〈아키서스의 마법〉 발동은 뭐냐?'

태현도 잘 아는 스킬이었다. 정수혁의 랜덤으로 발동하는 그 마법 아닌가! 그 스킬이 한 대 맞을 때마다 자동으로 발동된다니. 태현은 갑자기 불안해졌다. 다른 옵션들은 다 평범하게 좋았는데 왜 하필 이 옵션만 이렇게 랜덤이야?

태현이야 쓸 자신이 있으니까 불확실하고 랜덤인 아이템을 쓰는 거지, 남한테 이런 걸 추천하는 건 좀 그랬다.

"완성하셨어요?"

"어. 잘 왔다."

이다비가 고개를 갸웃거리자 태현은 뿌듯한 얼굴로 갑옷을 내밀었다.

"선물이야."

"네? 설마 저보고 케인 씨한테……."

"……?? 케인이 왜 나와?"

"앗, 죄송해요. 아니었군요. 역시……."

"네 선물이야."

"……네?"

"내일모레가 네 생일이잖아."

"그, 그걸 어떻게…… 앗! 얘네들이……!"

"그렇다고 동생들한테 뭐라고 하지는 말고. 기특하잖아. 난 외동이라서 잘 모르는데 형제자매가 그렇게 챙겨주는 건 드문 일이라고."

그렇게 말하면서 태현은 아이템을 건넸다. 이다비는 깊숙한 곳에서 감동이 치밀어 오르는 것을 느꼈다. 이 아이템을 만들기 위해 얼마나 공을 들였는지 직접 옆에서 봤기 때문이었다. 그런데 자기는 옆에서 질투나 하고 있었다니.

'쥐구멍이라도 있으면 좋을 정도로 부끄러워……!'

이다비는 얼굴이 달아오르는 걸 느꼈다.

"무슨 선물이 좋을지 몰랐는데 생각보다 판온 아이템 선물이 유행이더라고."

"그, 그랬나요?"

양심의 고통으로 떨리는 이다비의 목소리였다. 그러는 사이 옆에서 접속한 케인이 하품을 하며 다가왔다.

"어? 다 만들었네? 그거 어디 갔어?"

"이다비한테 줬어. 곧 생일이어서."

케인은 고개를 갸웃거렸다. 곧 생일이어서 줬다니. 그렇다는 건 생일 선물로 그 투박하고 못생긴 갑옷을 줬다는 뜻인가?

"야. 뭔 생일 선물로 그런 걸 줘! 생일 선물은 좀 더 그……

현실에 있는 걸 줘야지!"

"아냐, 인마. 요즘은 이게 유행이라고."

"유행은 무슨 유행! 내가 살다 살다 그런 유행이 있다는 건 처음 듣는다! 그런 유행이 어디 있어!"

'그, 그만……!'

양심의 가책 때문에 이다비의 얼굴은 더 이상 붉어질 수 없을 정도로 붉어진 상태! 그러나 태현은 흔들리지 않았다.

상대가 케인이었기 때문이었다.

"네가 유행을 아냐?"

"뭐?"

"네가 여자애들 뭐 좋아하는지 유행을 아냐고. 애초에 네가 아는 여자애들이 있는지가 의문인데."

"그…… 있……."

"네 동생 빼고."

"크으으읏……!"

케인은 날카로운 공격을 받고 흔들렸다. 옆을 보니 이다비는 감동한 것처럼 고개를 숙이고 있었다.

정말 유행인가?! 정말로!?

그러는 사이 이다비는 심호흡을 하고 충격에서 벗어났다.

"잠깐만요. 케인 씨도 아는 여자분 있지 않았어요? 그때 같이 다니던 그……."

파이브 걸즈의 하연. 케인이 좋다고 같이 다녔던 아이돌이었다. 그러나 케인은 시무룩한 목소리로 말했다.

"요즘 스케줄이 바빠서 접속을 못 해……."

태현과 이다비는 측은한 눈빛으로 케인을 쳐다보았다. 어쩐지 요즘 말이 없더라.

태현은 케인의 어깨를 두드리며 말했다.

"너도 선물을 해."

"응?"

"요즘 판온 아이템 선물이 유행이라더라."

"……진, 진짜?"

털썩!

"응? 이다비, 왜 그래?"

"아, 아무것도 아니에요……."

죄책감에 무릎을 꿇고 털썩 주저앉은 이다비!

"그러면 그렇게 해볼까? 진짜?"

"그래, 그래."

"어떤 아이템이 좋지? 반지? 꽃다발?"

"그건 좀 아닌 것 같다."

태현도 냉정하게 만드는 케인의 발언!

[회피에 성공했습니다.]

"길마님, 뭡니까? 기름 발랐어요?"

태현과 이다비는 성능 실험을 하고 있었다. 아이템 중에서는 성능이 구체적으로 나와 있는 게 있었고, 아닌 게 있었다.

후자는 직접 실험을 해봐야 했다. 이번 갑옷은 태현과 같이 있을 경우 추가 옵션이 있어서 더더욱 그랬다. 그리고 그 결과. 파워 워리어 길드원들이 이다비한테 화살을 퍼붓고 있는데 다 빗나가고 있었다. 믿을 수 없는 결과에 어리둥절하는 길드원들!

[<반격의 저주 연사>가 발동됩니다.]

이다비의 갑옷에서 쏟아져 나오는 마법 세례!

"으아아악!"

"길마님, 왜 그래요! 우리가 뭘 잘못했다고!"

"잘못했어요! 저번에 1실버 슬쩍한 거 다시는 안 할게요!"

파워 워리어 길드원들은 기겁하며 이리 뛰고 저리 뛰었다.

이다비는 깜짝 놀라 아이템 성능을 다시 확인했다.

"이거…… 는…….."

"미안. 랜덤이라 어쩔 수가 없다. 나도 의도하고 넣은 게 아니야."

"아니에요! 엄청 좋아요! 성능이 안 좋았더라도 썼을 거예요!"

"아니. 성능이 안 좋으면 쓰면 안 되지."

파워 워리어 길드원들이 한심하다는 듯이 쳐다보자 태현은 마주 노려보았다. 이것들이 미쳤나?

"크흠, 크흠."

"커허험."

파워 워리어 길드원들은 재빨리 고개를 숙였다. 다른 건 몰라도 태현이 수틀리면 성질 더러워진다는 건 확실하게 알고 있었던 것이다.

'케인처럼 될 수는 없지.'

'케인 꼴 날라.'

상인 직업인 데다가, 파워 워리어 길드를 이끌면서 수많은 아이템들을 거래하는 이다비였기에 이 갑옷의 진가를 알 수 있었다. 경매장에 올라오는 순간 최고가를 찍을 수 있는 잠재력이 있는 아이템! 깡스탯에서는 약간 밀리더라도 달려 있는 옵션이 너무 사기적이었던 것이다.

"정말 감사합니다. 잘 쓸게요."

"팔면 안 된다."

"안 팔거든요!?"

"어? 진짜? 사실 팔아도 된다고 생각하고 있긴 했는데."

"이런 선물을 팔면 어떡해요!"

"팔면? 비싸겠지."

이다비는 어깨를 축 늘어뜨렸다. 그러는 사이 저주에서 회복된 길드원들이 다가와서 떠들었다.

"길마님! 진짜 대단하네요! 디자인은 구리지만요!"

"길마님! 그 갑옷 혹시 파실 거면 저희 길드 역사상 최고가를 기록할지도 몰라요! 디자인은 구리지만 말입니다!"

"길마님. 그 갑옷은 어디서 구하신 겁니까? 디자인이 이상한 거 보니 플레이어가 만든 것 같지는 않은데요!"

태현은 다시 길드원들을 노려보았다. 투박하다는 건 알고 있었지만 이렇게 몇 번이고 강조해서 들으면 뭔가 기분이 나쁜 게 사람 마음!

'우, 우리가 뭘 잘못했나?'

'길마님하고 대화하는 걸 방해해서 그런 거 아냐?'

'그러면 후퇴! 후퇴!'

파워 워리어 길드원들은 뒷걸음질 치며 조용히 물러섰다.

"좋아. 이제 다시 우르크 지역 갈 준비를 해볼까?"

태현이 펠마스와 갈락파드를 부르러 간 사이, 케인이 은근슬쩍 와서 이다비에게 물었다.

"저기…… 그 유행이라는 아이템 선물 있잖아, 정확히 뭐가 유행이야?"

이다비가 스스로 쌓은 업보로 괴로워하는 동안, 태현은 준비를 끝냈다.

"자. 출발하자!"

기분 좋은 얼굴로 부하들을 끌고 온 갈락파드. 죽을 것 같은 표정을 짓고 있는 펠마스. 그리고 기타 등등!

"……방금 뭔가 기분이 되게 나빴는데."

케인은 작게 중얼거렸다.

"조용히! 우르크 지역 가서 해적들만 해결하면 끝인 간단한 퀘스트야."

"전혀 간단할 거 같지 않다구……."

"시끄럽고, 준비 다 됐지? 영지에서 난리 칠 놈 없지? 다 데리고 나왔지?"

"예? 태현 님? 그게 무슨 말씀이신지……."

무심코 튀어나온 본심! 태현은 당황하지 않고 무시했다.

"자, 그러면 출발!"

오토바이와 용용이와 흑흑이. 탈 수단은 많았다.

거기에 갈락파드와 직속 부하들은…….

"양탄자!"

전통적인 마법사들의 탈 것, 양탄자!

"빗자루가 낫지 않나?"

"빗자루는 좀 위험하지."

그렇게 말한 태현은 양탄자를 훑어보았다.

에랑스 왕국 마탑 양탄자:

내구력 30/30

스킬 '공중부양' 사용 가능, 스킬 '환상 가리기' 사용 가능.

에랑스 왕국 마탑에서만 사용하는 특별한 양탄자다. 외부인은 사용할 수 없다.

'어떻게 얻은 거야?'

어떻게 얻었는지 많이 의심스러운 아이템!

"잠, 잠깐! 저는 왜 아무도 안 태워줍니까?"

펠마스가 밑에서 당황한 목소리로 말했다.

"누가 태워줘라."

"네가 태워주면 되겠네."

"아니, 케인 씨가……."

"갈락파드. 태워라."

"알겠습니다……."

노골적으로 싫은 표정을 짓는 갈락파드! 펠마스는 기가 막혀서 외쳤다.

"나도 가기 싫거든?!"

하늘로 날아오르며, 태현은 영지를 힐끗 돌아보았다.

제발 갔다 올 때까지 사고만 치지 마라.

'이번 퀘스트 깨면 투기장이 완성되려나…….'

다른 도시였다면 진작에 완성됐을 투기장을 대체 얼마나 기다려야 하는지…….

"응?"

태현은 순간 눈을 깜박거렸다. 영지 가운데에 엄청 긴 줄이 보였던 것이다. 플레이어들이 끝없이 줄지어 선 모습!

'왜 저렇게 서 있지? 무료 음식 나눠주는 곳은 저기 아닌데? 축복도 저기 아니고…… 그냥 잘못 본 건가?'

태현은 잊고 있었다. 그곳은 <고블린 만능 제작기>를 둔 곳이라는 것을!

"여기서부터는 걸어간다."

오크 부족들이 공중분해 됐어도 우르크 지역은 여전히 위험한 곳이었다. 와이번 같은 비행 몬스터들이 가득! 그런 몬스터들과 싸움을 피하려면 땅으로 걸어 다녀야 했다.

"그런데 갈락파드. 네가 데리고 다니는 부하들은 정확히 뭐하는 놈들이지?"

"제 부하들 말입니까? 충실한 아키서스의 노예지요."

움찔!

〈아키서스의 노예〉란 말을 듣고 케인이 움찔했다.

"아, 물론 저 〈아키서스의 노예〉와는 다른 의미입니다. 태현 님."

"어디서 났는데? 노예가 마법을 잘 쓰는 게 좀 신기해서."

"마탑에서 데리고 나왔습니다."

"……응?"

"마탑에서 마법사들의 노예로 있던 이들에게 아키서스 님의 위대함을 알려주고 데리고 나온 겁니다."

싸악-

모두의 얼굴에서 핏기가 가시는 소리가 들렸다. 그러니까 마탑 마법사들의 노예를 데리고 나왔단 말인가? 어쩐지 마법을 잘 쓴다 했다!

"그, 그거 마탑에서 허락은 받았나?"

갈락파드는 웃었다. 태현은 살짝 안심했다. 그래, 그래도 그렇게 미친놈은…… 잠깐, 맞지 않나?

"위대한 아키서스 님의 이름을 알려주는데 왜 하찮은 마탑 마법사들의 허락을 받아야 합니까?"

"너 나보고 마탑 가서 사고 치지 말라고 하지 않았냐?"

'태현 님, 마탑은 정말 위험하니 가서 사고 치시면 안 됩니다!'라고 말해놓고, 자기는 이미 대형 사고를 쳐놓은 상태!

설마 사고 치면 위험하다는 게 직접 경험해 보고 한 소리는 아니겠지?

"끙……. 뭐, 마탑 마법사 만날 일 없으니까 괜찮겠지."

흑마법사 학파의 계승자라는 칭호를 받았지만, 마탑 근처에 갈 일은 별로 없었다. 게다가 흑마법사들을 데리고 가서 리치로 만들어 버린 이상 가기도 좀 찜찜했다. 마탑 내부 평가는 오른 모양이지만…….

"태현 님. 저거 〈마탑 마법사 노예〉 직업 말하는 거 같은데요?"

이다비가 말하자 태현은 놀랐다.

"뭐? 노예란 직업이 있단 말이야?"

"야……."

뒤에서 케인이 울컥했지만 태현은 무시했다.

"네. 있어요. 한때 잠깐 인기 있었는데…… 배울 수 있는 마법 개수는 적지만 스킬 레벨 빨리 오르는 장점이 있었다네요."

"특화형 직업이군."

태현은 입맛을 다셨다. 마법 개수가 적다고 하니까 스스로의 마법이 생각난 것이다.

'마탑 갔을 때 마법 좀 많이 배워놓을걸⋯⋯.'

흑마법사 학파의 계승자 같은 거창한 칭호를 받아도 쓸 수 있는 마법 스킬이 너무 적었다. 마법사 직업이 아닌 이상 마법 스킬을 얻을 기회 자체가 적은 것이다.

'마탑을 다시 가서 마법 배우려고 퀘스트 깨는 건 역시 좀 시간 낭비겠지?'

마탑 신분이 생겼으니 불가능은 아니었지만, 그 시간에 다른 스킬 레벨을 올리고 다른 퀘스트들을 깨야 했다.

"태현 님."

"왜 그러냐, 펠마스."

"해적 놈들한테는 어떻게 접근하실 생각이십니까?"

"음⋯⋯ 그래. 그것도 생각해 놓긴 해야지."

태현은 카테란드 해적단을 털어먹고 〈카테란드 바다의 질서를 가지고 온 자〉 칭호를 갖고 있었다. 해적들이 별로 좋아해 줄 것 같지는 않았다. 이다비가 정리해 놓은 정보들을 나열하기 시작했다.

"〈붉은 바다 무법자 부족〉은 우르크 지역 남쪽 바다 섬 지대에 퍼져 있는 해적들이네요. 거기 바다에 섬들이 많아서 해적들이 숨기 좋은지 숫자도 많고⋯⋯."

고블린 부족이나 원시 인간 부족보다는 훨씬 세력이 큰 해적단이었다. 부족 연합이라고 봐야 할 수준!

"고블린처럼 환영해 주지는 않을 거고, 오크 때처럼 위장해서 잠입하기도 힘들 거 같고. 이번에는 싸워서 하나씩 꺾어야 하나?"

하나씩 싸워서 꺾고 밑의 세력으로 넣는다. 어떻게든 아키서스를 믿게 하면 되는 거였으니 그런 방법도 가능했다.

갈락파드는 무릎을 치며 좋아했다.

"바로 그 방법입니다, 태현 님! 이 늙은 갈락파드는 기뻐서 눈물을……."

그에 비해 펠마스는 반대했다.

"태현 님. 너무 위험한 방법입니다. 좀 더 지능적인 방법이 있지 않겠습니까?"

살고 싶다는 욕망을 당당하게 드러내는 펠마스!

그런 펠마스를 태현은 한심하다는 듯이 쳐다보았다.

어쩌면 이렇게 비교가 된단 말인가!

물론 태현이 무슨 목숨을 건 절대적 충성을 바라는 건 아니었다. 애초에 그런 건 성격에 맞지도 않았다. 그래도 그렇지 퀘스트 깨러 와서 저렇게 당당하게 말하다니.

"그래. 펠마스. 지능적인 방법이라고?"

"예! 갈락파드 말대로 힘으로 제압하는 건 위험한 방법입니다. 여기 우르크 남쪽 바다의 해적들은 숫자가 많고, 강하며, 악독한 놈들입니다. 그에 비해 우리 숫자는 불과 몇십 명도 안 되는 수준! 힘으로 제압하려다가 역으로 제압당할 수도 있습니다. 아주 멍청한 제안입니다!"

펠마스는 그렇게 말하며 갈락파드를 쳐다보았다. 방법의 장단점을 말하며 갈락파드를 공격하는 펠마스!

그러나 그가 한 가지 놓치고 있는 게 있었다.

"제안은 내가 했는데."

"……아, 아차!"

갈락파드는 더 이상 들을 것도 없다는 듯이 말했다.

"잡아라. 저놈에게 따끔한 벌을 내려야겠다."

"아, 안 돼! 태현 님! 태현 님! 갈락파드가 이렇게 멋대로 행동하게 읍읍읍!"

펠마스가 두들겨 맞는 동안, 태현은 잠깐 생각해 보기로 했다. 목숨이 아까운 펠마스가 주절대기는 했지만 아픈 곳을 찔렀다. 태현 파티의 치명적인 약점. 그건 숫자가 너무 적다는 것이었다. 아무리 태현이 날고뛰어도 숫자가 적으니 한계가 있었다.

원래 이런 해적 부족들을 상대하는 대형 퀘스트는 파티 하나로 깨는 게 아니었다. 대형 길드들이 손을 잡고 도전하거나, 아니면 대대적으로 알려서 사람들을 불러 모으든가 해야 했다. 그러나 지금 상황은 둘 다 무리!

'음. 길드 동맹의 힘을 빌릴 수는 없나?'

평소 미웠던 놈들부터 써먹을 수 없나 생각하는 태현. 마치 병력을 맡겨둔 것 같은 모습이었다.

'어떻게 싸움을 붙일 수는 없나…… 으음…… 지금 휴전 상태라 내가 먼저 선빵을 날리기는 뭐하군.'

양심과 신뢰 때문이 아니라, 지금 휴전 약속을 하고 이득을 보고 있는 건 태현이었다. 물론 지금 길드 동맹도 오스턴 왕국 영지전을 연달아 벌이느라 태현과 싸울 여력이 없긴 했지만(게다가 웬 리치도 갑자기 튀어나왔고), 태현도 길드 동맹과 싸울 시간이 없는 건 마찬가지였다. 괜히 여기서 먼저 싸움을 일으키면 상황은 진흙탕 싸움으로 변하게 될 것이다.

'영지 투기장은 완성되는 거 보고 싸우고 싶은데.'

싸움을 일으켰다가는 정말 투기장을 영원히 보지도 못할 것 같은 두려움! 그렇게 태현이 누구의 힘을 이용할까 고민하는 사이, 누군가 나타났다.

"여기서 뭐 하는 짓들이냐! 이놈들!"

갑자기 나타난 NPC들! 태현은 황당하다는 듯이 물었다.

"아니, 너희, 주변 제대로 안 보나?"

"미, 미안. 펠마스 두들겨 맞는 거 구경하느라……."

케인과 최상윤은 멋쩍은 듯이 고개를 긁적거렸다.

펠마스가 너무 찰지게 두들겨 맞고 있었던 것이다.

판온에서도 흔히 볼 수 없는 모습!

"움직이지 마라. 수상쩍은 놈들이군!"

나타난 NPC들은 상인의 모습을 하고 있었다. 판온을 돌아다니다 보면 만날 수 있는 유랑상인들. 이다비도 그들의 정체를 금세 알아봤다. 태현은 신기하다는 듯이 물었다.

"이런 곳까지 오나?"

"해적들도 아이템은 사고팔 테니까 충분히 올 만하죠?"

"이봐! 뭘 수군거리는 건가! 정체를 밝혀라! 설마 강도는 아니겠지!"

상인 NPC들은 태현 일행을 불안하다는 듯이 쳐다보았다. 확실히 수상쩍은 구성이기는 했다. 이럴 때 잘못 대응하면 바로 싸움으로 이어졌다. 판온 NPC들은 이런 부분에서 현실적이었다. 그렇지만 태현은 걱정하지 않았다. 고급 화술!

태현이 뒤에 산적들 떼거리를 데리고 왔어도 '하하 이 친구들은 산적이 아니라 산적처럼 위장한 왕국군 특수부대입니다'라고 거짓말을 할 수 있는 수준!

[고급 화술 스킬을 가지고 있습니다.]

"……그래서 저희는 수상한 사람들이 아닙니다."

"그렇군. 의심해서 미안하네."

바로 의심을 푸는 상인 NPC들. 그들은 미안하다는 듯이 말했다.

"의심한 것도 미안한데, 해적들을 만날 수 있는 곳으로 데려다주겠네."

"해적들을 만날 수 있는 곳 말입니까?"

"하하. 정확히는 해적들이 자주 찾아오는 마을이지. 해적들 소굴이라고 봐도 좋을 걸세."

처음 보는 상인들과 친해져서 길까지 안내받는 모습에 이다비는 다시 한번 감탄했다.

"언제 봐도 신기해요."

"상인 직업들은 화술 스킬 안 찍나?"

"있으면 좋긴 한데, 솔직히 화술 스킬보다 먼저 올려야 할 스킬들이 많아서……."

그리고 화술 스킬은 올리기도 힘들었다. 태현처럼 어마어마한 퀘스트를 다 화술 스킬로 해결 보는 미친놈이 아니고서야 올리는 거 자체가 엄청나게 어려운 것이다.

"자. 저기일세."

숲 사이 좁은 길을 지나, 언덕을 올라가자 상인 NPC들은 해안가의 작은 마을 하나를 가리켰다. 딱히 해적들의 소굴처럼 보이는 것 없이 평화로운 마을이었다.

"뭐야. 해적들은 없나?"

"저기 해적선 있잖아."

케인은 태현의 말에 고개를 돌렸다. 평화로운 마을 근처에 해적선 세 척이 정박되어 있는 게 보였다.

[<붉은 마다 해적 마을>을 발견했습니다. 명성이 오릅니다. 붉은 바다 해적 마을은 붉은 바다 해적들의 세력권에 있습니다. 마을에서 소란을 일으킬 경우 해적들의 적이 될 수 있으니 주의하십시오.]

해적들도 계속 바다 위를 떠돌아다닐 수는 없었다. 당연히 내려서 쉴 곳이 필요했다. 해적단의 소굴이나 본거지는 물론이고 이런 해적들의 세력에 있는 마을도 그런 곳에 속했다.

해적들의 보호를 받으며 지내는 마을! 상인 NPC들은 그런 마을에 가서 장사를 하는 게 분명했다.

그걸 깨달은 이다비는 눈빛을 빛냈다.

"여기 아직 다른 상인 플레이어들한테는 공개 안 된 마을 같은데. 루트 열어놔야겠네요."

"그러려면 저 상인 NPC들은 제거하는 게 좋겠는데."

방금까지 길을 안내해 준 착한 상인 NPC를 제거한다는 말에 케인은 어이가 없었다. 저 사악한 사기꾼들!

"야! 너무하잖아! 길을 안내해 주셨는데!"

"상인들의 세계는 냉정한 거야. 케인. 독점과 비독점의 차이가 얼마나 나는데. 그리고 감사의 뜻으로 죽이지는 않을 테니 걱정하지 말라고. 화술 스킬로 마을에서 쫓아만 내야지."

태현의 능력이라면 상인 NPC들을 마을에서 쫓아낼 수 있었다.

저놈! 저놈 해군의 앞잡이다!

이런 반응을 만들어내는 것도 순식간!

"다 왔네. 허허."

뒤에서 그런 사악한 대화가 오가는 것도 모르고 상인 NPC들은 웃으며 멈췄다. 그러자 마을 입구 앞에서 해적들이 달려왔다.

"왔냐? 물건은 갖고 왔겠지?"

"너희들을 얼마나 기다렸는지 모르겠군. 빨리 물건 내놔라. 출항해야 하니까. 어? 저놈들은 뭐 하는 놈들이지?"

해적들은 태현 일행을 보고 고개를 갸웃거렸다. 케인은 상인 NPC를 보며 눈짓했다.

착한 상인 NPC님! 저희를 잘 소개해 주세요!

"하하. 해적님들한테 팔 노예들입니다. 튼튼하니 노 하나는 잘 저을 겁니다!"

갑자기 싸늘해지는 분위기. 케인은 귀를 의심했다.

"아, 아니. 상인님들. 지금…… 잘못 말한 거죠?"

"미안하네. 자네들이 수상한 사람들이 아니라는 건 알겠지만 그건 그거고 장사는 장사지."

"캬. 상인의 귀감이네."

"정말 진정한 상인이시네요!"

옆에서 듣고 있던 태현과 이다비는 감탄했다. 그러나 케인은 감탄할 여유가 없었다.

"아니, 어떻게 사람이 그래!! 이 김태현 같은 자식들!"

"야."

"아, 아차."

상인 NPC들은 더 이상 들을 것도 없다는 듯이 해적들에게 말했다.

"아이고, 해적님들. 저놈들 데리고 가십시오. 더 이상……."

"흑흑아. 물어. 쉿쉿!"

콰르릉!

말하자마자 태현의 뒤에서 흑흑이가 튀어나왔다. 덩치를 키운 흑흑이는 순식간에 저주 마법을 연속으로 퍼부어 상인 NPC들을 제압했다.

"으아아아?!"

"으허헉!"

[<붉은 마다 해적 마을>에서 소란을 일으킬 경우 해적들의 적이 될 수 있습니다!]

태현은 무시했다. 알 게 뭐냐! 일단 응징부터 하고 보자!

-주인님. 저는 펫이 아닙니다만……

"시끄럽고 빨리 제압해라."

상인 NPC들도 용병들을 데리고 있었지만 태현 일행의 어마어마한 스펙에 비해 밀릴 수밖에 없었다. 전력으로만 보면 어지간한 보스 몬스터 하나 정도는 잡을 수 있는 전력!

콰콰쾅!

"어떻게 나한테 그럴 수가 있어! 너희들을 믿었는데!"

"아, 아니. 모험가님 저희가……"

"닥쳐!"

케인은 울부짖으며 상인 NPC들을 모조리 제압했다.

차차창-

"뭐냐. 너희들은!"

상인 NPC들의 제압이 끝나자, 해적들은 태현 일행에게 무기를 겨눴다. 명백히 경계하는 모습! 상인 NPC들은 얼굴을 아는 모습이고, 태현 일행은 처음 보는 이들이니 당연한 일이었다.

일행은 모두 태현을 쳐다보았다. 어떻게 하지?

"전부 죽여서 아키서스의 위엄을 알려줍시다, 태현 님!"

"시끄럽다. 갈락파드. 흠흠. 해적님들. 오해하지 말아주십시오. 저희들도 상인입니다."

"뭐라고?"

"여기 보십시오. 상인이잖습니까."

이다비를 앞에 내세우는 태현!

"저희들도 이놈들처럼 장사하러 여기 왔습니다. 그리고 덤으로 이놈들을 노잡이로 팔고요."

케인은 옆에서 입을 떡 벌렸다. 사기 치려고 한 놈들에게 사기를 치다니!

"아, 아니! 모험가님들! 저희가 잘못했⋯⋯."

"입 다물게 해라, 갈락파드."

상인들을 닥치게 만든 후 태현은 은근하게 말했다.

"아무래도 해적님들. 저희들과 거래하는 게 좋지 않겠습니까? 저희들과 싸우는 것보다는⋯⋯."

"으음⋯⋯ 으음⋯⋯."

[고급 화술 스킬을 가지고 있습니다.]

[방금 전 압도적인 전투를 보여⋯⋯]

"좋다! 거래를 허락하도록 하지. 하지만 내가 감시할 테니 마을 내에서 소란은 일으키지 않는 게 좋을 거야."

"하하! 좋습니다! 감사합니다!"

해적들이 물러난 다음, 이다비는 고개를 갸웃거리며 물었다.

"그런데 태현 님. 해적들한테 장사할 아이템은 어디서 챙기시게요? 지금 그런 아이템들은 안 갖고 왔잖아요."

"얘네들 거 뺏어서 팔지, 뭐."

"그런 좋은 아이디어가……!"

"하하. 쑥스럽게 뭘."

"태현 님은 장사의 천재예요!"

"나는 그저 기본을 잊지 않는 것뿐이지."

둘이 떠드는 동안 나머지 일행은 못 들은 척했다.

"재미없어."

"이런 곳은 원래 상인 직업들이나 좋아하는 곳이긴 하지……."

투덜거리는 케인을 최상윤이 달랬다. 마을에 뭐 쓸 만한 아이템이 없었던 것이다. 다 흔하고 평범한 아이템들이었다.

플레이어들에게 발견 안 된 곳이니 특별한 장비 같은 걸 기대했는데!

"희귀한 아이템이 가끔 나오긴 하는데 그건 운이니까 어쩔 수 없지."

"크흑……."

그러거나 말거나 이다비는 신이 나서 상인으로 전력을 다하고 있었다.

"이거, 이거, 이거 사서 가방에 다 넣어놔. 갖고 가서 팔아야겠다."

"이 약초도 가격이 싼데 살까요?"

"그건 갖고 가서 팔 만큼 이익이 안 남을 거야. 넘어가자."

[<붉은 마다 해적 마을>에서 영향력이 높아집니다. 마을 주민들이 당신의 얼굴을 기억합니다.]

상인 직업은 이런 미개척 마을을 찾아 거래를 할 경우 이득이 엄청났다. 골드도 골드지만 경험치까지! 그러는 동안 태현은 상인 NPC들을 데리고 돌아다녔다.

"여기는 뭐 없나?"

"없, 없습니다. 그보다 모험가님. 저희를 풀어주시면⋯⋯."

"저희를 풀어주시면 뭐? 웅? 노잡이로 팔아넘긴다고?"

마을에서 뜯어먹을 게 없나 찾아보는 태현이었다. 그렇지만 역시 작은 마을은 작은 마을이었다. 아이템도 다 그저 그랬다.

'역시 없나?'

태현도 크게 기대한 건 아니었다. 이다비가 마을에서 독점 상인으로 거래를 하는 동안 심심해서 뒤져본 것이었을 뿐.

"저, 모험가님. 저기⋯⋯."

"⋯⋯?"

"제가 좋은 곳을 알려 드리면 저를 풀어주실 수 있으십니까?"

"뭐, 좋은 곳이면."

"저기 저 집! 저 집이 아주 좋은 걸 팝니다!"

태현은 의아하다는 듯이 집을 쳐다보았다. 상점이 아니었다.

"저긴 상점이 아닌데?"

"상점이 아니라, 마을 약초사의 집입니다. 그렇지만 저 약초사가 만드는 약이 아주 좋습니다!"

"어떻게 좋길래?"

"……마비, 기절, 혼란 상태에 빠뜨리는 약들을 아주 잘 만드는……."

"누가 노예상인 아니랄까 봐……."

"노, 노예상인 아닙니다!"

"시끄럽다."

태현은 무시하고 들어갔다. 생각해 보니 곧 해적들과 싸워야 할 텐데, 요리 스킬을 생각한다면 저런 약초들을 미리 챙겨놔서 나쁠 게 없었다.

해적님들! 제가 만든 〈둘이 먹다 둘 다 확실히 죽는 요리〉를 드셔보십쇼!

'흠. 아주 좋아.'

행복한 미래를 떠올리며 태현은 문을 열었다.

덜컥—

어두운 집 안에는 커다란 솥이 독특한 냄새를 풍기며 끓어오르고 있었다.

"누구냐?"

"고블린?"

"왜, 고블린이 여기 있으면 안 되냐?"

놀랍게도 안에 있는 약초사는 고블린이었다. 늙은 고블린은 투덜거리며 걸어 나왔다.

"또 어디서 이방인 놈들이…… 허어어억!"

"……?"

"너, 너!"

"뭐. 기계공학? 내가 기계공학의 달인이긴 하지."

"아니. 그딴 게 아니라!"

"그딴 거? 너 고블린 맞지?"

고블린이 기계공학을 '그딴 거'라고 하다니. 드워프가 대장 장이 기술을 '그딴 거'라고 하는 것 같은 충격!

"너! <괴식 요리>를 할 줄 아는 인간이구나!!"

[중급 괴식 요리 스킬을 가지고 있습니다. <고블린 괴식 요리사> 스타우가 당신을 보고 매우 놀랍니다!]

"인간 중에서 <괴식 요리>를 할 줄 아는 인간이 있다니! 놀랍다!"

"난 기계공학을 안 좋아하는 네가 더 놀라운데."

"기계공학 따위는 필요 없어!"

태현은 살짝 상처받았다. 기계공학이 얼마나 좋은데!

그러나 스타우는 당당했다.

"기계공학 같은 건 다른 사람을 상처 입히기만 하는 스킬이 다! 모든 스킬이 그렇지! 그렇지만 다른 사람을 상처 입히지 않는 유일한 스킬이 있다. 그게 바로 요리다!"

태현은 고개를 갸웃거렸다. 말이야 그럴듯했는데, 생각해 보니 저놈은 괴식 요리사 아닌가. 괴식 요리는 충분히 다른 사람들을 상처 입혔다!

'그럴 거면 그냥 요리를 익혀야 하는 거 아닌가?'

"그리고 괴식 요리는 요리의 정점! 기존 요리의 개념을 깨뜨린 요리의 정수인 것이다!"

"……그, 그래. 네가 그렇다면 그런 거겠지."

미친 사람을 상대할 때 진지하게 대하면 안 됐다. 태현은 스타우가 미친 고블린이라고 생각하기로 했다.

"근데 넌 왜 여기 있냐? 고블린 부족은 다른 곳에 있잖아?"

"……내가 떠났다."

"왜?"

"……내 괴식 요리를 다른 고블린들이 이해 못 해서지."

머뭇거리며 말하는 스타우. 태현은 바로 알아차렸다.

이놈. 쫓겨났구나!

"너 설마 괴식 요리 먹였다가 쫓겨났냐?"

"아니다! 어디서 그런 소리를! 흥! 괴식 요리를 좀 아는 것 같은 인간이라서 기껏 말해줬더니!"

"쫓겨난 거 같은데……."

"……족장님이 드시고 앓긴 했다."

결국 진실을 털어놓는 스타우! 태현은 한심하다는 듯이 스타우를 쳐다봤다.

"왜 그런 눈빛으로 쳐다보는 거냐!"

"아냐. 아무것도. 어쨌든 약초 사러 왔으니까 약초나 팔아라."

"인간. 보니까 〈괴식 요리〉를 배우면서 이것저것 고민한 것 같군."

"아니, 별로."

그냥 살다 보니 어쩌다가 얻어진 스킬!

"〈괴식 요리〉가 가야 하는 길은 무엇인가, 더 발전시키기 위해서는 무엇을 해야 하는가, 이런 것들로 고민했겠지."

"안 했는데."

"그러면서 생각했겠지. 스승이 필요하다고!"

"나, 간다."

약초도 안 팔 것 같고, 미친 고블린을 상대하는 것도 귀찮아진 태현은 문을 열고 나가려고 했다.

"잠깐! 잠깐만! 가지 마라, 인간!"

호다닥 달려와 태현의 발목을 붙잡고 늘어지는 스타우!

"아. 왜 이래, 귀찮게. 약초 안 팔 거면 놔라."

"아니! 내가 훌륭한 스승이 되어준다니까!"

"필요 없어."

검술 스킬이나, 기계공학 스킬이나, 마법 스킬이라면 스승을 해주겠다는 NPC가 나왔을 경우 '감사합니다' 하고 받아들였을 것이다. 그렇지만 괴식 요리는……. 굳이 스승이 필요할까?

"가지 마라! 인간! 엉엉엉! 주변에 괴식 요리를 아는 놈이 아무도 없단 말이다! 네가 가버리면 다시는 만날 수 없을 거다!"

"누가 보면 사귀는 줄 알겠다. 안 놔? 안 놔, 인마?"

태현은 발목을 탈탈 털어서 스타우를 떨쳐내려고 했다.

그러나 스타우는 꼭 붙잡고 놓지 않았다.

"뭘 원하나, 인간! 원하는 걸 말해봐라!"

"네가 놔주길 원하는데. 솔직히 주변에 이상한 놈들은 이미 충분하다고."

"그런 거 말고! 다른 거! 내 〈괴식 요리〉를 배워다오!"

〈영웅 직업-고블린 비전의 괴식 요리사 전직 퀘스트〉

고블린 요리사로서 정점에 도달한 스타우는 새로운 길, 〈괴식 요리〉에 눈을 뜬 요리사다. 그 대가로 부족에서 쫓겨났지만 스타우는 언제나 재능 있는 후계자를 찾아 헤맸다. 우르크 지역에서 가장 뛰어난 요리사인 스타우! 그 밑으로 들어가 괴식 요리를 배워라!

보상: 고블린 비전의 괴식 요리사로 전직.

[〈아키서스의 화신〉입니다. 다른 직업으로 전직이 불가능합니다.]

'그래. 뭐 이건 당연하고.'

이제까지 전직 퀘스트만 뜨면 '넌 아키서스에서 벗어날 수 없어!'라고 뜬 메시지창이 한두 번이 아니라 태현은 놀라지도 않았다.

"미안. 무리다."

"아니! 꼭 요리사로 전직하지 않아도 돼! 스킬만 배워! 내 스킬을 배워달란 말이다!"

"아, 이 양반 왜 이렇게 끈질겨?"

[마을에서 소란을 일으킬 경우……]

결국 경고창까지 뜨자 태현은 말 정도는 들어보기로 했다.

"내가 배우면 뭘 해줄 건데?"

뭔가 많이 뒤바뀐 것 같은 상황! 원래 이런 건 스킬을 배우는 쪽에서 많이 아쉬워해야 했는데, 지금 상황은 정반대였다.

"원하는 걸 말해봐라, 인간! 놔주는 거 말고!"

황급히 말하는 스타우. 정말 어지간히 배울 사람이 없었나 보다 싶었다. 태현은 살짝 짠해졌다. 일단은 뛰어난 요리사 같긴 한데……

'우르크 지역에서도 뛰어나고 고블린 요리사로도 뛰어나면 확실히 실력 없는 NPC는 아니니까 데리고 다니면 손해 볼 건 없긴 하겠는데……'

뭔가 불길했다. 족장님에게 괴식 요리를 먹였다가 쫓겨난 전적! 아무리 봐도 스타우는 〈절망과 슬픔의 골짜기〉에 어울리는 위험해 보이는 NPC였다.

'미친놈들은 이미 충분한데……'

고민하던 태현은 결국 결정을 내렸다.

"그래. 알겠다. 배우마."

스타우의 얼굴에 화색이 돌았다.

"잘 결정했다, 인간! 내가 아주 잘 가르쳐 주마!"

"대신 난 지금 바빠서 여기서 배울 시간이 없는데, 날 따라다니면서 가르쳐 줄 수 있겠지?"

"물론이다!"

"날 따라다니면서 가르치는 동안 다른 일도 해야지. 그냥 놀고먹을 수는 없잖아."

"물론이다! ……잠깐, 가르쳐 주는데 그게 왜 놀고먹……."

"따라다니면서 이렇게 말에 토를 달 거면 안 데리고 갈란다."

"아, 아니다! 데리고 가다오!"

아쉬운 건 스타우! 결국 스타우는 노예계약에 도장을 찍었다.

"대신 너도 〈괴식 요리〉를 완전히 배워야 한다! 내 비전의 〈괴식 요리〉를 완전히 다 익혀야 한다!"

"알겠어. 알겠어."

"네가 다 배우지 않으면 난 널 끝까지 쫓아다니겠다!"

"알겠어. ……응? 뭐라고?"

태현은 대충 대답하다가 움찔했다. 방금 뭔가 섬뜩한 말을 하지 않았나?

CHAPTER 5

"헤헤, 좋은 곳을 안내해 드렸으니 저를 풀어주실······."

"옜다."

"감사합니다!"

태현이 정말 풀어주자 상인 NPC는 반색했다. 다른 동료들이 애타는 눈빛으로 쳐다봤지만, 상인 NPC는 무시했다.

"그러면 안녕히 계십······."

"응? 어디 가?"

"네? 저도 고향이 있으니 돌아가 보려고 합······."

"아니지. 우리 같이 해적선 가기로 했었잖아."

상황을 깨달은 상인 NPC의 얼굴이 파랗게 변했다.

정말 풀어주기만 한 것!

"자. 가자. 밧줄 푸니까 그래도 기분은 좋지? 상쾌한 기분으로 노 저으러 가야지."

"아, 아니! 모험가님!"

그걸 본 스타우는 궁금하다는 듯이 물었다.

"그런데 어디를 가는 거냐?"

"해적선."

"해적선을 대체 왜 가는 거냐⋯⋯?"

"괴식 요리 배우는 놈이 이유 따지면 좀 웃긴데."

일행에게 돌아오자, 이다비는 일을 다 끝내고 기다리고 있었다. 그리고 갈락파드와 펠마스는 싸우고 있었다.

"가서 전부 죽이고 아키서스 님의 위엄을 보여야 한다!"

"미쳤냐! 죽기 딱 좋은 일이다! 더 지능적으로 가야 한다! ⋯⋯태현 님. 그 고블린은 누굽니까?"

"우리 요리사."

"예? 고블린을요?"

펠마스는 이해가 안 간다는 얼굴이었다. 인간 요리사. 이건 그럴듯해 보였다. 엘프 요리사. 이것도 그럴듯해 보였다. 뭔가 고급스러운 요리를 잘할 것 같았다. 오크 요리사. 약간 이상하지만 여기까지도 괜찮았다. 뭔가 좀 양 많고 값싸고 스태미너 많은 요리를 할 것 같았다.

그렇지만 고블린 요리사라니. 처음 들어보는 단어!

"왜. 고블린 요리사는 있으면 안 돼? 너 고블린 무시하냐?"

스타우는 펠마스를 찌릿 노려보았다. 그 눈빛에 펠마스는 당황했다.

"아, 아니. 고블린 무시하는 게 아니라⋯⋯."

"저거 봐, 저거. 고블린 무시하는 거 맞네!"

"펠마스 그렇게 안 봤는데 실망이다."

졸지에 나쁜 놈이 된 펠마스는 울상을 지었다.

"자. 다 끝난 거 같으니 해적선에 가자고."

"그래서 어떻게 할 거야? 싸울 거야?"

"일단 상인 짐도 다 뺏었으니까 가서 보자고."

태현은 해적들을 직접 본 다음 결정을 내리기로 했다. 강해 보이면 상인들로 위장해서 친한 척을 하고, 약해 보이면 그냥 제압하고. 유연하게 결정할 생각이었다.

"정지! 상인들이냐?"

"예."

"선장님이 나오길 기다려라."

"그냥 물건 파는 건데요?"

"원래 선장님께서 직접 확인하고 사신다. 그리고 저 노잡이들도 파는 거니 확인을 해야지."

"읍읍! 읍읍읍!"

상인 NPC들은 입이 막힌 채로 읍읍거렸다. 태현은 고개를 끄덕거렸다.

"어때? 할 만한 거 같냐?"

"세 척이니까 좀 애매하긴 한데…… 음. 해봐도 될 거 같긴 하다."

태현은 생각에 잠겼다. 그 순간 벼락같은 목소리가 거세게 울렸다.

"이놈!!"

해적선 갑판 위에서 난 엄청난 목소리! 태현은 깜짝 놀랐다. 설마 속셈이 들켰나?

"이, 이, 이, 이놈……! 감히! 감히!"

"아니. 뭔가 오해가 있으신 것 같은데."

태현은 재빨리 변명하려고 했다.

'응? 뭐지?'

그런데 뭔가 이상했다. 해적선 갑판 위에 나온 선장이 태현이 아닌 다른 사람을 쳐다보고 있었던 것이다.

그 사람은 바로……. 펠마스!

펠마스는 얼굴이 새하얗게 질려서 당황해하고 있었다.

"내 돈을 떼먹고 내 앞에 나타나? 네 간덩어리가 아주 단단히 부었구나! 내가 네 간을 빼서 먹지 못하면 해적이 아니다!!"

상황을 깨달은 태현 일행은 펠마스를 쳐다보았다.

저 한심한 놈! 펠마스는 세상에서 가장 애절하고 간절한 눈빛을 태현에게 보냈다.

'도와주십쇼!'

'알겠다.'

태현은 펠마스의 어깨에 손을 올렸다. 그 든든함에 펠마스는 감동했다.

"선장님! 제가 감히 선장님을 속이고 달아난 도둑놈을 붙잡아 왔습니다!"

"……네?"

펠마스는 당황했다. 뭐라고?

"태, 태현 님."

"왜, 인마. 지능적인 방법 쓰자며. 이거 말한 거 아니었어?"

"당연히 아니죠! 이러시면 안 되죠!"

"뭘 안 돼. 네가 저지른 일이잖아. 받아들여."

전(前) 도박꾼 펠마스. 누군가의 돈을 떼먹고 달아났다고 해도 전혀 놀랍지 않았다. 다른 NPC가 그랬다면 배신감이 엄청나게 들었을 테지만 펠마스가 했다고 하니 '음, 저놈은 놀랍지도 않군!' 싶은 것.

"네가 지능적인 방법을 쓰자고 했을 때는 무슨 소린가 했는데 이런 걸 말하는 거였군. 기특해라."

"아닙…… 읍읍!"

잽싸게 다가온 갈락파드의 노예들이 펠마스의 입을 막았다.

"잘했다. 갈락파드."

"감사합니다, 태현 님. 별거 아닙니다. 이제 이 꼴 보기 싫은 놈을 갖다 바치면 되겠습니다. 해적들도 쓸모가 있을 때가 있다니, 이것이 바로 아키서스 님의 인도……."

"아니, 그건 아니고"

펠마스가 돈 떼먹고 튄 놈을 여기서 만나는 건 딱히 아키서스의 인도가 아니었다. 그게 인도면 좀 문제가 많은 교단!

그러는 동안 해적선 선장은 눈썹을 찌푸리며 물었다.

"저놈을 잡아 왔다고?"

"예! 이놈과 이야기를 해보니, 선장님의 돈을 떼먹은 걸 아주 자랑스럽게 이야기하더군요."

"뭐라고! 저, 저, 저!"

해적선 선장은 분노로 얼굴이 시뻘게졌다. 펠마스는 황급히 고개를 저었지만 선장은 보지 않았다.

"저 뻔뻔한 놈이!"

"제가 비록 상인이긴 하지만 이 우르크 바다를 울리는 선장님의 명성을 모를 리 있겠습니까! 그래서 붙잡아서 데리고 왔습니다!"

"그런……! 너 정말 좋은 놈이구나!"

[카다 해적단의 선장, 카다가 당신의 행동에 감동합니다.]
[카다 해적단 내의 평판이 최고치에 도달합니다.]
[카다의 친밀도가 최고치에 도달합니다.]
[칭호: 해적의 친구를 얻었습니다.]

펠마스 한 명 데리고 왔다고 최고치를 찍어버리는 평판! 태현도 당황했다. 대체 펠마스를 얼마나 미워하면 저런단 말인가?

"들어와라! 상인들! 오늘은 잔치다! 이름이……."

"김태현입니다."

"그래! 내 좋은 친구 김태현를 위해 잔치를 벌여라!"

[카다 해적단의 잔치가 벌어집니다. 명성이 오릅니다.]
[이 잔치를 말하면 우르크의 해적들이 좋아할 겁니다.]

"내가 나설 때로군."

"가만히 있어라."

"아니, 그렇지만……."

"가만히 있으라고."

스타우가 손가락이 근질거린다는 듯이 나서자, 태현이 단호하게 말렸다. 지금 해적들과 방금 친해졌는데 바로 싸우게 되고 싶지는 않았다. 스타우는 그만큼 불안했던 것이다.

"읍읍! 읍읍읍!"

"태현 님. 이 요리 좀 드셔보시지요. 맛이 좋습니다."

"고맙다. 갈락파드."

훈훈하게 서로 요리를 권해주는 태현과 갈락파드! 해적단의 요리라고 해서 무시할 게 못 됐다. 근처의 풍부한 해산물들을 잔뜩 넣어 만든 요리들!

"읍읍읍읍!"

"조용히 해라, 펠마스. 식사에 방해된다."

"맞아. 펠마스. 밥 먹는데 자꾸 그럴래?"

펠마스는 말도 못 하고 닭똥 같은 눈물만 주룩주룩 흘렸다. 너무하잖아!

"그런데 펠마스가 말한 지능적인 방법이 이런 거일 줄은 몰랐습니다. 몰랐는데 펠마스도 쓸 곳이 있습니다. 태현 님."

"뭐, 세상일이란 게 그런 거 아니겠어?"

펠마스의 발버둥이 더 심해졌다. 태현은 쯔쯔 혀를 차며 재
갈을 풀어주었다.

"그러게 왜 돈을 떼먹고 그래?"

"아닙니다! 오해가 있었을 뿐입니다!"

"무슨 오해?"

"돈을 빌렸는데 갚지 못했을 뿐……."

"……그냥 다시 재갈 물리고 가져다 치우는 게 좋지 않겠습
니까?"

갈락파드는 이번 기회에 펠마스를 아예 보내 버리고 싶어
했다. 주는 거 없이 미운 놈!

"아냐. 그래도 펠마스를 버릴 수는 없지."

"태현 님! 저는 믿고 있었습니다!"

태현의 말에 펠마스는 눈물을 글썽거리며 감동했다.

"근데 일단 좀 친해져야 하니까 네가 고생해라."

"……네?"

"얌전하고 다소곳하게 포로 행세를 하라고. 갇혀 있어."

"아, 아니. 그러다 죽으면……."

"안 죽어, 안 죽어. 내가 있잖아. 나 못 믿어?"

대답이 나오지 않는 펠마스! 그러자 태현은 정색했다.

"못 믿는다는 거냐? 와, 나 기분 상했어."

"아, 아니. 못 믿는다는 게 아니라……."

"그러면 믿는다는 거지?"

"예……."

"얌전히 들어가 있어. 나중에 구해줄 테니까."

"잠깐 다시 생각을 읍읍!"

태현은 대답도 기다리지 않고 다시 재갈을 채웠다. 멀리서 선장 카다가 다가오고 있었다.

"친구들! 잘 먹고 마시고 있나!"

"예! 감사합니다!"

"죽어라, 이 개자식!"

"읍읍! 읍읍읍!"

카다는 펠마스를 냅다 걷어찼다. 펠마스는 옆으로 데굴데굴 굴렀다.

"네놈이 떼먹은 돈 때문에 내가 얼마나 고생을 한 줄 아냐! 너 때문에 내가 해적이 됐다!"

생각지도 못한 뒷사정! 태현은 일단 카다를 말렸다. 정말 펠마스가 죽기라도 하면 낭패였으니까.

"선장님. 진정하십시오!"

"왜 말리는 거냐!"

"저러다가 죽어버리면 너무 아깝지 않겠습니까! 좋은 날을 잡아서 온갖 고통을 준 다음 해적으로서의 위엄을 떨치며 죽이시죠!"

듣고 있던 펠마스의 얼굴이 창백해졌지만, 카다는 그럴듯하다고 생각했는지 고개를 끄덕였다.

"맞는 말이다. 날을 잡아서 아주 조각조각……."

히익!

펠마스는 부들부들 몸을 떨었다. 카다는 턱을 긁적이며 말했다.

"너희들은 어떻게 할 거냐? 물건을 다 팔았으니 돌아갈 거냐?"

"저는 언제나 선장님을 존경하고 있었습니다! 허락해 주신다면 따라가고 싶습니다!"

"어? 그래? 그러면…… 좋다! 부선장의 자리를 주지!"

[카다 해적단에 가입했습니다. 현재 해적단 내 위치는 부선장입니다.]

"선장님! 아무리 그래도 부선장은……."

"시끄럽다! 내 원수를 데리고 온 은인한테 무슨 말버릇이냐!"

다른 해적들에게 카다는 불같이 화를 냈다.

케인은 속으로 생각했다.

'김태현 이놈은 왜 악당 패거리에만 들어가면 높은 자리를 받는 걸까?'

다른 플레이어들은 세력에 들어가서 위치를 올리려면 온갖 퀘스트를 깨고 고생을 해야 하는데, 태현은 그냥 악당의 부관 자리를 손쉽게 받아냈다. 타고난 악당의 재능!

"잘 부탁한다, 부선장!"

"헤헤헤. 감사합니다!"

간사한 웃음소리를 내는 태현! 카다는 만족스럽다는 듯이 웃었다.

"그러면 곧 출발하도록 하지. 아직 시간은 있지만 늦어서 좋을 게 없으니."

"무슨 일이 있습니까?"

"이 바다의 해적들끼리 회의가 있다."

"회의?"

카다의 말에 따르면, 여기 우르크 남쪽 바다의 해적들은 하나의 세력이 아니었다. 각자 해적단을 이끌고 알아서 돌아다니는 독립 세력! 하긴 해적들이란 걸 생각해 보면 당연한 일이었다. 그런 해적들도 가끔 모여서 의논을 할 때가 있는데, 그건 그들이 힘을 합해야 할 일이 생겼을 때였다.

"근데 그런 일이 뭡니까?"

"대해적이 찾아왔다."

"대해적?"

"대해적 갈르두. 모르냐?"

"어……."

태현은 멈칫했다. 어디서 많이 들어본 이름……

'갈르두!!'

태현은 가방 속에 있는 〈해적왕의 저주 받은 보물 지도〉를 꺼냈다. 카테란드 해적단을 털고 나서부터 생긴 지긋지긋한 악연! 지도를 바쳐라! 했을 때 그냥 지도를 바치는 게 낫지 않았을까 하는 생각도 들었지만, 태현은 후회하지 않았다.

자기 힘 믿고 멋대로 구는 놈이 있다면 엿을 먹어야 기분이 풀리는 게 바로 태현!

"대해적 갈르두가 왜 찾아왔답니까?"

"들어보니까 아탈리 왕국을 공격하겠다던데. 아탈리 왕국은 자기 혼자 공격하기 힘든 곳이니 해적들을 모으려는 거겠지. 어떻게 되든 간에 대해적은 대해적이야. 아탈리 왕국을 공격하려고 하다니. 아주 대담해. 그렇게 생각하지 않나?"

"아, 네. 정말 그러네요."

태현의 등 뒤에서 식은땀이 흘러내렸다. 다른 건 몰라도 대해적 갈르두가 갑자기 아탈리 왕국을 공격할 리 없었다.

'내 영지를 노리는 건가?!'

아탈리 왕국을 공격해서 상륙한 다음 올라가서 태현의 영지를 공격할 생각이라면……

"설마 대해적 갈르두의 제안을 받아들일 생각이십니까?"

"글쎄. 잘 모르겠다. 난 여기가 마음에 드는데. 다른 놈들 의견도 들어봐야지. 대박을 노리는 놈들도 많을 테니까."

"무슨 소리!"

"응?"

"갈르두 그놈은 여러분들을 화살받이로 쓰려고 하는 겁니다! 갈르두 그놈의 악명을 생각해 보십시오! 카테란드 해적단이 멸망한 것도 그놈이 도와주지 않아서입니다!"

뒤에서 듣고 있던 펠마스가 의아해했다. 카테란드 해적단이 멸망한 건 태현 때문이었는데?

"그래?"

"카테란드 해적단은 갈르두에게 충성을 바쳤는데, 갈르두는 도와주지도 않았습니다! 아주 자기만 아는 놈입니다!"

"해적이 뭐 다 그렇긴 하지."

"이번 일도 마찬가지입니다. 그 욕심 많은 놈이 왜 해적들을 부르려고 하겠습니까? 여러분들을 앞에 내세워서 화살받이로 쓴 다음 자기 혼자 이익을 챙기려는 겁니다. 절대 수락해서는 안 됩니다!"

태현의 목소리에서는 진심이 담겨 있었다. 고급 화술 스킬을 뛰어넘는 강렬한 진심! 그 말에 카다는 흔들렸다.

"확실히…… 그건 그래. 갈르두가 믿을 만한 놈은 아니긴 하지. 아탈리 왕국이 탐이 나기는 하지만 위험하기도 하고."

"바로 그겁니다! 반대하셔야 합니다. 갈르두 그놈의 속셈이 아주 아주 사악하다는 걸 잊으시면 안 됩니다!"

태현은 필사적으로 카다 해적단을 설득하기 시작했다.

어떻게든 갈르두의 세력을 줄여야 한다!

"근데 언제까지 여기 있어야 하죠?"

"그걸 왜 나한테 묻느냐?"

유 회장은 낚시를 하며 대답했다. 갈르두 해적단에게 잡힌 그들은 그대로 우크르 남쪽 바다까지 항해 중이었다. 항해 자체는 쾌적했다. 감히 갈르두 해적단에게 덤비는 놈들은 없었으니까! 물론 파워 워리어 길드원들은 잡일을 하느라 바빴다.

-녹슨 검 10개를 전부 다 수리해 오도록!
-저녁때까지 해적 50명이 먹을 요리를 만들어 오도록!

유 회장도 잡일 퀘스트는 떴지만 낚시꾼이어서 그런지 낚시 퀘스트였다. 그리고 유 회장은 낚시만 할 수 있으면 만족하는 사람이었다.

"어르신께서 명령만 내리신다면 탈출 계획을 짜보겠습니다!"

"……네가?"

유 회장은 최민수를 떨떠름한 얼굴로 쳐다보았다. 요즘 느끼는 것 중 하나가, 태현은 정말로 능력 있는 플레이어라는 점이었다. 싸가지는 없어도 정말 능력 하나는 확실한 놈!

세상에는 싸가지도 없고 능력도 없는 놈들이 훨씬 더 많았다. 옆에 있던 파워 워리어 길드원들이 잽싸게 손을 흔들며 말했다.

"저, 저는 그냥 여기 있겠습니다. 여기도 적응되니까 편하네요."

"아까는 요리 잘했다고 1실버도 받았어요. 헤헤."

"야! 너희 왜 그래!"

"아니, 솔직히 당신을 어떻게 믿고 도망을 쳐! 당신이 말한 건 다 틀렸는데!"

"사람이 한두 번 실수할 수도 있지!"

"그 실수 한두 번 더 하면 우리 전멸하겠다!"

내분이 일어나는 파워 워리어 길드!

유 회장은 한숨을 쉬며 고개를 절레절레 저었다. 저걸 믿느니 차라리 혼자 탈출하는 게 나아 보였다.

"회장님. 지금 김 전무님이 랭커들을 불러서 회장님을 데리고 나올 구출대를 조직하고 있답니다."

"……그 친구, 일은 안 하나?"

유 회장은 어이가 없다는 듯이 물었다.

"구출대요?"

"토벌이 아니라 구출?"

"됐습니다. 그런 퀘스트는 안 해요."

제안을 받은 랭커들은 가지각색의 반응을 보였다. 무엇보다 토벌이 아니라 구출이라는 게 특이했던 것이다. 판온에서는 일반적이지 않은 퀘스트! 가끔 납치된 귀족을 구해내는 게 아닌 이상 그런 퀘스트는 할 일이 별로 없었다. 게다가 이건 보상도 없다고 봐야 했다. 판온 내에서 나온 퀘스트가 아니었으니까.

그렇지만 김 전무는 유 회장과 비슷한 방식으로 해결했다.

"맡아주신다면…… 이만큼을 드리겠습니다."

"허어억!"

"허어어어어억!"

엄청난 현질! 거부할 수 없는 제안을 하는 김 전무였다. 하나둘씩 포섭되는 랭커들! 자리에 모인 랭커들은 평소에 볼 수 없었던 얼굴들에 놀랐다.

"너도?"

"아니, 너도?!"

"흠흠. 돈이 좀 필요해서……."

"요즘 스트리머로 잘나가는 줄 알았는데."

"퀘스트 하느라 잠깐 비공개로 돌려서 말이야."

"그보다 스미스가 있다니. 너 요즘 뉴욕 라이온즈 들어가서 엄청 바쁘다고 들었는데. 이런 일, 할 여유 있나?"

스미스. 전설 직업 〈고대 제국의 백기사〉를 가진 걸로 유명한 최상위권 랭커! 태현과는 유적 던전에서 한 번 맞붙은 적이 있었다.

'아오, 성기사 놈들. 진짜 HP 더럽게 많네' 하고 학을 뗐었던 전적!

스미스는 웃으면서 말했다.

"그 정도 여유는 있습니다. 그리고 누구를 PVP 하는 게 아닌 일이니 맡을 만하다고 생각했죠."

"그래. 너 잘났다. 하여간 잘생긴 놈들은……."

"쟤 너무 재수 없어."

"아, 아니. 제가 뭘 했다고……."

"시끄러. 그 '나는 착해요'라고 말하고 다니는 얼굴이 짜증

나! 가만히 있어도 인기 많은 게 짜증 나!"

"적당히 해라, 앨콧. 추하다."

"뭐? 추하긴 누가 추해! 너 죽고 싶냐?"

"해보고 싶으면 해보던가. 여기가 오스턴 왕국인 줄 아냐? 너 도와줄 길드 동맹 길드원들이 있는 줄 아는 것 같은데, 여기 길드 동맹은 너밖에 없다."

화염술사 크로포드가 냉정하게 말했다. 현재 자리에 있는 랭커들은 나름 다 한가락 하는 랭커들이었다. 앨콧의 협박에 흔들릴 리 없었다. 화염술사 크로포드, 고대 제국의 백기사 스미스, 암살자 앨콧, 고대 뱀파이어의 후예 에반젤린. 그리고 가장 여기서는 안 유명한 편인 랭커 로이까지.

'아니, 뭐 이렇게 잘나가는 놈들만 모여 있어?'

김태산에게 덤볐다가 패하고 결국 길드까지 가입하게 된 랭커, 로이. 그는 별생각 없이 '어? 이런 좋은 제안이 있어? 오크 아저씨들하고 같이 다니는 것도 지겨웠는데 이거나 잠깐 해야겠다. 나 정도 랭커면 구출대 파티에서 리더 역할인가? 헤헤'하고 들어왔다. 그런데 다른 랭커들이 너무 잘나가는 랭커들이었다. 화염술사 크로포드는 소수정예 마법사 길드를 이끄는 마법사 랭커. 고대 제국의 백기사 스미스는 최상위권 랭커 이야기하면 언제나 나오는 강자. 길드 동맹의 앨콧은 이름만 말해도 다들 벌벌 떠는 난폭한 PVP의 강자. 고대 뱀파이어의 후예 에반젤린은 이번 판온 대회로 이름을 크게 알린, 무시무시한 탱커 랭커. 로이는 이름 대기도 힘든 수준이었다.

'나도 어디 가서 꿀리는 놈은 아닌데…….'

로이는 왠지 모르게 위축이 되는 걸 느꼈다. 이상하게 김태산을 만나고 나서 내리막길을 타는 느낌이었다.

"넌 왜 가만히 있냐?"

"헉, 저요? 저는 그…… 원래 듣는 걸 좋아합니다."

"로이라고 했지? 어디서 많이 들어본 것 같은데. 너도 PVP 좀 했나?"

앨콧이 날카롭게 묻자 로이는 한사코 손을 내저었다. 로이도 나름 PVP로 악명을 떨쳤지만 앨콧과 비교하면 좀 많이 부족했다. 둘의 대화를 듣던 크로포드가 비웃었다.

"둘이 친한 거 보니 뭐 하던 놈인지 견적 나온다. 나와."

"아 뇨, 이 자식은 왜 자꾸 시비야?"

"시비처럼 들린다면 네가 그렇게 살아와서 아닐까?"

투덕대는 크로포드와 앨콧. 길드 동맹이라는 배경이 있는 데다가, 본인도 뛰어난 PVP 랭커인 앨콧에게 시비를 걸 수 있는 사람은 많지 않았다. 그러나 크로포드는 그 몇 명 안 되는 사람 중 한 명이었다.

"너 보니까 김태현한테 쫄아서 공성전 때 나오지도 않았다는 말들이 있던데."

"뭐, 뭐? 어떤 자식이 그런 헛소리를 해? 그거 다 헛소문이야!"

"그뿐만이 아니라 우르크에서 김태현 만났는데 겁먹고 엄청 굽신댔다고……."

"그거 다 헛소문이라니까! 이 자식이 어디서 루머를 갖고 와서! 너 같은 놈들 때문에 판온이 더러워지는 거야!"

대화가 점점 격해지자 에반젤린은 가방에서 〈파워 워리어〉 마크가 새겨진 팝콘을 꺼냈다.

'아. 재밌다.'

태현의 아티팩트 덕분에 불운 페널티는 사라졌지만, 그렇다고 에반젤린에게 없던 친화력이 갑자기 생기는 건 아니었다. 한번 아싸는 영원한 아싸! 대회 팀원들과는 가끔 연락하고 지내지만 에반젤린은 얼마 지나지 않아 혼자가 됐다. 그런 그녀에게 저렇게 치고받고 싸우는 건 재밌을 수밖에 없었다.

"자, 자. 모두 진정하세요."

싸움이 격해지자 스미스가 말리기 시작했다. 원래 이런 말리는 역할은 착한 사람이 손해 보면서 맡게 마련이었다.

"태현 씨는 워낙 대단한 플레이어니까 그런 소문이 퍼질 수도 있지요."

"야! 말은 똑바로 해야지. 그냥 악의적이고 근거 없는 헛소문이라니까?!"

말리는 스미스가 '김태현이 대단하니 어쩔 수 없지~'라는 식으로 말하자, 앨콧이 당황했다. 도와줄 거면 좀 제대로 도와주던가 왜 저런 식으로 말한단 말인가.

'오해가 안 풀리잖아!'

"어…… 그래도 태현 씨가 대단한 건 사실이잖습니까?"

"김태현 그놈이 뭐가 대단한데! 다시 만나면 내가 발라 버린다!"

'아차.'

앨콧은 순간 실수했다는 걸 느꼈다. 허세를 부리다가 해서는 안 된 말이 나온 것이다. 다른 랭커들은 앨콧의 말에 눈을 동그랗게 뜨고 '어? 진짜?' 하고 쳐다보고 있었다.

그냥 넘어갈 수 없는 상황! 크로포드는 잘됐다는 듯이 말을 붙였다. 그는 사악하게 웃으며 물었다.

"진짜? 진짜냐? 나 분명히 들었다?"

"……진짜지! 만나기만 해봐라!"

앨콧은 침착하려고 애썼다. 판온은 넓고, 어차피 김태현을 만날 일은 한동안 없을 것이다. 이놈들 앞에서만 안 만나면 되는 거니까…….

'괜찮아. 괜찮아! ……아마!'

"앨콧 씨. 아무리 그래도 태현 씨와 만나면 싸운다는 건……."

스미스가 말리려고 하자 앨콧은 반색했다.

이 착한 녀석! 역시 너밖에 없다! 아까 잘생긴 놈이라고 구박한 거 취소할게!

그러나 앨콧의 기대는 이뤄지지 않았다. 에반젤린이 끼어든 것이다.

"스미스 씨. 그러지 마시죠."

"……?!"

"앨콧 씨도 자존심이 있어서 싸우려고 하는 건데 그걸 남들이 방해하면 안 되겠죠. 너무 과한 간섭 같습니다."

"그런가요?"

"그런 거죠."

앨콧은 속으로 외쳤다.

'아냐! 방해해 줘! 그냥 방해해도 된다니까!'

결국 분위기는 '우리 앨콧을 존중해 주도록 하자. 앨콧이 김태현을 만나면 싸우게 내버려 두자!'로 흘러갔다. 앨콧은 피눈물을 삼키며 '그래도 김태현을 만날 일은 없겠지……' 하고 넘길 수밖에 없었다.

'김태현은 영지로 갔다고 하니까 괜찮겠지…….'

"좋습니다. 그러면 출발할 계획을 세워볼까요?"

쉬쉬쉬―

태현은 갑판 위에서 열심히 검을 휘둘렀다. 검술 스킬을 올리기 위해서였다. 판온의 많고 많은 기본 스킬 중에서 검술 스킬은 올리기 힘든 편에 속했다. 보너스가 있는 다른 직업들에 비해 태현은 그런 것도 없었으니 틈날 때라도 많이 휘둘러야 했다.

"그거 한다고 많이 오르냐?"

케인은 의아하다는 듯이 물었다. 그가 알기로는, 공중에 휘두르는 건 별로 스킬이 오르지 않았다. 강한 적을 상대로 검을 써야 팍팍 올랐다.

"안 하는 것보단 낫지. 그리고 너, 내가 스킬 레벨 올리라고 하지 않았나? 저기 다른 랭커들은 검술 스킬 최고급을 찍었다더라."

"아, 아니…… 왜 나한테……."

별생각 없이 말 걸었다가 구박을 들은 케인은 슬슬 뒤로 물러섰다. 쉬는 시간에 태현처럼 힘들게 스킬 수련만 하는 건 사양이었던 것이다.

쉭쉭쉭!

뒤를 돌아보니 최상윤도 나와서 검술 스킬 연습을 하고 있었다.

-카흘라단의 번개! 카흘라단의 번개!

정수혁도 마찬가지!

"왜, 왜 다들 연습하는 거야?"

"뭘 당연한 소리를. 대회 준비 안 해?"

"저는 언제나 연습합니다."

눈치를 보던 케인은 결국 무기를 들고 휘두르기 시작했다. 태현은 그걸 한심하게 쳐다봤다. 좀 평소에도 저러지!

"이봐, 이봐."

고블린 스타우가 쪼르르 다가와서 말을 걸었다.

"괴식 요리도 배워야지!"

"여기서 배우자고? 어떻게?"

"해적들에게 솥과 재료를 빌리면 되잖아!"

"해적들에게 솥과 재료를 빌려서 괴식 요리를 만들라고?"

기껏 쌓은 신뢰도 날아갈 것 같은 위험한 짓! 태현은 '꼭 그렇게까지 해야 하냐?' 하는 눈빛으로 스타우를 쳐다보았다.

"스타우. 잘 생각해 봐. 괴식 요리가 늘려면 결국 요리해서 누군가를 먹여야 하는데, 해적들한테 먹이면 해적들이 분노할 거라고."

"그건 필요한 희생이다!"

"너, 이 배에서 내릴래?"

"아, 아니. 이 배에서 내려서 어딜 가라고……."

태현이 정색하자 스타우는 당황했다. 이 배에서 내리면 지금 갈 곳은 바닷속밖에 없었던 것이다.

"알면 방해하지 말라고. 내가 지금 기껏 친해졌는데 괴식 요리 같은 걸 먹여야겠어?"

"괴식 요리는…… 그렇게 나쁜 게 아닌데……."

스타우는 어깨를 축 늘어뜨리고 슬퍼했다. 왜 사람들은 괴식 요리의 장점을 알아주지 못한단 말인가!

"아! 좋은 생각이 났다! 해적들 말고 다른 사람한테 먹이면 된다!"

"뭐? 케인한테? 그것도 좋은 생각이긴 한데 지금 기껏 연습하는데 먹여야 하나? 디버프라도 걸리면…… 아, 근데 생각해 보니 케인은 튼튼하니 괜찮겠군."

"……응?"

멀리서 듣던 케인은 귀를 의심했다. 잘못 들은 거겠지?

스타우는 당황해서 손을 저었다.

"아, 아니다. 저 밑의 노잡이로 잡힌 상인들 이야기한 건데……."

"아, 게네들? 확실히 괜찮겠군."

"일하느라 힘들었겠군."

대답하지 않고 원망의 눈초리로 노려보는 상인 NPC들!

물론 그런다고 태현이 미안해할 사람은 아니었다.

"뭐야, 많이 더운가? 시원한 바다로 뛰어들래? 길 잃어버릴 수 있으니까 그 발목에 찬 쇠사슬은 그대로 달고 뛰어들어."

"……아닙니다!"

"지금이 좋습니다!"

호다닥 태도를 바꾸는 상인들! 그러자 태현은 인자하게 웃으며 말했다.

"지금이 좋다니 내 마음도 편하군. 괜한 죄책감 안 들어서."

"……."

"그래도 밑에서 열심히 일하고 있는데 내가 뭐라도 해주려고 불렀다."

"……?"

"아무것도 못 먹고 노만 저었을 테니 배가 고플 거 아니야. 뭐라도 해주려고."

태현은 앞을 가리켰다. 커다란 솥이 부글부글 끓고 있었고, 안에서는 맛있는 수프 냄새가 났다. 상인 NPC들의 입에 저절로 침이 고였다. 원한이고 뭐고 일단 먹고 보자!

"먹겠나?"

"네! 먹겠습니다!"

"그래. 아주 좋아."

태현은 흰색 빵 한 덩어리를 잘라 솥에 넣었다. 상인들은 행복해했다. 그다음 태현은 질 좋은 햄 한 토막과 잘 양념된 닭고기, 그리고 소금과 후추 같은 각종 양념들을 집어넣었다.

상인들은 또 행복해했다. 벌써부터 맛있는 수프 맛이 상상이 가기 시작한 것이다.

"스타우."

"좋아! 지금 간다!"

행복해하는데 갑자기 고블린이 나타나자 상인들은 당황했다. 왜 쟤가 저기서 나와?

"고마워해라, 상인들. 너희들한테 평소라면 절대 맛볼 수 없는 위대한 요리를 보여줄 테니까."

"아…… 아니. 넌 약초사잖아?"

"본업은 요리사다! 봐라! 일단 이 하급 들풀(독성 있음)을 집어넣는다!"

"그거 독 있는 거 아니냐?!"

"그건 중요하지 않다. 약간의 독은 요리의 맛을 올려준다!"

상인들은 그제야 상황을 깨닫고 새파랗게 질렸다.

"저, 저는 갑자기 식욕이 없어져서……."

툭-

밑으로 내려가는 길에는 이미 케인이 서 있었다.

케인은 눈빛으로 이렇게 말하고 있었다.

너희들이 들어가면 내가 먹어야 하잖아. 절대 못 간다!

"보내주십시오!"

"엉엉! 먹고 싶지 않습니다!"

"내 성의를 무시할 셈이냐! 먹어라! 인간 놈들!"

스타우는 상인들이 먹기 싫어하자 벌컥 화를 냈다. 진정한 요리도 모르는 이 무식한 놈들! 케인은 친절하게 상인들의 양 팔을 붙잡았다.

"자! 고블린! 먹이라고!"

"잘했다. 인간! 크흐흐흐…… 마셔라. 인간 놈들!"

"……너 너무 사악한 거 아니냐?"

케인은 스타우의 사악한 웃음에 움찔했다. 얘 정말 믿어도 되는 걸까?

[요리 스킬이 오릅니다. 괴식 요리 스킬이 오릅니다.]

[스타우에게 <비전의 하급 들풀 독 수프> 레시피를 배웠습니다.]

"아직이다, 아직! 지금부터 시작이다!"

"끄르르륵……."

상인들은 중독 상태에 빠져 숨넘어가는 소리를 냈지만, 스타우는 해독제를 입에 던져 넣은 후 다음 요리로 넘어가기 시작했다. 괴식 요리의 세계는 지금부터 시작이다!

"봐라, 인간. 괴식 요리의 단점은, 알지 못하는 놈들은 쉽게 먹지 않으려고 한다는 점이다."

"그건 너무 당연한 거 아닌가?"

태현의 지적은 무시하고 스타우는 계속해서 말했다.

"그래서 나는 생각했다. 이런 알지 못하는 무식한 놈들도 먹게 만들 수 있는 방법을!"

"설마 멀쩡한 요리?"

"아니다. 그러면 괴식 요리가 아니지! '겉만 멀쩡한' 요리다!"

점점 더 범죄자의 수법처럼 바뀌어 가는 괴식 요리 스킬!

<겉모습 위조>

일단 모양만 좋게 만들고 보자! 다른 요리의 겉모습을 그대로 따라 한 요리를 만들어냅니다. 물론 그 속 내용은 다르지만요.

"자, 해봐라!"

[<겉모습 위조> 스킬을 사용합니다.]

[괴식 요리 스킬이 오릅니다.]

"아니야! 아직 멀었어!"

"뭐? 이 정도면 잘되지 않았나?"

온갖 보너스로, 처음 쓰는 스킬인데도 만족스러운 결과물이 나왔다. 그러나 스타우는 고개를 저었다.

"자, 봐라!"

스타우는 <파리가 앵앵 날리는 썩은 고깃덩이>를 꺼냈다. 그러고는 쉭쉭 칼질을 시작했다. 그러자…….

[<먹음직스러운 햄 슬라이스 요리>가 완성되었습니다! 저 요리의 정체를 파악합니다. 우엑!]

태현은 경악했다. 저 정도까지 가능하단 말인가! 사실 괴식 요리의 세계는 스타우의 말대로 깊고 넓은 게 아닐까?

"이 정도는 되어야 한다, 인간! 그것이 진정한 괴식 요리의 시작점이다."

남이 먹기 싫어하는 걸 억지로 먹이기 위한 필사적인 노력! 태현은 그걸 보고 좋은 생각이 떠올랐다.

'저놈을 영지 요리사로 일하게 하면, 재료를 적게 쓰더라도 플레이어들이 만족하지 않을까?'

악덕 식당 주인 같은 발상! 재료를 적게 쓰고 겉모습만 그럴듯하게 만들려는 속셈이었다.

"자. 다음은 <요리에 시한폭탄 독 넣기> 스킬이다. 이건 내가 기계공학 스킬에서 영감을 얻은 요리법인데, 요리에서 독이 언제 터질지 정할 수 있지."

"……이, 이게 요리라고? 암살법 아닌가?"

"아니야! 이걸 알아야 독을 넣고서도 통제를 할 수 있단 말이야!"

태현은 알지 못했지만(다른 요리사 플레이어들도 몰랐다. 괴식 요리를 파는 플레이어는 없었으니까), 지금 스타우가 알려주는 스킬들은 괴식 요리의 비전 스킬들이었다. 다른 직업으로 따지자면 스킬 하나 얻기 위해 길고 긴 퀘스트를 깨야 하는 수준! 그렇지만 스타우는 아낌없이 퍼줬다.

"인간. 다음은 〈비장의 몬스터 정수 만들기〉다. 가끔 시간이 없을 때면 처음부터 괴식 요리를 할 여유가 안 나지. 그때 쓰는 게 이 정수다. 한 방울만 넣어도 괴식 요리가 만들어지는 정수!"

스타우는 작은 병 하나를 꺼내 흔들었다. 안에서 검고 끈적이는 게 찰랑이는 걸 보자 섬뜩했다.

[이미 〈비장의 몬스터 정수〉와 비슷한 아이템을 사용한 적이 있습니다. 스킬 레벨이 빠르게 오릅니다.]

"인간, 너는 해본 적이 있군! 역시…… 내가 사람을 제대로 봤어!"

스타우는 뛸 듯이 기뻐했다. 성격이 좀 더럽긴 하지만 태현은 확실히 〈괴식 요리〉에 타고난 인재였다. 태현은 떨떠름한 표정을 지었다.

'그때 요리 대회에서 〈신 잡아먹는 괴물의 점액질〉 넣었다고 이러나?'

물론 전적이 있긴 했지만 스타우랑 비슷한 놈이라고 판온 시스템에게 인정받으니 뭔가 억울했다. 내가 요리에 개판을 치긴 했지만 그래도 스타우 같은 놈하고는 다르다고!

'……음. 내가 생각했지만 설득력이 없는 것 같긴 해.'

"자. 이 몬스터 정수의 효능을 보여주지. 먹어봐라!"

"으아악! 이제 싫어! 이제 싫다구!"

상인 중 한 명이 그릇을 입가에 가져가자 상인이 발광하기 시작했다. 설마 상인이 반항할 거라고 생각하지 않았던 케인은 상인을 대충 잡고 있었다. 그 결과……

"컥! 커헉!"

상인이 쳐낸 그릇이 케인의 입가에 작렬!

"아오! 이 자식이 진짜!"

케인은 더럽게 쓰고 역겨운 맛에 발버둥 쳤다.

[<비장의 몬스터 정수>를 마셨습니다.]

[끓어오르는 오크의 힘이 당신을 휘감습니다!]

"왜 그래?"

"김, 김태현! 이거……!"

케인은 메시지창을 설명했다. 그걸 들은 태현은 깜짝 놀랐다.

<비장의 몬스터 정수 만들기>

몬스터의 힘이 응축된 끔찍한 맛의 정수를 만듭니다. 이 정수를 먹을 경우 몬스터의 힘을 일정 시간 동안 빌릴 수 있습니다.

이렇게 좋은 스킬이었다고? 아니, 생각해 보니 좋은 스킬인 게 이상하지는 않았다. 스타우는 고블린 부족에서 가장 뛰어난 요리사였고, 보통 이런 NPC가 전수해주는 스킬은 엄청나게 좋은 스킬이거나 비전 스킬일 가능성이 높았다.

'……겉모습 때문에 살짝 속았군.'

스타우가 '이 스킬을 얻기 위해서는 이런저런 퀘스트를 해와라!'이랬다면 태현도 '헉 이거 정말 좋은 스킬인가?' 싶었을 것이다. 그런데 스타우는 '흑흑 너 말고 배울 사람이 없어! 제발 배워줘!'라고 나왔으니 태현도 '뭐 얼마나 쓸모없길래 이렇게……' 싶었던 것이다.

"힘이! 차오른다!"

케인은 힘과 체력 스탯이 올라간 걸 느끼며 힘차게 상인들의 멱살을 잡고 뒤흔들었다.

"으아아악! 잘못했어요!"

"너희 때문에 내가 저걸 먹었잖아! 어!"

그러는 동안 태현은 저 스킬을 어떻게 써야 하는지 고민했다. 몬스터의 힘을 빌릴 수 있다는 건 그 특성에 따른 버프를 받을 수 있다는 것. 그렇다면 어떤 몬스터인지가 매우 중요했다. 케인이야 오크 정수를 먹었으니 오크 관련 버프를 받은 모양인데, 다른 몬스터를 이용하면…….

'뭐 좋은 몬스터 없나?'

생각해 보니 강한 몬스터를 구하는 것도 은근히 까다로운 일이었다.

'이럴 줄 알았으면 이제까지 몬스터 잡았을 때 골드로 안 바꾸고 좀 챙겨놓을 거 그랬나…….'

-주인님. 주인님.

흑흑이가 말을 걸어오자 태현은 고개를 갸웃거렸다. 왜 이러지?

-맛있는 냄새가 나는데 먹어도 됩니까?

"아냐. 저거 먹는 거 아니야…… 잠깐만."

태현은 흑흑이를 빤히 쳐다보았다.

'일단은 얘도 블랙 드래곤이지?'

몬스터 중에서는 최상위권에 들어가는 것이 바로 드래곤! 드래곤 비늘 조각만 올라와도 경매장이 들썩들썩하는 이유가 있는 것이다. 게다가 판온에서 아직 멀쩡한 드래곤을 잡은 플레이어는 없었으니……

-왜, 왜 그런 눈으로 쳐다보시는 거죠? 저는 아무 잘못도 안 했습니다! 일 열심히 했어요!

"흑흑아."

-안, 안 먹을 테니까 뭐라고 하지 마십쇼!

"꼬리만. 꼬리만 좀 담그자."

"……네?"

케인과 정수혁, 최상윤은 입을 떡 벌리고 태현이 하는 짓을 구경하고 있었다. 세상에 저런 놈은 진짜 처음 본다!

자기 펫으로 몬스터 정수를 만들려고 하다니!

-주인님…… 흑흑…….

"아. 시꺼. 물 온도는 괜찮지?"

-괜찮긴 합니다만…… 기분이…….

흑흑이는 지금 덩치를 키우고 꼬리만 솥에 담그고 있었다.

마치 육수를 우려내는 것 같은 모습! 이다비와 스타우는 감탄했다.

"저런 활용법이 있네요!"

"어떻게 저런 방법을! 역시 내가 괴식 요리의 후계자로 점찍은 인간답다!"

[몬스터 정수는 더 많은 부위, 더 중요한 부위를 사용할수록 효과가 강해집니다. 현재 사용하고 있는 부위는 꼬리입니다. 효과가 많이 약합니다.]

'뭐 어쩔 수 없지.'

흑흑이한테 아무 피해도 안 가고 끓이는 대신 효과가 약한 건 어쩔 수 없었다.

[블랙 드래곤으로 몬스터 정수를 만듭니다.]

[요리, 괴식 요리 스킬이 크게 오릅니다!]

몬스터들의 왕, 드래곤을 요리 스킬에 사용하다 보니 스킬도 팍팍 올랐다.

[교단의 마수가 요리에 사용당한 것에 사디크 교단이 분노합니다. 신성이 오릅니다. 카르바노그가 좋아합니다.]

사디크는 싫어하고, 아키서스는 좋게 평가하고, 카르바노 그는…….

'아, 진짜 신경 쓰이네.'

아예 조각상이라도 만들어서 아키서스 교단 신전 건물 구석에 놔주면 메시지가 그만 뜨려나?

태현은 그렇게 생각하며 계속 흑흑이의 꼬리를 우려냈다.

비장의 몬스터 정수:

블랙 드래곤의 힘이 담겨 있는 몬스터 정수입니다. 정말 미약하지만……. 복용 시 일정 시간 동안 블랙 드래곤의 힘 사용 가능.

"으음. 약한데. 흑흑아. 혹시 몸 전체를 담글 생각은…….

-으흑흑흑! 주인님께서는 제가 블랙 드래곤이라고 차별하시는 것 같습니다!

"알겠어. 알겠어. 안 하면 되잖아. 용용아!"

-……주인이여?

"꼬리만 담그자. 너도."

아키서스의 신수라고 달라지는 건 없었다.

"음, 지금 마시기는 좀 아까운데…… 그래도 한번 마시기는 해야겠지?"

흑흑이 다섯 병, 용용이 다섯 병. 태현이 만든 몬스터 정수의 숫자였다. 더 만들려고 했지만 메시지창이 떴던 것이다.

[더 이상 꼬리에서 몬스터 정수를 우려낼 수 없습니다.]

태현도 살짝 미안해지는 메시지창!

"그래. 나중에 회복하면 다시 만들자."

"자. 우리들 중에 누가 마셔볼래?"

아무도 대답하지 않았다. 태현은 고개를 끄덕이고서 말했다.

"자. 케인."

"왜 나야?!"

"마셔본 놈이 잘 알 거 아니야. 자. 마셔봐."

"저기 상인 놈들 시키면 되잖아!"

"야, 그래도 이게 블랙 드래곤한테서 우린 정수인데 저런 놈들한테 주면 안 되지. 만약에 저놈들이 그거 먹고서 브레스라도 쓰면 책임질래?"

태현이 생각하기에 이런 꼬리에서 우려낸 정수 가지고 브레스를 쓸 확률은 0%에 가까웠지만, 케인은 거기에 넘어갔다.

'확실히 맛은 없었지만…… 효과는 좋았잖아?'

아까 오크 정수의 팔팔한 힘을 떠올리니 기분이 괜히 좋아졌다. 역시 남자는 힘!

"어쩔 수 없지. 내가 마셔주마!"

"역시 케인!"

"케인 대단해!"

"케인 씨 대단합니다!"

주변 사람들은 자기가 안 마셔도 된다는 것에 기뻐하며 케인을 칭찬해 줬다. 심지어 정수혁까지! 태현과 같이 다니면서 물든 것이다.

꿀꺽꿀꺽-

[<비장의 몬스터 정수>를 마셨습니다. 아주 미약한 블랙 드래곤의 힘이 당신을 휘감습니다!]

[<블랙 드래곤의 비늘> 버프를 받습니다.]

괴식 요리의 달인 스타우가 직접 만들고 재료도 아낌없이 팍팍 쓴 오크 정수와 달리, 태현이 만든 건 확실히 효과가 약했다.

투두두둑-

그럼에도 불구하고 효과는 확실히 있었다. 스타우는 감탄했다.

"꼬리만으로도 저렇게 만들다니! 심장을 써서 만든다면 정말 대단할……."

-캬아아아아악!

"아…… 아니. 한다는 건 아니다."

흑흑이가 노려보고 캬악 대자 스타우는 겁을 먹고 고개를 숙였다.

"이, 이게 뭐야! 너무 심하잖아!"

안 그래도 악마의 피가 반쯤 섞인 저주 때문에 겉모습이 변했는데, 거기서 블랙 드래곤의 비늘까지 추가되자 정말 기묘한 겉모습이 완성되었다. 그걸 본 최상윤이 중얼거렸다.

"어째 점점 더 인간에게서 멀어지는 것 같은데……."

"너희들이 마시라고 부추겼잖아!"

"하하하. 그랬었나? 기억이 잘……."

최상윤은 능글맞게 넘어갔다.

뿌우우우-

뒤에서 들리는 나팔 소리! 태현 일행은 고개를 돌려 뒤를 바라보았다. 웬 처음 보는 해적선 한 척이 따라오고 있었다.

"뭐냐, 저건?"

"우리 해적단인가?"

"아니다."

카다 해적단의 해적이 고개를 저었다. 아무래도 카다 해적단의 배는 아닌 모양이었다.

"그러면 누군데?"

"여기 앞바다에 해적이 우리만 있는 줄 아냐? 다른 해적 놈들이겠지. 해적들끼리는 서로 공격 안 하는 불문율이 있으니 신경 안 써도 된다."

해적의 말을 듣던 이다비가 고개를 갸웃거리며 물었다.

"태현 님. 태현 님."

"왜?"

"태현 님이 지금 부선장 아닌가요?"

"그렇지?"

"그러면 저렇게 말하면 안 되지 않나요?"

"그러네. 야. 너 이리 와봐."

"왜, 왜 그러십니까?"

자연스럽게 바뀌는 말투! 그러나 태현은 넘어가지 않았다.

"내가 부선장인데 넌 위아래도 모르냐?"

"아, 아니. 제가 원래 못 배워먹은 놈이라……."

"못 배워먹었다니. 그런 네게 특효약이 있지. 자. 이 스프를 마셔봐라."

해적은 질색했다. 아까 노잡이 노예로 팔려온 상인들에게 이상한 걸 먹이는 걸 보고서 '새로 온 부선장 놈은 굴러들어온 주제에 미친 짓까지 하네'라고 생각하고 있었다.

그런데 이제 그에게까지 마수가 뻗친 것!

"아닙니다! 앞으로는 배워먹겠습니다!"

"그런 기특한 너를 위한 수프다! 마셔라!"

스타우까지 신이 나서 수프 그릇을 들고 입가에 들이밀었다. 죽이고 싶다! 해적은 스타우를 노려보았지만 스타우는 아랑곳하지 않았다. 절체절명의 위기에 처한 해적! 그 해적을 구한 건 뒤에서 나타난 다른 해적선이었다.

"어이! 어이!"

"뭐야?"

"어? 못 보던 얼굴인데. 신입인가?"

"새 부선장이다."

태현의 말에 해적들은 고개를 갸웃거렸다. 뭔 얼굴도 못 보던 놈이 부선장?

"어, 어쨌든 너희도 지금 회의 장소에 가는 거겠지? 갈르두 건으로?"

"어."

"역시 너희도 위대한 대해적 갈르두 님과 손을 잡는 것에 찬성하겠지? 그분의 야망을 듣고 감탄했다니까! 어떻게 그렇게 원대한 계획을……"

태현은 다른 사람들과 시선을 교환했다. 그리고 고개를 끄덕였다.

"공격! 공격! 공격!"

"너희 미쳤…… 컥!"

태현은 바로 머스킷을 꺼내 한 방 쏜 다음 재빨리 용용이를 꺼내 붙잡고 날아서 해적선으로 뛰어들었다. 그리고 대만불강검을 꺼내 휘둘렀다.

촤아악!

-공격의 원!

[치명타가 터졌습니다! 압도적인 대미지가 들어갔습니다. 노련한 해적 전사가 치명상을 입고 쓰러집니다! 신참 해적 전사의 방어구를 무시하고 베어버리는 데 성공합니다! 검술 스킬이 오릅니다.]

안 그래도 옵션 때문에 공격 속도가 빨라졌는데 일정 확률로 방어 무시 대미지까지 들어가니, 한 방 이상을 버티는 해적 전사들이 없었다.

"크아악! 이런 미친!"

"저 자식을 막아!"

공격의 원까지 키고 들어가서 닥치는 대로 베어대자 무슨 풍차처럼 해적들이 날아갔다.

"뭐야?! 그거 대체 뭐야?!"

뒤따라온 최상윤은 미친 듯이 날뛰는 태현을 보고 깜짝 놀랐다. 검 자체는 평범하게 생겼는데 해적 전사들을 무슨 무채 썰듯이 뎅겅뎅겅 잘라내고 있었다. 아무리 태현이 강하다고 하더라도 검술 스킬 같은 건 전투 직업인 최상윤이 나을 줄 알았는데, 그 상식을 뛰어넘는 폭딜!

심지어 해적 전사들은 레벨도 낮아 보이지 않았다.

'장비 보니까 130은 넘는 거 같은데?! 이렇게 쉽게 잡을 수가 있나?'

쿵!

그사이 케인도 넘어오는 데 성공했다.

"으악! 괴물이다!"

"괴, 괴물!"

해적들의 반응에 케인은 살짝 상처 입었다. 그가 지금 악마 저주에 블랙 드래곤의 비늘까지 달고 있긴 했지만 괴물은 좀 너무하지 않나? 태현은 검을 휘두르다가 케인을 보고 멈칫했다.

"헉. 몹인 줄 알았네."

"아!!"

"아니, 네가 흉측하게 생긴 게 내 잘못은 아니잖아."

태현은 다시 검을 휘둘렀다. 한 번 휘두를 때마다 해적들이 무너져 내렸다.

으악! 크아악!

"에이씨…… 흑흑……."

"죽어라! 괴물!"

"괴물 아니라고 이 자식아!"

쾅!

[블랙 드래곤의 비늘이 상대방의 무기를 튕겨냅니다. 해적 전사가 스턴 상태에 빠집니다.]

단순히 들이받았는데 추가 효과가 뜨는 걸 보고 케인은 놀랐다. 어라? 설마 좋은 건가?

"죽어! 이 괴물!"

파파팍!

등 뒤에서 날아오는 화살들. 케인은 방어 스킬을 쓰지 않고 팔로 막아내 보려고 했다.

투투퉁-

[블랙 드래곤의 비늘이 상대방의 화살을 튕겨냅니다.]

"오옷!"

생각지도 못한 물리 공격 내성! 케인은 기뻐하며 달려들었다. 좀 괴물 같으면 어떠냐! 성능만 좋으면 그만이지! 그러는 사이 최상윤은 태현의 무기를 빤히 쳐다보고 있었다.

"야, 그 무기 대체 뭐냐?"

"어? 이거? 〈대만불강검〉이라고 있다."

"엄청 강해 보이는 이름이다!"

최상윤은 줄여 쓴 이름이라는 걸 모르고 감탄했다.

"나도 이런 거 하나 만들어줘! 재료 뭐 필요하지?"

"응? 한번 써보고 싶으면 써봐."

"뭐? 진짜?"

"어. 어차피 많으니까."

많다는 건 이해하지 못했지만, 일단 준다니 감사히 받았다. 최상윤은 무기를 장착했다. 대장장이 기술 제한과 기계공학 기술 제한이 있는 무기였지만 최상윤도 검술 관련 직업이라 페널티를 받고 검을 들 수는 있었다.

"간다!"

서걱!

[치명타가 터졌습니다! 방어구를 무시하고……. 급소를 노리고…….]

한 번에 해적 갑판장을 갈라 버리는 위력! 최상윤은 눈을 크게 떴다. 최상위권 랭커들이 들고 다니는 전설 등급 무기와 비교해도 절대 밀리지 않는 무기였다.

'아니, 이 자식은 대장장이도 아니면서 이걸 어떻게 만들었지?'

[장비의 내구도가 크게 하락합니다.]

"어?"

[장비가 파괴됩니다!]

"어어어??"

"아! 자식. 거 무기 좀 잘 쓰지. 왜 이렇게 험하게 다뤄?"

태현은 〈대만불강검〉을 부숴 먹은 최상윤을 구박했다. 최상윤은 엄청나게 미안해졌다. 이렇게 좋은 무기를 망가뜨리다니!

"미, 미안. 물어줄게!"

"됐어. 애초에 그거 부서지는 거 감안하고 쓰는 거야. 내구도가 낮거든."

"몇인데?"

"15였나……."

미안한 마음이 싹 사라지는 내구도! 어디서 그런 내구도를 가진 종잇장 같은 무기를…….

'응? 근데 저 자식은 멀쩡히 계속 쓰고 있는데?'

태현이 휘두르는 검은 날이 상하지도 않는지 계속해서 해적들을 베어 넘기고 있었다.

'저거는 다른 무기인가? 아닌데? 똑같이 생겼는데? 설, 설마…… 저 자식, 저 내구도를 갖고서 무기가 상하지 않게 쓰고 있는 건가?!'

최상윤은 깜짝 놀랐다. 판온에서는 무기를 쓸 때 각도를 맞춰서 아주 잘 휘두르면, 내구도가 더 적게 감소한다는 말이 있었다. 물론 어디까지나 이론상이었고, 그런 걸 신경 써서 무기를 휘두르는 미친놈은 없었다. 온갖 스킬들이 날아다니고 몬스터들이 덤비는 전장에서 그런 걸 신경 썼다가는 제대로 싸울 수 없는 것이다. 그냥 쓰고 나서 수리하는 게 훨씬 나았다. 그렇지만 만약 그렇게 한다면, 저런 종잇장 같은 무기라도……!

'대, 대단해!'

'저 자식 뭔가 이상한 오해를 하고 있는 것 같은데.'

태현은 최상윤의 눈빛이 뭔가 이상했지만 그냥 넘어가기로 했다.

"이놈들!!"

[파므락 해적단의 선장, 파므락이 나타났습니다! 해적 선장의 포효 스킬을 사용합니다. 저항에 성공합니다.]

[칭호: 공포를 모르는 자를 갖고 있습니다. 저항에……]

"보스 나왔다! 준비ㅎ……."

최상윤은 케인을 보며 다급히 말했다. 딱 봐도 범상치 않아 보이는 해적! 거대한 덩치에 양손에는 묵직해 보이는 외날검을 하나씩 들고 있었다. 탱커인 케인이 앞에서 막아주는 사이 딜을 넣어야 했다. 그러나 말거나 태현은 앞으로 달려 나갔다.

-행운의 일격, 행운의 일격, 행운의 일격, 행운의 일격, 치명타 폭발!!

"크아아아아아아아악!"
〈대만불강검〉을 사용한 폭딜이 들어가자 파므락이 비명을 질렀다. 한 번에 HP가 80% 넘게 날아간 것이다. 어마어마한 대미지였다.
"말도 안 되는……."
거기서 끝나지 않았다. 태현은 찔러 들어간 검날을 비틀며 스킬을 사용했다.

-칼날 폭파!

콰아아앙!
대만불강검이 빛을 내며 폭발했다.

[치명타가 터졌습니다! 엄청난 대미지가 들어갑니다! 파므락이 쓰러집니다! 아탈리 왕국의 현상금 수배자, 파므락을 쓰러뜨렸습니다. 아탈리 왕국에 가서 파므락의 머리를 바칠 경우 현상금을 받을 수 있습니다. 명성이 오릅니다.]

검 하나로 보스 몬스터와 잡다한 부하들을 숙삭!

태현은 휘파람을 불었다. 이 정도면 그 고생을 해서 만든 보람이 있었다.

"무, 무슨 짓을 한 거냐!"

"뭐라고?"

"무, 무슨 짓을 한 겁니까!"

뒤에 있던 부하 해적들이 경악해서 말했다. 그 와중에 태현이 쳐다보자 급히 말을 바꾸는 건 덤이었다.

그만큼 먹기 싫었던 스타우의 수프!

"왜? 해적인데 해적질 좀 할 수 있지."

"해적들끼리 싸우면 안 된단 말입니다!"

"싸우면 어떻게 되는데?"

"다른 해적들이 공동의 적으로 지정할 겁니다!"

"근데 어차피 다 죽었잖아. 아무도 모를걸?"

타고난 해적 감성! 태현의 논리에 뒤에 있던 케인은 감탄했다.

"아니, 아무리 그래도 불문율은……."

"해적이면서 뭘 그런 걸 신경 쓰고 그래. 회의도 그렇고 너희 해적 맞냐?"

"이건 신성한 전통입니다! 선장님께서도 아시면 화를 내실 겁니다!"

"아닐걸?"

"……그래서 놈들이 갈르두에게 매수된 비겁한 배신자, 첩자, 쓰레기 같은 놈들이란 걸 깨닫고 눈물을 머금고 검을 뽑았습니다."

 "오오! 그런 건가! 역시 내가 사람을 제대로 봤어! 그 정도 의기는 있어야지, 해적이!"

 해적 부하들은 황당하다는 표정이었지만 카다는 태현을 칭찬했다. 이미 눈에 제대로 썬 콩깍지!

 "우리가 골드가 없지, 자존심이 없냐! 어디서 갈르두같이 여기서 놀지도 않는 해적 놈이 와서 행패야!"

 "선장님. 그런데 그 불문율이란 거 말입니다."

 "응. 그게 왜?"

 "만약 갈르두가 여기 와서 다른 해적들을 공격하면 그놈들이 불문율을 어기게 되는 겁니까?"

 "당연하지! 아무리 갈르두라도 여기 와서 우리의 규칙을 어길 수는 없다!"

 "아하! 그렇군요!"

 태현은 손뼉을 쳤다.

 "혹시 새로 나포한 저 배는 저희가 몰아도 되겠습니까?"

 "부선장에게 그 정도도 못 해줄까. 마음대로 하도록!"

 "감사합니다!"

"읍읍읍??"

펠마스는 당황한 눈빛으로 태현을 쳐다보았다. 그는 여기 갇혀 있는데 태현은 왜 다른 배로 간단 말인가?

"선장님. 이 배를 새로 받은 김에 잠깐 주변을 정찰하고 와도 되겠습니까?"

"좋도록 해라! 으하하!"

카다의 말이 끝나자 태현은 급하게 새로 얻은 해적선으로 돌아왔다.

"이다비. 혹시 정보 좀 찾아줄 수 있어?"

"어떤 정보요?"

"갈르두가 어디 있는지."

"그런 정보는 찾기 힘들 텐데요…… 만약에 찾는다 쳐도, 어떻게 하시려고요? 피하시려는 거면 그냥 지금 도망치는 게 낫지 않나요?"

"아니. 피하려는 게 아니라."

"……?"

"가서 한 대 맞아줄 생각이다."

자해공갈! 태현이 노리는 건 바로 그거였다.

"그거 완전 자해공갈……."

"어허. 조용히 해."

케인이 말하려다가 입을 다물었다.

'자해공갈 맞잖아…….'

몇 번이고 속은 갈르두는 눈이 뒤집혔을 테니, 태현만 보면 일단 한 방 갈기고 볼 것이다. 그렇게만 되면 '아니! 저놈이! 우리 우르크 해적을 공격하다니! 저놈이 저런 놈입니다, 여러분!' 하면서 여론을 몰 수 있었다.

문제는 지금 어디 있느냐였다. 갈르두 같은 보스 몬스터의 위치는 찾는 것도 쉬운 일이 아니었던 것이다. 태현이 이다비한테 부탁하기는 했지만 태현도 크게 기대하고 있지는 않았다. 어디까지나 단서 수준? 파워 워리어 길드원 숫자를 생각해본다면, 어느 마을 구석에 갔다가 갈르두 함대를 목격한 길드원이 있을 수도 있었다.

"찾았어요!"

"오. 벌써? 어떤 단서야?"

"아뇨. 위치를요."

태현은 오랜만에 놀랐다.

-갈르두의 위치 구함!

……이런 길드 내 공지를 보고서, 파워 워리어 길드원인 최민수와 다른 길드원들은 찜찜한 표정을 지었다.

"이거……."

"아무래도……."

"우리를 노린 거 같죠?"

우연이라고 하기에는 너무 절묘했다. 마치 그들을 정확하게 노리고 올린 것 같은 공지!

"그, 그렇지만 우리 뭐 찔리는 거 없잖아요."

"길마님한테 보고 안 하고 여기 있기는 하지……."

유 회장과 같이 낚시하러 왔다가 갈르두한테 납치되어서 끌려가고 있다는 걸 보고하기는 좀 그랬다. 체면도 체면이지만 애초에 그들이 욕심을 부려서 사실을 숨겼던 것이다. 왜냐하면 사실을 말할 경우 다른 수많은 길드원들이 '나도! 나도 할래!' 하면서 몰려왔을 테니까! 원래 맛있는 건 혼자 먹어야 하는 법이다. 파워 워리어 길드원들은 그걸 아주 잘 알고 있었다.

"그러면 이건 들킨 건가?"

"들켰으니까 이러는 거겠지. 길마님 뒤끝이 얼마나 심한데."

"에이, 우리 길마님은 그래도 다른 길드 길마보다는 훨씬 착하지 않아요?"

"그거야 그렇긴 한데 절대 뒤끝이 없는 사람은 아닌…… 잠깐, 너 이 자식 왜 길마님 칭찬이야. 설마 밀고했냐?!"

"뭐, 뭐라고요?!"

"네가 첩자지! 아무리 길마님이라고 해도 우리가 여기 있는 걸 알 리 없잖아!"

"이 사람이 자기가 실수란 실수는 다 해놓고서 남 첩자로 모는 거 봐!"

결국 멱살을 잡는 둘! 그러나 PVP까지 가지는 않았다. 서로 스스로가 약하다는 걸 잘 알고 있었기 때문이었다.

"헉, 헉헉…… 이쯤에서 넘어가 주도록 하지……."

"저야말로……."

추한 말싸움의 끝! 다른 길드원들은 서로 눈빛을 교환했다.

'이 인간들을 믿어도 될까?'

'그냥 길마님한테 말하고 자수하는 게 낫지 않을까?'

'내 생각도 그래.'

'그렇다면……!'

모두의 생각이 일치하자, 남은 건 하나뿐이었다.

-길마님!!

-길마님!! 헉, 이 자식이?!

-길마님! 제가 가장 먼저 보냈어요! 다른 놈들 말 듣지 마세요! 제 말부터 들어주세요!

누가 누가 더 빨리 신고하나 승부! 가장 먼저 신고한 사람만이 용서받을 수 있다! 아직 지금 상황을 눈치 못 챈 멍청이들을 제외하고, 서로가 신고하고 있다는 걸 깨달은 길드원들은 서로를 밀쳐내고 살아남기 위해 치열하게 싸웠다.

-저놈이 길마님 욕했어요! 뒤끝 심하다고 욕했어요!

-저, 저 자식은 저번에 퀘스트에서 나온 1골드 떼어먹었어요!

이다비는 어이가 없긴 했지만 당황하지는 않았다. 이런 일은 파워 워리어 길드에서는 언제나 있었던 일이었으니까.

-다 이해해.

-길마님……!

-역시 길마님밖에 없습니다! 흑흑!

-욕심부려서 죄송해요! 다시는 욕심 안 부릴게요!

그러나 이다비는 냉정했다. 이런 면에서는 바늘로 찔러도 피 한 방울 안 나오는 사람이 이다비! 파워 워리어 같은 길드를 이끌어가는 건 아무나 할 수 있는 게 아니었다.

-그렇지만 한 명 빼고는 전부 다 처벌이야. 규칙이니까.

-……!!

-그러면 누구를 빼줄까…….

-저요! 저요! 저요!

-제가 갖고 있던 골드를 바치겠습니다!!

-너 골드라고 해봤자 10골드도 없잖아! 저는 제가 갖고 있는 골드를 다 바치고 덤으로 여기 있었던 일까지 100% 고발하겠습니다!

최민수와 싸우던 길드원은 갑자기 다른 길드원들이 조용해지자 의아해했다. 얘네들이 왜 이러지? 그들은 곧바로 깨달았다. 이 자식들 지금 이르고 있구나!

"야! 너희들 지금 뭐 하고 있냐!"

"이 자식들 치사하게 혼자만!!"

결국 이다비는 완벽하게 상황을 전해 들을 수 있었다.

"아니, 어르신은 어쩌다가 거기 끌려가 계신대?"

태현도 황당한 상황!

"구하실 건가요?"

"우리가 그 정도로 친하지는……."

이다비가 태현을 빤히 쳐다보았다. 태현은 민망한 듯이 흠흠 헛기침을 했다.

"뭐 어차피 싸우다 보면 알아서 도망칠 수 있으실 거야. 거기 파워 워리어 길드원들도 있다면서."

"저희 길드원들은 좀……."

이번에는 태현이 이다비를 빤히 쳐다보았다.

"아! 그래도 구출대가 조직됐대요."

"……뭔 구출대?"

태현은 황당하다는 듯이 되물었다.

"어르신 아는 분이 구출대를 조직했다는데……."

"아. 그럴 수 있겠군."

유 회장이 어떤 사람인지 아는 태현이었기에 납득이 갔다.

"어휴. 윗사람이 멍청하게 잡히니까 아랫사람이 고생이네."

유 회장이 들었다면 분노했을 소리! 이게 다 누구 때문인데!

"근데 구출대는 누구길래? 갈르두한테 잡혔는데 갈 정도면 보통 플레이어로는 무리일 텐데."

"설마 먹튀는 아니겠죠?"

이다비는 유 회장이 사기당한 게 아닐까 걱정했다. 정체를 모르기에 할 수 있는 순진한 걱정!

"걱정 마. 먹튀 당할 만한 사람이 아니거든."

"……?"

"어쨌든 구출대도 조직됐다고 하니까 마음의 짐이 좀 덜어지네. 내 일에 집중할 수 있겠어."

언제는 마음의 짐을 가졌다고 태현은 뻔뻔하게 말했다. 갈르두의 위치도 찾았겠다, 남은 건 가서 한 대 맞고 튀는 것뿐.

"근데 가서 맞고 도망칠 수 있나?"

"그러게요. 그때도 갈르두 엄청 무서웠는데……."

"음. 확실히 그건 그래."

아키서스 관련 스킬들을 써서 회피할 생각이었지만, 그걸 감안해도 갈르두의 함대는 무시무시했다. 현재 플레이어로는 잡을 수 없는 수준의 보스 몬스터가 바로 갈르두! 플레이어들의 목격담은 대부분 '항해하다가 갈르두 만나서 바로 죽었어요 ㅠㅠ'나 '갈르두가 왕국 해군 배 침몰시키고 갔어요' 같은 거였다.

'레벨이 300은 기본으로 넘기겠고 400…… 도 넘기려나? 설마 500까지 가진 않겠지. 500 넘기면 정말 뭔 짓을 해도 못 잡을 텐데.'

확실히 대비책 하나만으로는 좀 걱정이었다. 태현이 이제까지 수많은 원수를 만들고 살아남을 수 있었던 건 언제나 만약의 상황을 대비했기 때문!

"음, 그런데 맞기만 하면 되는 거죠? 꼭 태현 님이 가서 맞을 필요가 있나요?"

"응? 그게 무슨 소리야?"

갈르두가 눈이 뒤집혀서 공격을 하려면 직접 가야 했다. 안 그러면 이성적인 판단을 내릴지도 모르는 것이다.

"그냥 태현 님이 있다고 생각만 해도 되지 않나요? 그때 원한 보면 이름만 말해도 죽이려고 덤벼들 거 같은데."

"흠……."

태현은 생각에 잠겼다. 사칭하자고?

확실히 육지도 아니고, 배에 탄 상태에서는 멀어서 제대로 얼굴도 보이지 않을 테니 사칭을 해도…….

"흐으음……."

태현은 케인을 빤히 쳐다보았다. 케인은 한숨을 푹 쉬었다. 그러고는 외쳤다.

"나는 김태현이다! 나는 김태현이다!!"

"뭐, 뭐 하는 거야?"

옆에서 듣고 있던 최상윤이 당황해서 물었다.

"앞으로 할 거 연습한다."

"저런 훌륭한 노예 같으니! 펠마스가 저걸 보고 배워야 하는데!"

갈락파드는 무릎을 치며 감탄했다. 그러거나 말거나 케인은 포기한 얼굴로 준비하고 있었다.

"케인 씨 요즘 반쯤 포기한 표정인데요."

"케인한테 좀 잘 대해줘야겠다."

태현과 이다비는 뒤에서 수군거리며 대화했다.

'이 자식들…… 다 들리거든…….'

포기한 마음도 울컥하게 만드는 저 둘!

"잘 들어. 밤에 접근하는 거야. 그게 훨씬 더 살 확률이 높을 테니까. 우리는 조각배에 타고서 기다리고 있을 테니까, 이 해적선을 그대로 몰고 가서 내 이름을 사칭해. 그런 다음에는 스킬로 나한테 날아오면 되고."

계획은 그럴듯해 보였다. 케인은 순간 혹했지만, 다시 고개를 흔들었다.

'아니, 아니야! 이런 거에 속으면 안 돼!'

언제나 계획은 틀어졌다. 이런 거에 또 속으면 바보나 마찬가지!

'분명 또 계획이 틀어져서 나는 해적들한테 잡히거나 하겠지!'

"너, 이상한 생각 하고 있지?"

"아, 아니거든."

"쓸데없는 생각 하지 말고 계획대로 행동해. 해적 놈들이 우리 깃발 단 해적선을 침몰시키는 게 중요한 거니까 어그로만 끌고 튀라고. 알겠지?"

"알겠어."

"좋아. 별다른 변수만 없으면 잘 해결될 거야."

"역시 밤입니다."

"확실히 밤이 낫겠지."

"확실히 밤이……."

구출대 플레이어들은 의견을 나누고서 서로 고개를 끄덕였다. 역시 이런 구출에 가장 좋은 시간대는 밤! 해적선들도 멈춰서 쉬고 있을 테고, 경계도 많이 줄었을 테니 랭커인 그들이 접근하기는 수월했다.

"여기서 갈르두 만나본 사람이 크로포드 씨였던 걸로 아는데, 맞습니까?"

"맞아. 남쪽 대륙 가려고 배 탔는데 갑자기 미친 듯이 쫓아오더라고."

크로포드는 그때를 떠올리며 눈썹을 찌푸렸다. 갈르두가 뭘 잘못 먹었는지 미친 듯이 쫓아왔고, 덕분에 아껴뒀던 공간 이동 스크롤도 써야 했던 것이다. 그거 하나가 얼만데!

"여기서 은신 스킬 높은 건 앨콧 씨와 로이 씨일 테니 두 분이 잠입을 맡아주십시오. 괜찮겠습니까?"

"흥. 어쩔 수 없지."

"저, 저는 괜찮습니다."

"저와 에반젤린 씨는 중간에서 대기하고 있다가 문제가 생기면 들어가겠습니다."

앨콧과 로이가 잠입. 그리고 탱커 역할인 스미스와 에반젤린이 중간에서 대기. 문제가 생길 경우 둘도 해적선 위로 올라가 크게 날뛸 생각이었다. 최상위권 랭커이자 탱커인 둘이라면 충분히 해적선 위에서도 버틸 수 있을 것이다.

"크로포드 씨는 가장 뒤에서 대기하고 계시다가……."

"알고 있어. 문제가 생길 경우 닥치는 대로 날려 버리면 되겠지."

화염술사인 크로포드의 화염 마법은 위력이 엄청났다. 그마법을 해적선들에게 닥치는 대로 날리면 밤에 엄청난 소란이 일어날 것이다.

"갈르두와 정면 승부는 힘들 겁니다. 무리해서 보스 몬스터를 잡을 생각은 하지 말고 맡은 일만 착실하게 해내도록 합시다."

스미스의 말에 모두가 고개를 끄덕였다. 각자 차이가 있긴 하지만 여기 있는 전원이 랭커. 죽으면 그만큼 페널티가 심각했다. 그런데도 이런 자리에 있다는 건 모두 죽지 않을 자신이 있어서가 분명했다. 어떤 방법이든 간에 이 자리에서 자기 목숨은 건져서 빠져나갈 자신!

에반젤린은 속으로 생각했다.

'맡은 일도 맡은 일이지만 덤터기 쓰지 않도록 조심해야지.'

갑자기 태현이 떠올랐다. 조금만 마음을 놓으면 바로 사람을 끝까지 착취해 먹는 악독한 인간! 어디를 가든 절대 손해보면서 살지는 않을 것 같은 인간. 지금 바로 필요한 건 태현같은 태도였다.

'여차하면 망설이지 말고 먼저 도망쳐야겠어.'

더 이상 호구처럼 살지 않을 거야! 에반젤린은 그렇게 다짐했다. 당한 건 당한 거지만 태현의 방식은 매우 배울 점이 많았다. 판온은 김태현처럼!

"좋습니다. 그러면 가봅시다!"

촤아악-

어두운 밤, 작은 조각배 다섯 척이 바다를 가르고 나아갔다. 고렙 목수 플레이어들이 엄선해서 만든 조각배. 크기는 작았지만 흑단나무와 고급 떡갈나무를 사용해 내구도는 엄청났고, 속도도 엄청나게 빨랐다. 몰래 잠입해서 구출해 오는 목적에 딱 맞는 배! 물론 이 배도 김 전무가 구입한 배였다.

-아니, 안 그래도 저희가 만든 자식 같은 배를 팔아서 가슴이 아팠는데, 기껏 또 만든 배를 다시 팔라니…… 으허헛!

졸지에 목수 플레이어들은 자본주의의 매콤한 맛을 2연속으로 맛봐야 했다.

CHAPTER 6

[<사라지는 소음> 스킬을 사용했습니다. 은밀도가 크게 증가합니다.]

"됐다. 들어가!"

크로포드가 마법을 사용하자 다른 사람들은 모두 고개를 끄덕였다. 계획은 아주 착착 진행되고 있었다. 뭘 모르는 사람들은 화려하게 펑펑 터지는 걸 좋아했지만, 뭘 좀 아는 랭커들은 조용하고 깔끔하게 끝내는 걸 좋아했다. 원래 퀘스트는 조용히 보상만 챙기는 게 제일!

크로포드가 배에 마법을 걸어서 은밀도를 올리고, 그 틈을 타 각자 배를 해적선 가까이에 붙인다. 갈르두 함대의 위치는 잡힌 사람들이 있어서 쉽게 알아낼 수 있었다.

"으아암. 이 주변에 우리한테 덤빌 놈이 누가 있다고 이렇게 경계를…… 컥!"

하품을 하며 보초를 서고 있던 해적은 갑작스러운 기습에 쓰러졌다. 은신 상태에서 기습한 덕분에 앨콧은 일격에 적을 쓰러뜨리는 데에 성공했다. 보고 있던 크로포드도 감탄할 정도의 완벽한 기습!

"누가 암살자 아니랄까 봐 저런 건 잘해요."

"쉿. 앨콧 씨 열심히 하시는데 들리겠습니다."

"걱정 마. 안 들려."

스미스는 또 싸움이 일어날까 봐 걱정되는 표정이었다.

"그리고 이건 칭찬이잖아."

"별로 칭찬 같지는……."

샤샤샥-

로이와 앨콧은 보초를 쓰러뜨린 뒤 재빨리 어둠 속을 헤쳐 해적선 안으로 들어갔다.

"여기인가?"

"여기 아닌 것 같은데요."

"젠장. 일일이 다 뒤져야 하나? 그놈들은 위치도 제대로 안 알려줘?"

"안에 갇혀 있어서 확인할 수가 없답니다."

앨콧은 짜증스러운 얼굴로 혀를 찼다. 아무리 랭커인 그라도 이렇게 수많은 함대 가운데에서 혼자 움직이는 건 긴장되는 일이었다. 태현처럼 매번 겁도 없이 혼자서 깽판 치는 놈이 이상한 것!

"다음 해적선으로 가자."

로이는 고개를 끄덕였다. 로이는 무의식적으로 앨콧의 지시를 따르고 있었다. 확실히 앨콧이 괜히 암살자 랭커로 불리는 게 아니었다. 나름 랭커인 로이가 봐도 앨콧의 실력은 대단했던 것이다.

단순히 레벨과 스킬만을 말하는 게 아니었다. 빠르게 현재 상황을 읽는 판단력, 그리고 그 판단을 바탕으로 어떻게 움직여야 할지를 결정짓는 결정력, 그걸 뒷받치는 행동력까지. 수백, 수천 명의 해적들이 있는 이 함대 가운데에서 과감 하게 움직일 수 있는 플레이어는 흔치 않았다.

'대단하다!'

로이는 앨콧의 뒤를 따르며 가슴 속 깊숙이 든든하다는 느낌을 받았다. 앨콧이라면, 정말로 자기가 말한 것처럼 김태현과도 승부가 되지 않을까?

'충분히 가능해!'

앨콧은 뒤에서 로이가 무슨 흉악한 상상을 하는지는 꿈에도 모르는 채 다음 해적선으로 들어갔다. 그리고 운이 좋았다. 해적들과 완전히 다른 복장. 플레이어가 확실했다.

"야. 야."

"……?"

"야!"

"으헉! 암살자다! 잘, 잘못했어요, 길마님! 죽이지만 마세요! 으헝헝! 아무리 제가 잘못했어도 그렇지 암살자까지 보내는 건 너무하잖아요!"

앨콧은 당황했다. 이 자식, 뭘 잘못 처먹었나 왜 헛소리지?

"닥쳐! 조용히 하라고."

"흐꾹. 흐꾹."

"구해주러 왔는데 무슨 헛소리야?"

"네? 구해주러 오셨다고요? 역시 길마님! 사실 믿고 있었습니다! 제가 방금 말한 건 제발 잊어주세요!"

"네 길마가 누군지는 모르겠는데 목소리 안 낮추면 당장 죽여 버린다."

앨콧의 살기 섞인 협박에 파워 워리어 길드원은 입을 조용히 다물었다.

"다른 놈들 깨워서 모두 탈출 준비시켜. 그리고…… 여기서 '유성수'란 양반이 누구야?"

"어? 그게 누구죠?"

"낚시하는 사람 있을 텐데?"

"아. 어르신이요. 안에 계십니다."

"그 사람 데리고 와."

다른 놈들은 몰라도 유 회장은 앨콧이 직접 데리고 갈 생각이었다. 김 전무의 의뢰가 애초에 그것이었으니까.

─다른 사람들은 몰라도 유성수 씨는 무조건 데리고 나와야 합니다! 무조건! 꼭! 반드시!

"뭐야? 무슨 일인가?"

"어르신! 구출대가 왔습니다."

"김 전무 그 사람 정말…… 일은 안 하고……."

"네?"

"아무것도 아니야. 어쨌든 구출대가 왔으니 가보도록 하지."

구출대가 기껏 구하러 왔는데 거절할 수는 없었다. 유 회장은 고개를 저으며 밖으로 나섰다. 그때.

파아아앗!

저 멀리 수평선에서 밝은 빛이 뿜어져 나오더니, 다가오는 해적선 한 척이 드러났다. 그리고 그 해적선 가장 앞에 서 있던 케인이 외쳤다.

"내가!!"

잠든 갈르두 함대를 모두 깨우는 우렁찬 고함 소리!

"바로!!"

-뭐야? 뭐야?!

-감히 어떤 놈이!

-전원 기상! 전투 준비!

차차차착-

무기를 들며 일어나는 해적 전사들. 그 모습에 앨콧과 로이는 서로 눈을 마주 보았다.

'×됐다! 대체 어떤 새끼가 모두 자는 이 밤중에 이 난리를……!'

"김태현이다!!"

-……김태현 백작?!

-죽여라! 발사! 발사!!

태현의 이름 효과는 대단했다. 갈르두 해적 함대에 이미 완전히 퍼져 있는 악명! 위대한 선장님을 속이고 도망친 태현을 발견한 부하 해적들은 눈에 불을 켰다.

퍼퍼퍼퍼펑! 콰콰쾅!

굉음과 함께 해적선에서 마법 대포가 발사되었다.

"내가 김태현이다! 내가 김태현이라고! 날 쏴봐라! 으아아······ 으아아아!"

케인은 마지막으로 외치고서 날아오는 포탄을 보고 기겁했다. 이제 도망칠 시간! 눈을 질끈 감고 스킬을 사용했다.

파앗!

다행히 아직 해적 마법사들이 마법을 쓰지 않아 도망을 칠 수 있었다. 그러나 앨콧과 로이는 그럴 수 없었다.

"××······."

"김태현······!"

둘은 이를 갈며 주변을 둘러보았다. 잠이 깨서 눈을 비비며 일어난 해적들이 다가오고 있었던 것이다.

"저거 뭐냐?"

"저거······ 침입자다!! 침입자! 정말로 침입자다!"

뿌우우우-

나팔과 함께, 갑작스러운 태현의 등장에 놀라워하던 해적들이 정신을 퍼뜩 차렸다. 이건 정말로 해적선 위에 침입자가 올라왔을 때 나오는 나팔 소리!

"아오, 진짜!!"

"저, 저기 도망칠 수 있는 겁니까?"

"몰라, 이 새끼들아!!"

앨콧은 거의 반쯤 울먹이며 해적들에게 덤벼들었다. 대체 그가 무슨 잘못을 했길래? 다른 랭커 놈들과 달리 그는 태현에게 거의 적대한 적이 없었다. 공격해야 할 때면 혹시 원한을 살까 봐 시늉만 내고 그랬는데 대체 왜!

'혹시 그때, 길드 동맹 랭커들이 쫓았을 때 꼈다고 보복하는 건가?! 아니, 그건 진짜 심하잖아! 털끝 하나 안 건드렸는데!!'

촤촥! 촤촤촤촥!

-암살자의 신조, 암살자의 눈, 어둠의 도래, 핏빛 시간!

앨콧은 각종 스킬들을 사용한 다음 해적들 사이로 뛰어들었다. 망설이면 죽는다! 앨콧의 방어력과 HP는 다른 직업에 비해 현저히 낮았다. 폭발적인 대미지와 은신 스킬을 위해 얻은 페널티였다.

퍼퍼퍼퍼퍽!

붉은 선이 허공에 그려지자 스킬 이펙트가 화려하게 피어났다. 앨콧은 그가 어째서 랭커로 불리는지 확실히 보여줬다.

"크악!"

"으아악!"

"해적들을 더 불러! 저놈 보통 놈이 아니다!"

[갈르두 해적단이 당신을 위험인물로 지정했습니다! 빨리 탈출하지 않으면 점점 더 많은 해적들이 몰려올 겁니다.]

'젠장, 젠장, 젠장!'

버프 스킬들은 벌써 끝나가고, 스킬 쿨타임은 아직 돌아오지도 않았는데, 벌써 다른 해적선에서 붙은 해적들이 우르르 몰려오고 있었다.

"야! 너희들도 도와!"

앨콧은 다급하게 파워 워리어 길드원들을 불렀다. 그러나 파워 워리어 길드원들은 아랑곳하지 않고 바닥에 납죽 엎드렸다.

"저희는 이 사람들 몰라요!"

"……이 ×××들이!"

다행히도 여기에는 파워 워리어 길드원들만 있는 게 아니었다.

부-우-웅- 콰아아아아아앙!

엄청난 폭발! 해적선이 옆으로 크게 흔들렸다. 크로포드가 날린 화염 마법 덕분이었다.

"망했다! 빠져나와!"

크로포드는 가장 먼저 배를 출발시켰다. 가장 뒤에 있었던 그였기에 가능한 선택이었다. 그걸 깨달은 앨콧이 욕설을 퍼부었다.

"혼자 튀냐?! 이 의리 없는 새끼!"

"그럼 여기서 같이 죽으리? 걱정 마라! 마법은 써줄 테니까!"

상황이 꼬였을 때부터 크로포드는 도주로를 생각하고 있었다. 김 전무의 임무 때문에 목숨을 걸 생각은 조금도 없었던 것이다. 다행히 양심이 없지는 않은지, 배를 타고 빠르게 뒤로 도망치면서도 마법은 계속해서 써주었다.

꿀꺽, 꿀꺽-

[최상급 마나 회복 포션을 사용했습니다! 잠깐 마나 멀미 상태에 빠집니다.]

-아다드의 지옥 화염 작렬!

마계의 악마가 사용한다는 강력한 비전 화염 마법! 한 방 날아갈 때마다 해적선 하나가 뒤집힐 정도로 흔들렸다. 직업 중에 가장 파괴력 있는 스킬을 자랑하는 마법사답게, 크로포드는 혼자서 엄청난 소란을 만들어내고 있었다.

그 틈을 타 스미스와 에반젤린이 올라왔다.

"도와드리겠습니다."

"너, 너희……!"

앨콧은 울컥했다. 평소에는 잘난 척하고 착한 척하는 재수 없는 새끼라고 생각했는데 이런 의리가 있었다니!

"내가 널 잘못 봤어! 그냥 재수 없는 놈인 줄 알았는데!"

"그냥 두고 갈까요?"

"아, 아니. 그럴 수는 없습니다."

에반젤린의 말에 스미스는 고개를 흔들며 정신을 차렸다. 앨콧은 당황해서 변명했다.

"아냐! 칭찬한 거라고!"

"그게 칭찬이면 욕은 대체 뭘 어떻게 할지 좀 궁금한데……
어쨌든 싸우기나 하죠."

에반젤린은 말과 함께 핏빛 대검을 꺼내 휘둘렀다. 거대한 스킬 이펙트와 함께 올라오려던 해적들이 날아가 바다에 떨어졌다.

풍덩!

"이야. 의리 있고 좋네! 파이팅!"

랭커 넷이 올라가자 어그로는 완전히 그들에게 쏠렸다. 주변 해적선들은 모두 그들이 올라간 배에 붙여졌고, 잠에서 깬 해적 전사들은 고함을 지르며 타고 올라갔다.

덕분에 신이 난 건 크로포드! 편하게 마법을 난사하며 점점 거리를 벌릴 수 있었다.

"저 새끼……."

"크로포드 씨 욕은 나중에 하고 지금은 우리 일에 집중합시다.
〈진정한 태양의 시간〉!"

파아아앗!

스미스 주변이 미친듯이 환하게 밝아졌다. 그리고 자리에 있던 사람들에게 버프가 들어갔다. 깎여 나갔던 HP, MP, 스킬 쿨타임이 돌아오는 걸 보자 앨콧은 안도의 한숨을 내쉬었다. 역시 전설 직업이 좋기는 좋구나!

"야, 버프는 좋은데 너무 밝은 거 아냐?! 이쪽으로 공격 모이잖아!"

어두운 밤중에 혼자 반짝반짝 빛나는 스미스 주변은 너무 잘 보였다. 실제로 다른 해적선의 해적들이 우르르 활을 꺼내기 시작했던 것이다.

"걱정 마십시오. 〈완전한 태양의 결계〉!"

파앗!

스미스 주변으로 쳐지는 거대한 반구(半球) 형태의 결계! 그 위로 들어오는 공격과 해적들의 침입은 전부 다 튕겨 나갔다. 그걸 본 앨콧은 속으로 생각했다.

'이런 더러운 성기사 새끼들……'

같은 팀이지만 이런 사기적인 방어 스킬을 볼 때마다 치가 떨렸다. 이런 건 반칙이잖아! 물론 이런 스킬들은 대부분 시간이 짧긴 했지만…….

그리고 스미스 덕분에 크로포드는 피를 보게 됐다.

저놈을 못 건드린다면 일단 다른 놈부터 치자!

배 위에서 무슨 상황이 벌어졌는지 모르고 있던 크로포드는 갑작스럽게 달라진 분위기에 움찔했다. 왜 조용해졌지?

"잠깐, 설마……."

급하게 쓰려던 마법을 취소하고 방어 마법을 시전하려고 했지만, 이미 늦었다.

콰콰콰콰콰쾅!

해적선들이 얄밉던 마법사에게 마법 대포 포격을 퍼부은 것이다.

"으아아아아아앗!"

[엄청난 충격이 당신을 덮칩니다! 배가 완전히 박살 납니다!]

크로포드는 비명과 함께 허공으로 떠올랐다.

[<마력 대체술>로 HP 대신 MP가 깎입니다. <짙은 녹색 바람의 가호>가 발동됩니다. HP가 완전히 회복됩니다!]

평소에 켜고 있던 스킬들과, 차고 있던 장신구의 보호 스킬로 목숨은 건졌다. 그렇지만 배가 완전히 날아간 게 뼈아팠다.
'탈것을 꺼내면…… 아니, 그냥 순간이동하자. 괜히 또 공격 날아올라.'

-귀환지점으로 공간이동!

[현재 이 근처에서 공간이동을 쓸 수 없습니다! 강력한 마력의 흐름이 마법을 방해합니다!]

'아차!!'
크로포드는 안색이 창백해졌다. 다른 랭커들이 시간을 끌어준 덕분에 너무 여유를 부렸던 것이다. 갈르두 함대는 마법을 방해할 능력이 충분히 있었는데!

'빌어먹을, 일단…….'

크로포드는 체력과 지구력 증가 마법을 걸었다. 전문은 아니지만 지금은 뭐라도 걸어야 했다. 그리고서는 포션까지 마셨다. 그런 다음에는…… 헤엄치기 시작했다.

첨벙첨벙!

지금 상황에서는 헤엄이 답. 일단 마법 방해 구역만 벗어나면 공간이동 스크롤로 도망칠 수 있었다.

"크로포드 놈 쌤통이다!"

"지금 우리, 마법 지원해 줄 마법사 사라졌거든?"

에반젤린은 어이가 없다는 듯이 말했다. 하도 어이가 없어서 이제까지 계속해 오던 존댓말도 어디로 사라진 상황! 위급한 상황이 되면 사람의 본색이 나왔다. 에반젤린도 마찬가지였다.

"아, 아니. 그건 아는데 너무 재수 없었잖아……."

"그건 그렇기는 해."

"여러분. 10초 후면 스킬이 끝나는데…… 준비는 다 되셨습니까?"

스미스는 긴장되는 얼굴로 물었다. 그도 이 상황은 긴장되는 것이었다. 로이는 유 회장을 보며 강하게 말했다.

"어르신. 어르신은 저희랑 함께 가서야 합니다!"

"그냥 여기 있으면 안 되나? 여기가 더 안전해 보이는데……."

"아닙니다! 저희가 꼭 지켜 드리겠습니다! 십억을, 아니, 어르신을 포기할 수는 없습니다!"

"방금 뭐라고 했나?"

"잘못 들으신 겁니다!"

"김 전무 이 인간이 정말······!"

자기가 현질한 건 잊고서 김 전무의 현질은 한심하게 쳐다보는 유 회장이었다.

"잘했어, 케인!"

"역시 케인이야!"

"케인 님 대단합니다!"

"······나 이제 너희들 칭찬이 좀 무서운데."

케인도 슬슬 일행의 칭찬이 별로 좋지 않다는 걸 깨달았다. 약간 실험용 쥐나, 도살장으로 끌려가는 소한테 마지막으로 보내주는 칭찬 같은 느낌!

"아니, 왜 그래? 잘했잖아! 무사하게 잘 나왔네!"

"스킬 1초만 늦게 썼어도 죽었을 거라고!"

투덜대는 케인과 달리, 태현은 저 멀리 수평선을 〈괴물의 천리안〉 스킬을 사용해보고 있었다.

"왜 그러세요?"

"케인은 도망쳐 나왔는데 저기는 왜 저렇게 난리가 났지?"

마법 폭발에, 해적선들은 배 하나를 둘러싸고 포위하고······. 꼭 누군가 다른 이들도 갈르두 함대에 침입한 것 같은 모습이었다.

"아, 맞다. 구출대."

태현은 그제야 구출대를 떠올렸다. 설마 게네들도 오늘 구출하려고 왔나?

"이런…… 미안하게 됐군."

태현의 말을 들었으면 뒷목 잡을 사람이 여럿 있었지만, 다행히 그 사람들은 모두 정신없이 바빴다.

"10초 후면 스킬 끝난다. 바로 포위망 뚫고 달려서 탈출선으로 달려간 다음, 각자 전속력으로 탈출하는 거야!"

"어르신은 누가 모시고 가지?"

"스미스가 모셔. 아무래도 여기서 스미스가 가장 버프 스킬이랑 방어 스킬이 많을 테니까."

앨콧은 은근슬쩍 스미스에게 떠넘겼다. 실제로 스미스가 방어에 관해서는 여기서 가장 뛰어나기도 했지만, 사실 유 회장이란 짐 덩어리를 들고 도망치고 싶지 않아서기도 했다. 어차피 성공하면 보상은 다 똑같이 받는데, 괜히 더 힘들게 갈 필요 있나!

"그러면 제가 하겠습니다."

스미스는 상큼하게 웃으며 고개를 끄덕였다. 앨콧은 속으로 생각했다.

'얘는 어떻게 최상위권 랭커지? 이렇게 순진한 놈이⋯⋯.'

"어⋯⋯ 여러분?"

"왜 그래?"

로이가 떨리는 목소리로 말을 꺼냈다.

"탈출선이 모두 박살 났는데요⋯⋯."

크로포드가 마법 난사를 하고, 해적들도 마법 대포를 쾅쾅 써댄 덕분에 박살 난 탈출선! 아무리 튼튼하게 만들었어도 몇 번 직격당하면 버틸 수가 없었다. 나름 침착하려고 애쓰던 앨콧이었지만 기겁할 수밖에 없었다.

"탈, 탈것. 탈것 꺼내면⋯⋯."

"안 됩니다. 탈것 꺼내봤자 격추당할 겁니다. 탈것을 탄 상태에서는 방어를 제대로 할 수 없습니다!"

다행히 스미스는 아직 정신줄을 붙잡고 있었다. 타고 온 소형선이라면 모를까, 탈것에 탄 상태에서 날아오는 공격을 막으며 도망치는 건 무리였다. 내구도도 그렇고 스킬 쓰는 난이도 자체가 다른 것이다.

"그러면 어떻게 해!"

"⋯⋯배를 뺏자!"

에반젤린의 의견에 모두가 깜짝 놀랐다.

"이 배를 뺏어서 도망치면 되잖아!"

"그게 뭔 미친 소리⋯⋯ 잠깐, 그럴듯한데?"

앨콧은 솔깃했다. 평소라면 '그게 말이 되냐'라고 욕했겠지만, 지금 같은 상황에 처하자 솔깃하게 들렸다.

"잠깐만요. 배를 어떻게 몹니까? 저는 항해 스킬이 없습니다."

"나도 없는데."

"저도……"

랭커들은 무의식적으로 고개를 돌렸다. 바닥에 여전히 엎드려 있는 파워 워리어 길드원들이 보였다.

"야, 일어나!"

"힉! 살려주세요!"

"배 몰아, 이 자식들아! 안 몰면 여기서 던져 버린다! 몰아!"

와아아아아!

"결계가 풀렸다! 들어가!"

파파파팍!

화살이 날아오고 온갖 투척 무기가 날아왔다. 스미스와 에반젤린은 이를 악물고 앞으로 나섰다. 이런 시간에 버티는 것이야말로 탱커의 역할!

-중급 고대 박쥐 소환!

가라!

에반젤린은 박쥐 떼를 불러내 근처에 있는 해적들에게 닥치는 대로 뿌려댔다. 공격보다는 시간을 끌기 위해서였다.

"에반젤린 씨! 힐해 드리겠습니다!"

"나 뱀파이어거든!"

"아, 아차!"

워낙 긴박한 상황이라 스미스도 실수를 하고 있었다. 그렇게 둘이 시간을 버는 사이 앨콧과 로이는 파워 워리어 길드원들을 협박해서 배의 조타륜을 잡게 했다.

"몰아! 몰라고!"

"으아아아! 그냥 포로로 남고 싶었는데!"

"닥치고 몰아, 좀! 아오!"

안 그래도 짜증 나 죽겠는데 성질을 긁는 파워 워리어 길드원들. 앨콧은 욕설을 퍼부으며 그들을 재촉했다.

끼이이익-

"저놈들 도망치려고 한다!"

"잡아라! 배를 붙여!"

해적들도 눈치를 챘는지 고함을 질러댔다. 그 순간 최민수가 앞으로 달려가 무언가를 집어 던졌다.

콰아아아아아앙!

"뭐야?!"

"당신 이런 능력도 있었어?!"

"아, 아니. 저번에 〈절망과 슬픔의 골짜기〉 갔을 때 대장장이들한테 받아 놓은 폭탄인데……."

생각지도 못한 최민수의 활약. 그 활약에 다른 길드원들은 감탄을…… 하지 않았다.

"아니, 이런 미친 인간 같으니!"

"그걸 들고 다녔다고? 미쳤어?! 배 날아가면 어쩌려고!"

바로 쏟아지는 욕설!

"안 터졌잖아!"

"운 좋아서 안 터진 거지 터졌으면 우리까지 같이 훅 갔잖아! 미친 거 아냐?!"

이제까지의 구박과는 비교도 할 수 없을 정도의 원망이었다. 앨콧과 로이가 당황해서 말릴 정도!

"진정해! 이 자식들아! 안 터졌잖아!"

"그걸 말이라고 하냐!"

"죽을래?"

"죄송합니다! 제가 잠깐 미쳤었나 봅니다!"

앨콧이 무기를 들자 바로 되는 분노 조절! 앨콧은 다른 길드원들을 조용히 만들고 말했다.

"그 폭탄 있으면 더 꺼내! 어서!"

"안 돼! 그거 잘못 터지면 우리까지 간다고!"

"그놈들 폭탄 쓰면 안 돼!"

파워 워리어 길드원들은 발악했다. 그들은 최민수한테 폭탄을 건네준 대장장이들이 어떤 놈들인지 잘 알았다.

-하하. 여러분 요즘 힘드시죠? 맨날 밥만 먹고 게임만 하는 인간들이 레벨 높다고 시비 걸고. 그렇다고 같이 레벨 올리고 스킬 올려서 싸우기는 귀찮고.

-헉! 어떻게 내 마음을?!

-그런 당신에게 딱 어울리는! 노력 따위는 안 해도 고렙 플레이

어들을 한 방에 보내 버릴 수 있는 요즘 핫 아이템!

–그게 뭐지!? 그게 뭔데!?

–바로 폭탄입니다!

–어…… 그거…… 기계공학 아이템 아냐? 기계공학은 실패랑 오작동 확률 높아서 갖고 가지다가 터진다고 하던데…….

–에헤이. 그거 다 헛소문입니다. 지금 여기가 태현 님 영지잖습니까. 태현 님이 쓰는 폭탄이 오작동하는 거 봤어요, 못 봤어요?

–근데 그건 김태현이니까 그런 거 아닌가…….

–일단 한 번 써봐! 공짜야, 공짜! 지금 받아 가면 1+9이라니까!

–어? 공짜? 그러면 한번 써볼까?

공짜라면 뭐든지 받고 보는 파워 워리어 길드원들. 그들은 희생양이었다. 사악한 기계공학 대장장이들의 희생양!

–음. 저 정도에서 터졌나. 이번 폭탄은 실패작이군.

–안타까운 희생이지만 어쩔 수 없는 희생이지.

–야, 이 개자식들아!!

–죄송합니다. 사과의 의미로 골드를…….

–……흠흠. 이번만은 넘어가 준다!

대장장이들이 챙겨놓은 골드 덕분에 어떻게든 일은 마무리되었지만, 그 뒤로 폭탄을 받아 가는 길드원은 없었다.

어지간히 다급한 파워 워리어 길드원이 아니라면!

그리고 최민수는 그 소수에 속했다.

"최민수! 지금 당장 멈춰! 이제까지 우리가 했던 말들은 취소해 줄 테니까 당장 멈추라고!"

"최민수 씨! 멈추세요! 안 멈추면 앞으로 뒤에 '발' 자 붙여서 부를 거야, 이 개자식아!"

최민수가 가방에서 우르르 폭탄 아이템들을 꺼내는 걸 본 길드원들은 기겁했다. 저게 터지면 어떻게 될지, 그들은 직접 몸으로 체험해 본 사람들이었다.

최민수는 맛이 간 눈동자로 외쳤다.

"시끄러, 이것들아! 뭐라도 해야 할 거 아냐!"

"그냥 자살을 해, 차라리!"

"자살을 하면 아이템 내구도나 멀쩡하지! 폭탄에 휘말리면 아이템도 박살 난다고! 우리는 사망 페널티보다 아이템이 더 중요한 거 몰라?!"

"시끄럽다! 에잇!"

최민수는 폭탄 아이템 설명도 읽지 않고 닥치는 대로 던졌다. 어차피 설명서 읽어봤자 '실패 확률 50%!' 이딴 거만 쓰여 있을 텐데!

쾅! 콰콰쾅! 콰콰콰콰쾅!

효과는 매우 뛰어났다. 앞에 있던 해적선 하나가 그대로 반파되며 길을 드러내 준 것이다.

"우와아아! 살았어! 살았다고!"

"안, 안 터졌다! 진짜 안 터졌다!

"……내가 왜 이런 놈들하고 같이 다녔던 거지?"

유 회장은 광기에 찬 파워 워리어 길드원들을 보고 질린 표정을 지었다. 최민수는 기뻐하며 외쳤다.

"흑흑! 아키서스 신전에 꼬박꼬박 골드바치고 축복받았던 보람이 있어! 봐라! 안 터지잖나!"

"골드를 바쳤다고?"

"미친 거 아냐?"

길드원들은 방금보다 더 큰 충격을 받았다. 신전에 골드를 바친다니. 파워 워리어 길드에서는 믿을 수 없는 일이었다.

"너희들이 그러니까 패배자인 거지! 난 크게 놀 거라고! 크게 놀려면 크게 투자를 해야지! 자! 간다!"

"그, 그만 던져! 길 만들어졌어!"

길드원들은 우르르 달려가 최민수를 붙잡았다. 그사이 그들이 타고 있던 해적선은 삐걱거리며 출발하기 시작했다.

"됐다! 출발했어!"

"조금만 더 버티면 될 거 같아!"

스미스는 각종 스킬들을 연달아 쓰며 해적들이 올라오지 못하도록 버텼다.

'점점 레벨이 높아지고 있다!'

처음에 싸운 해적 전사들은 레벨 100 초중반인 느낌이었는데, 지금은 100 중후반인 느낌이었다.

이대로 계속 있다가는 정말 위험할 수도 있는 상황!

"속도가 너무 느려! 어떻게 좀 늘려봐!"

"내려가서 노 저을까요?"

"그게 픽이나 먹히겠다!"

"좋은 생각이 있어!"

"뭔데?"

"배 뒤에 폭탄을 던지면 반작용으로……."

"저 미친놈 붙잡아!! 저거 진짜 대체 왜 이래!"

"최민수 씨ㅂ…… 아니, 최 씨! 정신을 차려 제발!"

여기서 기계공학의 무서움을 아는 건 파워 워리어 길드원들 밖에 없었다. 다른 랭커들은 '기계공학? 그거 김태현이 직접 써야 그나마 무서운 거 아닌가? 다른 놈들은 써봤자 별거 아니 던데. 그냥 쓰레기 스킬 아님?' 정도의 인식이었다.

물론 가브리엘이 한때 자폭 테러로 판온을 시끄럽게 만들었 지만, 거기에 당한 플레이어는 전체 인원에 비교했을 때 소수 에 불과했다. 앨콧도 당연히 왜 저렇게 난리인가 싶었다.

"어차피 김태현이 만든 것도 아닌데 왜 그래! 그냥 던지라고!"

"김태현 님이 만든 게 아니니까 이러죠!!"

기계공학 스킬은 스킬 레벨 낮은 놈이 더 무서웠다. 무슨 부 작용이 일어날지 모르는 것이다.

"간드아!"

최민수는 광기에 찬 목소리와 함께 폭탄을 배 뒤로 집어 던 졌다.

[파열의 소리 폭탄을 사용했습니다.]

[엄청난 충격파가 만들어집니다!]

"그러췌!"

최민수는 회열에 찬 목소리로 주먹을 불끈 쥐었다. 이 어마
어마한 기계공학 스킬 활용! 마치 스스로가 김태현이 된 기분
이었다.

파아아앗!

덕분에 배는 빠르게 앞으로 추진력을 받았다.

"정, 정말 되는 건가?!"

"이게 말이……."

"사실 기계공학 스킬은 좋았던 거 아닐까?"

"이런 상황이라고 개소리는 하지 말자 친구야!"

혼란에 빠진 길드원들! 그러거나 말거나 랭커들은 상황을
정리하느라 바빴다.

"마법 대포! 마법 대포 견제해!"

"어떻게?!"

"올라가서 견제하고 와!"

"아니, 씨……."

앨콧은 욕설을 퍼부었지만 등 떠밀려서 움직일 수밖에 없었다.

타다닥!

탱커 스킬을 켜서 날아오는 포탄을 방어할 수 있는 스미스
와 에반젤린과 달리, 앨콧과 로이는 직접 다른 배 위로 올라가
서 마법 대포를 잡은 해적을 공격해야 했다.

'잠깐, 내가 왜 이러고 있지?'

원래는 불리하면 튀려고 했는데 어쩌다 보니 손해 보는 역할을 맡고 있는 상황!

"우, 우리 튀어야 하지 않을까?"

케인은 불안하다는 듯이 물었다. 그러나 태현은 고개를 저었다.

"아직은 안전해. 들키지도 않았고."

생각보다 구출대가 강했는지 아직까지도 잘 버티고 있었다. 덕분에 갈르두 함대의 시선은 모두 다 그들에게 집중된 상황! 게다가 그들의 위치는 절묘한 위치였다. 거리도 거리였지만 작은 섬 하나를 끼고 있어 어지간해서는 먼저 발견되지 않을 것이다.

"음…… 어르신 구하는 건 돕고 싶긴 한데."

"……!"

"왜 그렇게 놀라?"

"아, 아니…… 너무 놀라워서……."

"그야 케인이 가서 내 이름 외치고 왔으니 지금 어르신도 나 때문에 일이 틀어졌다는 건 알고 있을 거 아니야. 뒤끝이 장난 아닐 거라고."

이미 뒤끝은 유성 게임단에 이세연을 영입한 것으로 제대로 보여주고 있었지만, 태현은 아직 몰랐다. 이다비 건으로 신세 진 게 있으니 갚을 수 있다면 갚으려는 게 사람 마음!

물론 다른 사람들에게는 믿기지 않는 반응이었다.

"김, 김태현 맞지?"

"시끄럽고. 어떻게 도와줄 수 있을지나 생각해 봐."

"……방법이 있나? 저기 직접 가서 데리고 나오는 거 말고는……."

"그랬다가는 바로 죽을 것 같은데."

"애초에 구출대 분들이 생각보다 더 뛰어난 분들 같은데, 알아서 잘 탈출할 수도 있지 않을까요?"

"그러면 좋긴 하겠는데…… 어?"

"왜 그래?"

"어디서 본 것 같은 얼굴들이…… 잘못 봤나?"

"대포가 안 날아오는데요?"

"어? 진짜?"

에반젤린은 당황했다. 해적들이 바로 대포 세례를 날릴 줄 알았는데? 아무리 앨콧과 로이가 넘어가서 견제를 한다고 해도 이 수많은 배들이 다 발사를 못 할 거라고는 생각하지 않았다.

유 회장이 한심하다는 듯이 말했다.

"그야 자기네들 배니까 다시 뺏으려는 거겠지. 쏘면 배가 부서지잖나."

"아……!"

"그런……!!"

"그러면 지금 저 두 사람은 괜히 넘어간 거 아닙니까?"

"……음. 알아서 나오겠지. 가자!"

에반젤린은 더 이상 고민하지 않기로 했다. 태현의 못된 점만 쏙쏙 배워먹은 그녀! 그걸 본 길드원들은 수군거렸다.

"저 사람, 김태현 님 친구였지?"

"역시 친구는 닮는다고……."

그러는 사이 앨콧과 로이는 간신히 귀환에 성공했다. 둘 다 HP가 10% 미만으로 내려갈 정도로 치열한 사투였던 것!

앨콧은 진땀을 흘리며 외쳤다.

"봤냐! 대포 막은 거!"

"어…… 어! 대단했어!"

"대단했습니다, 앨콧 씨!"

파워 워리어 길드원들은 차마 마주 보지 못하고 고개를 숙였다. 그걸 눈치 못 채고 기뻐하던 앨콧은 뭔가 이상하다는 걸 느꼈다. 대포가 왜 안 날아오지?

"어? 왜 발사를 안 해?"

"그게……."

상황 설명을 들은 앨콧. 얼굴이 붉은색으로 변했다.

"야!!"

"너도 못 떠올려 놓고 뭘!"

그 사이 배는 점점 속력을 올려 거리를 벌리기 시작했다. 백병전을 위해 다다다닥 붙어 있던 해적선들은 방향을 돌리다가 자기들끼리 부딪히고, 반파된 해적선에 막혀 좌충우돌했다. 그들에게는 천금 같은 시간!

"야, 태워줘!"

"……저 자식 저거!"

그 사이 헤엄쳐서 거리를 벌리고 있던 크로포드도 재빨리 배에 올라탔다. 앨콧은 이를 갈았지만 스미스가 지금 싸울 시간 없다고 말렸다.

끼이이익-

"잠깐. 이거 무슨 소리냐?"

"대포 소리 같은데?"

"무슨 소리야. 이거 자기네들 배인데 안 쏘겠지."

앨콧은 방금 들은 말을 당당하게 다시 크로포드에게 말했다. 그럴듯한 말에 크로포드는 '오, 대단한데?' 하는 표정으로 앨콧을 쳐다보았다. 그 한심한 모습에 유 회장은 한숨을 푹 쉬며 설명했다.

"이 친구들아…… 그건 배를 찾을 수 있을 때 이야기고, 배를 못 찾겠다 싶으면 어떻게 하겠나?"

유 회장의 말대로였다. 갈르두 함대는 배를 되찾지 못할 거라는 걸 깨닫자 명령을 내렸다.

"침몰시켜 버려!"

수십 척이 넘는 배가 한 척을 노리는 섬뜩함!

"스미스! 뭐 스킬 없어?!"

"완전히 막을 수는 없습니다!"

"……배를 버리고 바다에 뛰어들자!"

"뭐?! 왜 그래야 하는데?!"

앨콧은 말도 안 된다는 듯이 반문했다. 그냥 배를 타고 속력을 올려서 피하거나 막는 게 낫지 않겠는가!

"어차피 여기 있어봤자 다 막거나 피하는 건 무리야! 저 숫자를 봐!"

"그렇다고 배에서 내리는 건 미친 짓이지! 여기가 어딘데! 헤엄쳐서 육지까지 못 가! 그전에 지구력이 바닥나서 익사할걸?!"

"육지까지 안 가더라도 적당한 섬에 올라가서 버티고, 다시 헤엄치면 돼! 탈것도 있잖아!"

"내리고 싶으면 너나 내려! 나는 안 내릴……."

콰아아아아아아아앙!

그 순간 엄청난 굉음이 배 뒤에서 터져 나왔다. 배 뒤편이 통째로 날아가는 거대한 폭발! 그 와중에도 균형을 잡는 데 성공한 스미스는 당황한 목소리로 외쳤다.

"포탄은 안 날아왔습니다!"

파워 워리어 길드원들은 깊은 한숨을 내쉬며 말했다. 그들은 방금 일어난 폭발을 두 눈으로 봤던 것이다.

"최민수 씨 로그아웃 당했습니다……."

"자폭으로……."

폭발이 일어난 건 해적들의 공격이 아닌, 최민수가 꺼낸 폭탄 아이템의 오작동 때문이었다.

"넌 그러면 배에 있어. 난 내릴 거니까!"

에반젤린은 미련도 갖지 않고 재빨리 뛰어내렸다.

첨벙!

"……나도 간다!"

하나둘씩, 남은 플레이어들은 재빨리 배를 버렸다. 결과적으로 그 선택은 옳은 선택이었다. 바다로 뛰어들자마자 배를 향해 수십 개가 넘는 포격이 날아왔던 것이다. 어마어마한 정확도였다.

"쫓아오면 어쩌지?"

"그때 생각하자!"

그러나 갈르두 함대는 쫓아오지 않았다.

-어떻게 할까요, 갈르두 님. 쫓아서 사로잡을까요?

-아니, 됐다. 하찮은 김태현 백작…… 발악을 하는군. 어디 한 번 더 발악해 봐라!

이번 구출대 습격도 태현이 보낸 것이라고 오해한 갈르두!

괜히 구출대를 쫓아가서 함정에 걸릴 이유가 없다고 판단을 내린 것이다. 물론 함정 같은 건 없었다.

-그래 봤자 네 멸망은 변하지 않는다. 여기 우르크의 해적들을 모두 모아서 네 영지를 불태울 것이다!

덕분에 구출대 일행은 무사히 헤엄을 쳐서 벗어날 수 있었다. 사실 태현만 아니었으면 조용히 구출하는 데 성공했을 테지만!

"안 움직이는데? 흠. 추격할 가치도 없다고 생각했나?"

"진짜? 진짜 안 오는 거 맞지? 함정 아니지?"

케인은 불안하다는 듯이 몇 번을 물었지만 태현은 고개를 끄덕였다.

"그래. 그리고 배를 저쪽으로 가져다 대자."

"그건 왜?"

"구출대 애들이 배를 날려 먹었거든. 그보다 뭘 했길래 대포 공격 맞기도 전에 배가 날아갔지? 마법 잘못 썼나?"

"그런 놈이 있다면 진짜 한심한 놈이네."

최상윤은 마법사를 비웃었다. 마법 시전에 실패해서 배를 날려 먹다니. <이번 주의 가장 웃긴 판온 순간들>에 탑으로 나올 만한 장면이었다.

촤아악-

배가 조용히 밤의 어둠을 가르고 이동하자, 멀리서 말다툼을 하며 헤엄치고 있던 구출대 플레이어들은 깜짝 놀랐다.

"배잖아?!"

"여기에 왜 배가 있어? 갈르두 함대 아니야?"

"한 척밖에 없는데? 힘으로 뺏으면 돼!"

"갈르두 배는 아닌 것 같은데……."

불쑥!

그렇게 떠드는 사이 배 위에서 익숙한 얼굴 하나가 나왔다. 태현이었다.

"모두들 안녕?"

"태현 씨. 안녕하십니까!"

"오! 안녕."

순진무구하게 인사해 주는 건 스미스밖에 없었다.

"너 때문에…… 꿍얼꿍얼……."

"아니, 내가 알고 했겠나~"

투덜거리는 에반젤린. 물론 태현은 눈 하나 깜박이지 않았다. 에반젤린도 말해봤자 의미가 없다는 걸 알기에 더 이상 불평하지 않았다. 그리고 앨콧은…….

"너 때문에…….

"나 때문에 뭐?"

태현이 빤히 쳐다보자 앨콧은 하려던 말을 차마 하지 못했다.

"……스릴 있고 좋았다고!"

"그게? 너 좀 이상한 거 아니냐?"

'이런 개××가…….'

앨콧은 속으로 욕설을 퍼부었다. 크로포드가 그걸 보고 떠올랐다는 듯이 말했다.

"야, 너. 김태현 만나면 일대일 뜬다고 하지 않았나?"

"쉿, 쉿! 닥쳐! 닥쳐!"

"뭐야. 겁먹은 건가?"

"아, 아니거든?! 이렇게 구해줬는데 은혜를 원수로 갚을 수는 없어서 그런 거거든!"

크로포드는 수상하다는 듯이 쳐다보았다. 헛소문이라고 생각했는데 이렇게 반응하는 거 보니…….

'이놈 정말 김태현 무서워하는 거 아냐?'

로이는 당황한 표정으로 앨콧을 쳐다보았다. 그가 나름 이번 일에서 롤모델로 존경하고 있던 앨콧의 이미지가 부서지고 있었다. 그러는 와중, 태현은 유 회장을 보며 반갑게 외쳤다.

"어르신! 제가 구하러 왔습니다!"

"……정말로?"

"아니, 제가 어르신 구하려는 게 아니라면 이 오지까지 왜 왔겠습니까?"

"네놈 아니면 그냥 조용히 잘 나왔을 것 같은데……."

"그건 어쩔 수 없는 계산 착오였고, 원래 제 계획대로였다면 훨씬 더 편하게 갈 수 있으셨을 겁니다."

"네놈 이름을 야밤중에 고래고래 소리 지르는 계획이?"

"성동격서 모르십니까? 그렇게 주의를 끌고 탈출시키려는 거였다고요."

입에 침도 안 바르고 하는 그럴듯한 거짓말! 다른 랭커들은 '어라? 그런 거였나?' 하고 넘어가고 있었지만 유 회장과 에반젤린은 의심을 풀지 않았다.

김태현이 그렇게 착한 놈이 아니다!

태현은 답답하다는 듯이 가슴을 치며 말했다.

"아니, 어르신 실망입니다. 절 이렇게 못 믿으시다니! 제가 저번에 신세 진 것 있잖습니까. 그거 때문에 이렇게 도와드리러 왔는데."

"흥. 신세 진 놈이 다른 게임단을 차려?"

"네?"

"아, 아무것도 아니다."

"보십쇼. 이 오토바이! 제가 어르신께 감사한 마음이 없었다면 이걸 왜 만들었겠습니까!"

유 회장의 눈이 커다랗게 변했다. 이, 이건?! 강철 같던 유 회장의 의지도 입꼬리가 슬며시 올라가는 것은 멈출 수 없었다. 태현과 이다비는 그것을 똑똑히 볼 수 있었다.

"어떠십니까?"

"크…… 크흠! 뭘 이런 걸 다…… 별로 생각도 없었는데……."

마음에도 없는 말을 하는 유 회장. 물론 태현이 그런 말을 한다고 친절하게 받아줄 사람이 아니었다.

"네? 그러면 다른 사람한테 드려야……."

"야! 이놈아!"

바로 튀어나오는 속마음! 태현은 그럴 줄 알았다는 듯이 웃었다. 속마음을 들킨 유 회장은 얼굴을 붉힌 채 얌전히 받았다.

"크흐음…… 잘 쓰마."

"어르신은 정말…… 저희 아버지랑 잘 어울리십니다."

"그게 무슨 뜻이야?!"

뭔가 놀리는 것 같은 말에 유 회장은 투덜거렸다. 김태산을 고평가하는 유 회장이었지만, 분명 칭찬 같지는 않았지만 기분은 좋았다. 유 회장은 싱글벙글 웃으며 오토바이를 받고 설명을 읽기 시작했다. 그걸 본 랭커들은 수군거렸다.

"저게 그 오토바이인가? 김태현이 타고 다닌다던?"

"그런 거 같은데."

"멋있네. 나도 하나 갖고 싶은데. 구할 방법 없나?"

"김태현만큼 기계공학 찍은 놈이 드물걸."

그나마 있는 놈들은 다 태현의 영지에서 폭탄만 만들고 있었다.

"김태현한테 부탁해 보던가."

"그래 볼까……."

솔깃한 크로포드가 중얼거리자 앨콧은 사악한 미소를 지었다.

'멍청한 자식! 너도 어디 한번 당해봐라!'

자기 혼자 당하기만은 아까운 태현의 사악함!

다른 놈들도 더 많이 많이 당했으면 좋겠다!

"스미스! 너도 저거 갖고 싶지 않나?!"

"저는 제 말에 만족합니다만?"

앨콧은 아쉬워했다. 스미스도 보내 버려야 하는데!

남은 건 에반젤린…….

"에반젤린! 너는……."

"김태현한테 또 부탁하느니 혀 깨물고 바다에 뛰어든다."

"그, 그래."

생각지도 못한 격한 반응! 앨콧은 에반젤린이 붙은 페널티를 막는 아키서스 아티팩트를 얻기 위해 얼마나 개고생을 했는지 모르고 있었다. 그러는 와중, 흐뭇한 얼굴로 설명서를 읽고 있던 유 회장이 눈살을 찌푸렸다.

"잠깐. 이게 뭐지?"

"왜 그러십니까?"

"붉은 버튼을 누르면 〈비장의 자폭〉을 시전한다는 게 대체 뭐야?!"

"아, 그거요. 어르신······."

태현은 유 회장의 어깨에 손을 올렸다. 그리고 진지한 목소리로 말했다.

"그건 어르신을 위한 기능입니다."

"······타다 뒈지라는 거냐? 응?"

나이 좀 있는 노인에게는 예민한 문제!

그걸 본 케인이 중얼거렸다.

"저거 고려ㅈ······ 읍읍!"

"조용히 하세요. 쉿."

"어르신. 보십쇼. 이건 안 쓰면 되는 겁니다."

"안 쓸 건데 왜 넣은 거야! 불길하게!"

"판온에 절대란 건 없으니까요. 언제 이 스킬이 어르신의 목숨을 구해줄지 모릅니다."

사실은 가브리엘이 속삭이는 것에 넘어가서 만든 기능이었지만, 지금은 그럴듯하게 말해줘야 했다.

"자폭 스킬이 내 목숨을 구해준다고? 보내주는 게 아니라?"

"하하. 어르신 자존심을 구해줄지도 모른다고 하죠, 그러면. 만약에 나중에 불량배들 만나서 이 오토바이를 뺏기게 될 상황이 오면 어떻게 하시겠습니까?"

"뭔 불량배가……."

말도 안 되는 소리라고 생각했지만, 확실히 판온은 PVP 상황이 종종 일어날 수 있었다. 유 회장은 살짝 약해졌다.

"그런가?"

"그럴 때를 대비해서 만든 비상 스킬이 이겁니다. 사실 저나 다른 애들 오토바이에도 이런 기능이 달려 있지요."

물론 거짓말이었다. 그러나 유 회장은 결국 넘어갔다.

"으음…… 확실히 그럴듯하군. 이런 스킬은 필요하겠어."

"그렇습니다, 어르신. 앞으로 모든 아이템에는 뺏길 때를 대비한 자폭 스킬이 달려도 이상하지 않지요."

주변 사람들은 모두 기겁할 만한 소리!

"김태현. 김태현."

"왜?"

"슬슬 배 출발시켜야 하지 않아?"

"아. 그래야지."

에반젤린의 말에 태현은 명령을 내렸다. 그걸 본 이다비가 와서 작은 목소리로 물었다.

"태현 님. 아무래도 해적단하고 싸울 일이 있을 것 같은데, 이 랭커들의 도움을 받는 게 낫지 않을까요?"

"응. 그래서 배 해적들 있는 곳으로 몰고 있잖아."

유 회장도 구해줬겠다, 플레이어들은 자연스럽게 태현이 그들을 중앙 대륙의 항구로 데려다준다고 생각하고 있었다. 물론 태현은 그런 말을 한 적 없었다. 이렇게 공짜로 쓸 수 있는 인력을 얻었는데 그냥 돌아갈 리가 있나!

에반젤린은 수평선을 보며 고개를 갸웃거렸다. 뭔가 이상했던 것이다.

"올 때와 방향이 다른 것 같은데……."

-쟤 좀 정신 사납게 해줘라.

태현은 이다비에게 부탁했고, 이다비는 바로 파워 워리어 길드원들을 불렀다.

"에반젤린 님! 팬이었습니다! 사진 같이 찍어도 될까요?"

"아, 그러세요."

"에반젤린 님! 대회 2경기에서 두 명을 압도하던 그 플레이를 보고 정말 멋지다고 생각했습니다!"

"하, 하하…… 그 정도까지는 아닌데. 자. 앉아보세요. 제가 그때 어떻게 했냐면……."

'쉽군.'

태현은 속으로 웃었다. 차갑고, 다가가기 어려워 보여도 에반젤린은 기본적으로 친구가 없고 허당에 가까웠다. 친한 척하고 팬인 척하면 약해진다!

"좋아. 이대로 해적 놈들한테 가자!"

"그런데 태현 님. 저 어르신 구출하면 현상금 걸려 있다는데요, 그건 누가 가지는 거죠?"

"응? 그러게."

태현은 이다비의 질문에 생각에 잠겼다. 이렇게 되면 누가 가지는 거지?

"어르신 데리고 현상금 건 사람한테 찾아간 사람 아닐까?"

"그렇군요."

뒤에서 듣고 있던 파워 워리어 길드원들의 눈빛이 번쩍였다. 이건 설마……. 기회?

"갈르두!! 네 이놈!! 감히 내 친구를 건드려?!"

카다 해적단의 선장, 카다는 매우 분노했다. 랭커들은 그 모습에 당황했다. 저 NPC는 아무리 봐도 해적 같은데, 왜 저렇게 김태현을 걱정해 주는 거지?

"용서할 수 없다!"

"진정하십시오, 선장님! 갈르두는 대해적. 우리가 쉽게 건드릴 수 없습니다!"

"닥쳐라! 해적이 되어서 남한테 겁이나 먹다니. 너희들은 해적의 수치다!"

"헤헤, 맞는 말씀이십니다!"

모두 고개를 돌렸다. 뒤에서 돛대에 매달린 펠마스가 간사하게 웃으며 말하고 있었다.

"저놈 입 닥치게 해라."

"네!"

"잠, 잠깐 선장님! 제발! 제 말 좀 들어주십시오! 그때 입었던 피해를 순식간에 복구시켜 드릴 만한 건 있는데…… <절망과 슬픔의 골짜기>에서…… 읍읍!"

카다는 듣기도 싫다는 듯이 펠마스를 다물게 만들었다.

"우리는! 갈르두와 칼을 겨눈다!"

[카다 해적단이 갈르두 해적단과 완전히 적대 상태로 변합니다.]

카다는 태현의 어깨에 솥뚜껑만 한 굵은 손을 턱 올리더니 말했다.

"내 친구. 걱정 말도록. 내 힘은 부족하지만 다른 해적들을 불러 모아서 갈르두를 상대할 테니. 감히 우르크의 해적들을 얕본 대가. 피로 갚게 될 것이다!"

"아, 예."

과한 우정을 보여주는 카다!

태현은 그 모습에 살짝 고민이 됐다. 이렇게 태현을 믿고, 친하게 대해오는 NPC라니. 게다가 개인의 능력도 좋고 이끄는 세력도 쓸모가 있었다. 버리기가 아까운 인재! 문제는 카다를 버리지 않으려면, 다른 건 몰라도 펠마스를 버려야 한다는 것이었다. 펠마스가 살아 있으면 카다가 날뛸 테니까!

"……그래서 어떻게 좋은 방법이 없을까?"

"좋은 방법이 있습니다. 태현 님."

갈락파드가 인자한 웃음을 지으며 말했다.

"오, 뭐지?"

"펠마스를 버리는 겁니다. 저 카다란 놈은 멍청해 보여도 제법 실력이 있어 보이고, 또 멍청한 만큼 아키서스를 믿는다면 진지하게 믿지 않겠습니까. 머리가 비어 있어야 그 안에 순수한 믿음이 들어갈 것이니…… 마치 저 아키서스의 노예처럼 말입니다."

"……잠깐, 내 욕이잖아?!"

케인은 멍하니 듣고 있다가 울컥했다. 왜 갑자기 시비야?!

"음, 솔깃하긴 한데 좀 그렇다. 펠마스를 버리기는……."

"버려서도 괜찮을 것 같습니다."

"괜찮을 것 같은데."

-저도 괜찮을 거 같습니다, 주인님.

-나도 그렇게 생각한다, 주인이여.

주변 사람들, NPC, 심지어 신수와 마수까지 동의하는 펠마스의 무쓸모!

"아, 아니. 그래도 좀……."

태현은 망설였다. 펠마스가 쓸모없어 보여도 그래도 없어지면 타격이 없지는 않았다. 게다가 갈락파드를 견제할 놈이 없다는 게 컸다. 태현이 없을 때 영지에 <영주님이 미쳤어요! 축복, 아이템, 요리 100% 할인!> 이런 게 뜨는 걸 보고 싶지는 않았던 것이다.

"그러면 카다를 설득하는 건 어때요? 카다가 펠마스를 싫어하는 건 다른 원한도 아니라 사기당한 원한이니, 잘 설득하면 될 것 같은데요."

"그게 잘 풀릴까?"

태현은 고개를 갸웃거렸다. 사기가 뭐 다른 피맺힌 원한보다는 낫겠지만, 그렇다고 결코 만만한 원한은 아니었다. 심지어 카다가 말하는 걸 들어보니 펠마스한테 사기당하고 해적이 된 것 같은데……

"그래도 한번 해볼 가치는 있다고 봐요. 태현 님의 헛바닥…… 아니, 화술 스킬이라면!"

"너 방금 헛바닥이라고 하지 않았나?"

"잘못 들으신 거예요!"

"맞아. 네 헛바닥…… 아니, 화술 스킬이라면 충분히 가능성이 있지."

"나도 그렇게 생각해."

주변 사람들이 모두 동의하는 태현의 화술! 누가 보면 NPC한테 최면이라도 거는 것 같은 수준이었다.

태현은 생각에 잠겼다. 카다를 어떻게 설득해야 하는가? 그냥 다짜고짜 용서하라고 하면 태현이 대신 바다에 뛰어들 수 있을 테니 세심한 계획이 필요했다.

그러자 갈락파드가 말했다.

"먼저 아키서스를 믿게 하는 게 어떻습니까?"

"……?"

"아키서스를 믿게 하면 태현 님이 어떤 존재인지도 알게 될 거고, 그러면 좀 더 말에 설득력이 들어갈 겁니다. 게다가 펠마스도 아키서스 교단 주요 간부이니 이해를 해줄 수도 있을 거 아니겠습니까."

"오. 그럴듯한데?"

갈락파드가 생각한 것치고는 너무 그럴듯해서 더 수상했다.

"물론 펠마스를 용서하게 만들지는 못하더라도 저 해적단이 아키서스 님을 믿는다면 좋은 것이지요."

"아. 그럴 생각이었군."

펠마스를 구하는 건 딱히 관심 없고 그냥 아키서스 신도를 늘리려는 속마음! 펠마스와 달리 갈락파드는 욕망이 참 뻔히 보였다.

"근데 아키서스를 어떻게 믿게 하지? 해적들한테 어필할 게 있나?"

고블린과 달리 해적들에게 태현은 딱히 매력적인 존재가 아니었다. 아키서스도 비슷했다. 바다의 신이나 도적의 신을 믿으면 믿었지 굳이 아키서스를 믿어야 할까?

"칼이나 화살 쏴서 빗나가게 하는 걸 보여주는 건 어때?"

"약할 거 같은데. 그냥 마법 방패잖아."

"읍읍읍! 읍읍읍읍읍!"

돛대에 매달려 있던 펠마스가 신음했다. 태현은 무시하려고 했다. 그러나 펠마스는 다시 신음했다.

"읍읍읍읍읍……."

"……그냥 버릴까?"

"읍읍읍!!"

"후. 저거 누가 몰래 재갈만 풀어줘라."

자신의 목숨이 걸린 일이었기에 펠마스는 필사적이었다. 펠마스는 눈물을 글썽이며 외쳤다.

"도박입니다, 태현 님!"

"응?"

"저 해적들에게 도박으로 아키서스 님의 위대함을 보여주십시오!"

도박. 무한에 가까운 자유도를 가진 판온이었기에 당연히 다양한 도박도 있었다. 그렇지만 태현 같은 사람은 의외로 도박에서 이득을 보기 힘들었다.

하면 행운 스탯 때문에 거의 무조건 이길 것이고, 그렇게 몇 번 이기다 보면 상대 NPC는 '안 해! 안 해!' 이런 반응을 보이게 되어 있었던 것이다. 행운 스탯 하나만으로 날로 먹는 건 의외로 힘든 일이었다.

그렇지만 골드를 따려는 게 아니라, 아키서스의 위대함을 보여주기 위해서 하는 거라면?

'의외로 먹힐지도?'

태현은 적당한 상대를 찾아 두리번거렸다. 적당한 NPC한테 가서 '도박하자!'라고 하면 어지간해서는 됐다.

물론 적당한 NPC여야 하지, 무슨 던전에 있는 보스 몬스터한테 가서 도박하자고 해서는 안 됐다.

"흠흠."

부선장을 맡고 있는 태현이 헛기침을 하며 다가오자 해적들은 '뭐야?' 하는 눈으로 쳐다봤다.

"심심한 것 같은데. 혹시…… 도박이라도 하겠나?"

"하하! 부선장님도 농담을 다 하십니다!"

생각지 못한 반응에 태현은 당황했다. 설마 시커먼 속셈이 들켰나?

"저희하고 하시면 부선장님께서 다 털리실 텐데요!"

"아. 그래."

태현은 입가에 상냥한 미소를 지었다.

[해적들이 주사위 도박을 받아들였습니다. 골드를 걸어주십시오.]

주사위를 굴려서 1~100까지의 숫자를 만들어낸 다음, 가장 높은 숫자를 만들어낸 사람이 이기는 단순한 게임!

[주사위를 굴렸습니다. 숫자는…… 100! 100이 나왔습니다.]

[주사위를 굴렸습니다. 숫자는…… 100! 100이 나왔습니다.]

"뭐, 뭐야? 사기 아냐?"

[2연속으로 100이 나왔습니다. 해적들이 당황해합니다.]

[행운이 오릅니다.]

[칭호: <주사위 도박의 중수>를 얻었습니다.]

그러나 해적들의 불행은 지금 막 시작되었을 뿐이었다.

[3연속으로……]
[4연속으로 100이 나왔습니다!]
[칭호: <주사위 도박의 고수>를 얻었습니다.]
[행운이 오릅니다!]

쭉쭉 나오는 칭호들과 스탯 보너스.
태현은 입맛을 다시며 생각했다.
'칭호도 따둘 겸, 도박 미리 좀 할 걸 그랬나……'
사실 태현이 지금 행운 스탯에 크게 아쉬운 게 없어서 그렇지, 이런 스탯 작업은 미리 해놓으면 할수록 좋았다.
"크아아악!"
"이건, 이건 사기야!"
"부선장님! 대체 뭔 수를 쓰신 겁니까!"
현실을 받아들이지 못하는 해적들!
그걸 보며 갈락파드는 주먹을 불끈 쥐고 말했다.
"태현 님. 말해주시는 겁니다. 위대한 그 이름을! 저 무지한 놈들도 그 이름을 들으면 감동해서……!"
그러나 태현은 아키서스의 이름을 말하지 않았다. 그건 아마추어의 방식이었다. 프로는 좀 더 확실하게 접근한다!
"후. 내가 너희들 코 묻은 골드 뺏어서 뭐 하겠냐."
"읍읍읍! 읍읍!"

골드를 돌려주려는 모습에 뒤에 있던 펠마스가 자기 상황도 잊고 신음했다. 도박에서 딴 돈을 돌려주다니!

"다 돌려주마."

"부선장님……!"

"부선장님……!!"

[해적들의 충성도가 크게 오릅니다. 카다 해적단 내 평판이 크게 오릅니다!]

세상에서 가장 인자한 부선장을 보는 눈빛! 해적들은 눈물을 글썽거리며 태현의 손을 붙잡으려고 했다. 그러나 태현은 손을 슬쩍 빼며 말했다.

"근데 공짜로 돌려줄 수는 없고. 너희들 내 부탁 하나만 들어줘라."

"그게 뭡니까?"

"신 하나만 믿자."

[설득에 성공했습니다. 아키서스 신도가 늘어납니다.]

[우르크 남쪽, <붉은 바다 무법자 부족>에 아키서스 교단의 세력이 커지기 시작합니다. 대륙의 교단들이 점점 경계하고 있습니다. 주의하십시오.]

'아, 꼬우면 지들도 와서 전도하던가.'

해적들한테 와서 자기 신 믿으라고 영업을 하면 될 거 아닌가. 태현은 귓등으로 흘렸다. 솔직히 이렇게 고생하면서 기껏 해적들 조금 전도한 건데, 다른 교단들이 투덜거리면 어이가 없을 뿐이었다.

"아키서스! 아키서스!"

"위대한, 그 이름, 아키서스!"

"오오! 아키서스! 골드를 주십시오!"

카다 해적단의 선장, 카다는 뭔가 달라진 분위기에 당황했다.

"뭐, 뭐냐? 아키서스가 누구냐?"

"아키서스는 바로 그분을 말하는 것입니다, 선장님!"

"우리가 다른 해적 놈들과의 도박에서 승리하게 해줄 바로 그분!"

카다는 눈을 깜박였다. 다행히 태현이 옆에 있었다.

"선장님. 아키서스는 위대한 행운의 신이십니다."

"어디서 들어본 것 같기도 하고……."

"오. 어디서 들어보셨죠?"

"아. 펠마스 그놈이 나한테 사기 칠 때 들어봤던 것 같다."

생각지도 못한 발목 잡기! 일행은 모두 펠마스를 노려보았다. 펠마스는 고개를 푹 숙였다.

"펠마스 그놈은 잘못 알아서 그런 겁니다. 아키서스의 진정한 힘을 알았다면 펠마스처럼 패가망신한 도박꾼이 되지 않습니다."

"진정한 힘?"

태현의 친밀도가 워낙 높아서인지, 카다는 집중해서 들었다.

"바로…… 모든 도박에서 이기는 행운의 힘입니다!"

"도박은 이제 좀……."

도박 때문에 펠마스한테 사기당한 카다는 질색한 표정을 지었다. 그러나 태현은 계속해서 설득했다.

"선장님! 들어보십시오. 이제까지 잃으신 만큼 따셔야 하지 않겠습니까!"

전형적인 도박 중독자의 논리! 계속 거절하던 카다도 태현의 설득에 흔들리기 시작했다.

"아키서스를 믿으면 된다…… 이거지?"

"그겁니다, 선장님."

"정말 효과가 있는지는 어떻게 알고?"

"못 믿겠으면 제가 보여 드리겠습니다."

"지금 해적들이 모이는 섬에서 우리 골드를 따간 놈들이 많은데, 그놈들에게서 다 찾아와줄 수 있나?"

〈해적들을 설득하라-아키서스의 화신 전도 퀘스트〉

해적들은 원래 도박을 좋아하는 이들이지만, 카다 해적단의 선장 카다는 특히 더 그렇다. 도박 때문에 인생이 꼬여서 해적이 된 그이니만큼 도박에서 이길 수 있는 아키서스 신의 이름은 강렬하게 다가왔다. 그렇지만 그는 증거를 원한다. 해적들의 회의가 열리는 〈해골 섬〉에서 다른 해적들에게서 빼앗긴 골드를 되찾아와라!

보상: 카다 해적단의 아키서스 교단 가입.

'됐다!'

이런 퀘스트가 떴다는 것만으로도 90% 성공이나 마찬가지였다. 태현이 골드 뺏는 건 어린애 손목 비트는 것만큼이나 쉬울 테니까. 이제 섬에 도착하면 움직이면 됐다.

"김태현은 대체 뭐 하는 거냐?"

"글쎄…… 난 뭐 스킬 연습할 줄 알았는데……."

크로포드와 앨콧은 이해가 안 간다는 얼굴로 수군거렸다.

김태현 정도면 손가락에 꼽히는 랭커니, 남는 시간에 뭔가 비범한 걸 보여줄 줄 알았다. 그런데 해적들하고 도박을 하며 푼돈을 벌지 않나, 그걸 또 돌려주지 않나……. 대체 영문을 알 수가 없었다.

"육지는 언제 도착하는 거지?"

"물어봐."

"네, 네가 물어봐도 되잖아."

"난 김태현하고 모르는 사이인데 넌 아는 사이잖아. 가서 물어봐."

"나, 나는 길드 동맹 때문에 사이가 좀 그래. 서로 껄끄럽다고."

"……."

"왜 그런 눈으로 쳐다보냐?!"

"흐으음……."

"눈 안 깔아?!"

크로포드의 의심하는 눈빛에 앨콧은 발악했다. 그러나 이미 한 번 의심이 꽂힌 크로포드는 눈빛을 거두지 않았다.

"섬이다!"

해적의 목소리에 불리한 입장이던 앨콧은 급히 화제를 돌렸다.

"어?! 드디어!"

"육지가 아니라 섬이라는데?"

"……잠깐 들렀다 가는 거겠지!"

"그런데 그런 거치고는 해적선들이 너무 많은데……."

상황을 깨달은 앨콧은 태현에게 달려가서 화를 내…… 지 못했다. 1초 만에 끝난 분노 조절!

"사, 사정이 있는 거겠지."

"너 이상하게 여기 오고 나서부터 사람이 유해졌다?"

"난 원래 이랬어!"

물론 랭커들이 모두 앨콧처럼 분노 조절을 잘하는 건 아니었다. 로이는 김태산 아들인 태현한테 겁을 먹고 있어서 쉽게 못 다가갔고, 스미스는 착해서 무슨 일이 있나 보다~ 넘어갔고, 크로포드는 앨콧이 수상해서 가만히 있었지만…….

"여기는 어디야?!"

에반젤린은 아니었다.

"섬인데?"

"아니, 왜 섬으로 와! 육지로 가는 거 아니었어?!"

"어르신 데려다주는 거잖아. 어르신이 여기 오고 싶댔어."

입에 침도 안 바른 것 같은 거짓말! 에반젤린은 기가 막혔다. 언제 그런 말을 했겠는가!

"말도 안 되는 소리를…… 너 물어보면 다 나온다?!"

"물어봐."

태현의 자신만만한 태도에 에반젤린은 순간 당황했다.

'정말 오고 싶다고 하셨나? 어? 말이 안 되는데? 육지로 가 겠다고 하셨는데……'

그러나 유 회장은 에반젤린의 기대를 배신했다.

"음. 난 이 섬도 오고 싶었지."

"!?!"

"하하. 어르신. 좋지요?"

"허허허. 좋군. 좋아."

"여기서 낚시하시면서 지내면 참 좋겠네요~"

"어허허허. 좋겠군. 좋겠어."

평소랑 너무 달라 보이는 유 회장과 태현의 모습!

에반젤린은 눈을 감았다 떴다. 물론 그런다고 달라지는 건 없었다.

"대, 대체…… 무슨 일이……!"

에반젤린은 다른 랭커들에게 지금 상황을 설명했다. 스미스는 '어쩔 수 없지 않나요?' 하며 넘어갔지만, 크로포드는 아니었다.

"이건 좀 그렇지 않나? 우리는 빨리 육지로 돌아가야 하는 데. 배를 돌려달라고 하는 게 낫지 않겠어?"

"김태현이 누구 말 들을 사람이 아니라서……."

"그래도 그렇지 여기 있는 사람이 전부 말하면 무시하지는 못할걸. 나하고 에반젤린하고 앨콧하고……."

"난, 난 빼줘."

날카롭게 쏟아지는 눈빛들! 그러나 앨콧은 뻔뻔하게 무시했다. 태현을 상대하는 것보단 낫지!

'저거 진짜 김태현한테 약점 잡혔나? 대체 뭐야?'

"그러면 앨콧은 빼고 스미스도……."

"아. 저도 빼주십시오."

"넌 또 왜?!"

"지금 진행하고 있는 퀘스트가 잠깐 멈춘 상태라 시간이 빕니다. 구경하는 것도 재미있을 것 같아서 말입니다."

"그러면 남은 건……."

앨콧 빠지고 스미스가 빠지면 남은 랭커는 로이!

크로포드는 로이를 쳐다보며 말했다.

"그래도 너 포함이면 3명이라 과반수가 넘는다. 다행이군."

"아, 저도 좀……."

"……너희들 진짜 다 왜 이래?!"

크로포드는 정말로 이해할 수가 없었다.

거저먹는 퀘스트다. 태현은 그렇게 생각하고 있었다.

그러나 그 생각은 얼마 지나지 않아 산산이 부서졌다.

"도박을……."

"안 해. 안 해."

"도박 합……."

"안 한다."

"왜 안 하는 거지?"

"몰라서 묻나? 이런……."

해골 섬에 있던, 다른 해적단의 해적은 태현을 보며 훈계하듯이 말했다.

"지금 카다 해적단이 갈르두 해적단에게 공격당했어! 같은 해적이 공격당했는데 도박을 하려고 하다니. 생각이 있나! 좀 생각을 가지라고."

정말 생각지도 못한 이유!

태현은 당황했다. 아니, 뭔 해적들이 이렇게 동료애가 끈끈해?

'아니, 다른 놈들을 찾아보면 한두 놈쯤은…….'

"안 돼. 지금 갈르두 놈이 밖에서 두 눈 뜨고 돌아다닐 텐데 도박은 무슨."

"흥. 갈르두 그놈이 감히 카다 해적단을 공격해? 용서하지 않겠다. 도박? 뭔 도박이야 이 얼빠진 놈!"

카다가 너무 일을 잘 해주고 있었다. 아무도 도박을 하려고 하지 않아! 해골 섬의 해적들은 전부 다 엄격, 근엄, 진지한 얼굴로 돌아다니며 '갈르두 그놈 용서하지 않겠다!'라고 외치고 있었다.

"……망했다."

"이건 어떻게 할 방법이……."

일이 꼬여도 이렇게 꼬이다니. 태현은 입맛을 다셨다. 갈르두 함대에 여기 해적들이 들어가지 않는다는 것만으로 만족해야 하나? 기왕 벌린 김에 카다 해적단을 꼭 손에 넣고 싶었는데…….

"흠. 좋은 방법이 있다."

"어르신!"

낚싯대를 위풍당당하게 걸치고, 파워 워리어 길드원들을 뒤에 끌고 나타난 유 회장! 태현이 준 오토바이를 타고 있었다.

'어지간히 마음에 드셨나 보군.'

'얼마나 좋아하는 거야?'

'저분 태현이 아버지 닮으셨네.'

실례되는 생각을 하는 최상윤이었다.

"무슨 좋은 방법이요?"

"어떤 방법이든 골드를 되찾아주면 되는 거 아니냐?"

"그렇긴 한데……."

"그냥 골드를 주면 되지. 내가 지불하마."

"어르신……!"

"녀석. 그렇게 좋아할 것까지는……."

"무슨 속셈이십니까?"

갑자기 싸늘해지는 분위기! 유 회장은 울컥해서 외쳤다.

"이놈이 기껏 생각해 줘서 말해줬더니!"

"아니, 어르신이 갑자기 친절하게 나오니 당황스러워서 그렇죠."

"됐다, 됐어!"

오토바이 받은 것 때문에 기분 좋아져서 친절을 베풀려고 하다가 기분 상한 유 회장이었다.

"아뇨, 하하. 어르신께서 해주신다면 감사히 받겠습니다."

"흥."

"에이, 설마 삐지신 거 아니죠?"

"삐지기는 누가."

"삐지신 거 같은데?"

"안 삐졌다니까!"

"그러면 해주시는 거죠?"

'그냥 받으면 되는 걸 굳이 저렇게 속을 긁어서 받을 필요가 있나?'

최상윤은 그렇게 생각했지만 아무 말도 하지 않았다.

자기 일이 아니었으니까!

[골드를 건넸습니다.]

[퀘스트를 완료했습니다.]

[신성이 오릅니다.]

[카다 해적단이 아키서스 교단에 가입합니다!]

[아키서스 교단의 세력이 한층 더 늘었습니다.]

[우르크 지역 내 해적들 사이에서 아키서스 신앙이 퍼져 나갑니다. 보상으로 스킬 <행운의 바람 소환>을 얻었습니다.]

예상치 못한 스킬 보상. 게다가 바람 소환이라니. 이건 마법 계열 스킬이었다.

<행운의 바람 소환>

지역에 무작위 속성을 가진 바람을 소환합니다. 행운 스탯에

따라 바람의 세기가 달라집니다. 소환된 바람은 통제할 수 없으며, 바람은 아군에게도 피해를 끼칠 수 있습니다.

'좋다! 아니, 잠깐만……'

해적 관련 퀘스트 보상이라 그런지 바다와 관련이 깊은 바람 스킬이 나왔다. 문제는 '소환된 바람은 통제할 수 없으며, 아군에게도 피해를 끼칠 수 있다'는 문구였다. 보통 스킬에 이런 경고가 붙는 건, 정말 적, 아군 구분 없이 무차별적으로 날뛰는 스킬이라는 뜻!

'……이거 써도 되나?'

게다가 태현의 행운 스탯 정도면 어느 정도의 바람이 나올지 짐작도 가지 않았다.

'나중에 좀 만만할 때 써야겠다.'

어차피 쓸 기회는 많을 것 같았다. 태현의 상황을 생각해 보면 깽판을 놓고 튀어야 할 상황이 앞으로도 많을 테니까!

"정말로 받아오다니! 아키서스는 대단하군."

정확히 말하자면 아키서스의 힘과는 별로 상관이 없는 일이었지만, 태현은 입을 다물었다.

"좋아. 아키서스를 믿도록 하지."

"감사합니다. 그런데 혹시 저기, 펠마스를……"

"펠마스를 왜?"

대뜸 사나워지는 카다의 목소리!

'대체 펠마스를 얼마나 싫어하는 거야?'

"펠마스 저놈이 선장님께 빚을 졌다는 걸 알고 잡아서 데리고 오긴 했는데, 그 이전까지는 나름 유능한 놈이어서 말입니다."

"저놈이?! 어디서?! 말도 안 돼!"

반박하기 힘든 카다의 반응! 그러나 포기하지 않았다.

"……그래서 아키서스 교단을 위해 펠마스를 빌리고 싶은데…… 정 용서 못 하겠으면 죽이셔도 좋고…….'"

은근슬쩍 빠져나갈 길을 만드는 태현! 물론 펠마스에게는 청천벽력 같은 일이었다.

"읍읍읍! 읍읍읍읍!"

"끄응…… 좋다!"

[카다가 펠마스에 대한 원한을 포기하기 위해서는 현재 카다 해적단에 쌓여 있는 공적치 포인트 5,000이 필요합니다.]

'뭔 놈의 원한이 이렇게 깊냐…….'

태현이 얻은 공적치 포인트를 전부 사용해야 갚을 수 있는 원한! 그렇지만 어쩔 수 없었다. 이미 벌린 일이니.

[공적치 5,000을 사용합니다. 남은 공적치는 13입니다.]

"솔직히 저놈은 정말로 찢어 죽이고 싶었지만…… 자네 얼굴을 봐서 풀어주도록 하지. 만약 자네가 저놈과 사이가 틀어지면 말해주게. 그때는 바로 죽여 버릴 테니까."

"읍!"

펠마스는 기겁했다. 뭐 저렇게 살벌한 말을!

[칭호: 원한 해결사를 얻었습니다.]

칭호: 원한 해결사

돈으로 생긴 원한은 가장 깊은 원한이라 할 수 있습니다. 그런 원한을 해결한 당신! 어지간한 원한 정도는 손쉽게 해결할 수 있을 겁니다. 다른 NPC 사이의 원한을 단 한 번 해결할 수 있습니다.

좋은 칭호긴 한데, 어디다 써야 할지 애매한 칭호!

'나한테 맺힌 원한을 해결해 줄 수 있으면 좋을 텐데.'

그런 거라면 쓸 곳이 너무 많았다. 그렇지만 다른 NPC들 사이의 원한이라니. 왜 남 좋은 일을 해야 한단 말인가.

"흑흑……! 태현 님! 구해주셔서 감사합니다! 믿고 있었습니다! 으헝헝!"

그새 풀려난 펠마스는 태현에게 다가와 눈물 콧물을 흘리며 감사의 말을 올렸다. 태현은 물었다.

"너 설마 다른 원수는 없겠지?"

"없, 없을 겁니다. 아마도……."

"……."

"기, 기억 안 나는 건 저도 어쩔 수 없습니다!"

'설마 이 칭호를 이 자식한테 써야 하는 건…….'

벌써부터 불안해지는 태현이었다. 그 순간, 멀리서 거대한 나팔 소리가 들려오기 시작했다.

부우우우웅-

"뭐냐?"

-갈르두다! 수평선에서 갈르두의 함대가 나타났다!

-모든 해적들은 모여라! 갈르두에게 있었던 일을 따져야겠다!

해골 섬에 있던 우르크 지역 해적단의 해적들은 모이기 시작했다. 드디어 갈르두의 함대가 나타난 것이다.

"그냥 먼저 공격하죠? 놈이 방심하고 있을 때?"

아직 상황을 모르고 다가오는 갈르두의 함대.

태현에게는 좋은 먹잇감으로 보였다. 그렇지만……

"아니!"

"어떻게!"

"그런 비겁한 소리를!"

[붉은 바다의 무법자, 우르크 해적들이 당신의 비겁함에 분노합니다! 우르크 해적들 내 당신의 평판이 하락합니다.]

'너희 해적이잖아……'

태현은 어이가 없었다. 해적 주제에 뭔 비겁이고 말고를 따진단 말인가. 그러나 다른 해적단의 해적들은 진심으로 태현에게 화를 냈다.

"아무리 갈르두가 카다 해적단을 공격했다고 하지만 우리가 말도 없이 공격한다면 우리도 갈르두와 똑같은 놈일 뿐이야!"

"아니, 얄미운 놈 먼저 공격하는 게 뭐가 어때서……."

"무슨 소리! 해적들에게는 해적들만의 법이 있다고. 그걸 어길 수는 없어!"

"우리가 골드가 없지, 가오가 없냐!"

'이런 한심한 놈들…….'

태현은 욕이 나오려는 걸 참았다. 갈르두가 만만한 상대도 아니고, 따진다고 물러날 착한 상대도 아닌데 먼저 무조건적으로 선공을 갈겨야 하지 않나? 어차피 싸우게 될 텐데!

"갈르두와 싸우게 되면 위험하지 않겠습니까?"

"흥. 아무리 갈르두가 대해적이라고 해봤자 여기는 해골 섬. 우리 붉은 바다 무법자들의 앞마당이다. 아무리 갈르두라고 해도 힘을 쓸 수는 없어!"

"불안한데……."

불안해하는 태현에게 카다가 호쾌하게 웃으며 말했다.

"여기 해골 섬 앞바다는 마법의 안개가 낀다고. 마법의 안개가 끼면 이 안은 앞을 볼 수 없는 미로가 되고. 허락받지 않은 해적들이 아니라면 이 앞을 통과해서 올 수는 없어!"

"대단하긴 한데…… 그거 말고는 없습니까?"

확실히 대단해 보이긴 하지만 역시 방어책 하나만으로는 좀 불안했다. 언제나 대비책 몇 가지는 갖고 있지 않으면 성이 차지 않는 게 태현!

"그거 말고? 아아. 그렇군."

"역시 있었군요! 혹시 마법 대포나 폭탄 함정이라도?"

"응? 그게 무슨 소리지? 내가 말한 건 우리 해적들의 이 뜨거운 심장이었는데."

"……."

"이 뜨거운 심장! 그리고 이 뜨거운 피만 있으면 감히 갈르두 같이 냉혈한 해적은……."

"아, 네."

태현은 제발 잘 끝나기를 빌었다.

-내가 왔다, 붉은 바다의 무법자들이여. 문을 열어라!

마법의 안개 앞에서 멈춰 선 갈르두는 거대한 목소리로 쩌렁쩌렁하게 울려 퍼지게 외쳤다. 수십 척의 대함대를 이끌고 온 갈르두답게, 그 목소리가 사방에 울렸다.

"와, 저게 갈르두인가? 저거 목에 걸고 있는 목걸이 설마 〈영원한 불사의 목걸이〉 맞아? 내가 제대로 본 건가?"

"허리춤에 차고 있는 건 〈잔혹한 영웅의 커틀라스〉 같습니다만……."

랭커들은 각자 알고 있는 정보로 빠르게 갈르두의 견적을 내고 전율했다. 아이템 하나만 얻어도 최상위권 랭커인 그들이 한 레벨 50~100은 더 오를 때까지 쓸 수 있지 않나 싶은 수준!

좌아아악-

안개를 헤치고, 카다 해적단의 배와 다른 해적단의 배 몇 척이 앞으로 나섰다.

"실망입니다, 갈르두 님!"

-뭐라? 나한테 실망했다고? 어디서 감히! 붉은 바다의 무법자들이라고 내가 넘어갈 것 같으냐?

예상치 못한 해적들의 반응에 갈르두는 매섭게 반응했다.

"흥! 아무리 대단한 갈르두 님이어도 이 붉은 바다에서 우리들의 법칙을 어기고서 넘어갈 수는 없는 법!"

-내가 무슨 법칙을 어겼다는 거냐, 이 발칙한 놈들!

"시치미를 떼실 생각이십니까! 저희들의 동료를 공격하지 않으셨습니까!"

-무슨 헛소리냐! 내가 너희들의 동료를 언제…….

그 순간 갈르두의 눈에 익숙한 얼굴이 들어왔다. 태현이었다.

-네…… 이놈……?

"저놈이 절 공격했습니다! 흑흑!"

그 대단한 갈르두도 순간 할 말을 잃게 만드는 태현!

[갈르두의 말문을 막히게 만들었습니다. 화술 스킬이 크게 오릅니다!]

-말 같지도 않은 소리 하지 마라! 아탈리 왕국의 백작이 왜 너희 해적이라는 거냐!

당연한 지적이었지만 태현은 조금도 흔들리지 않았다.

"귀족이어도 해적 할 수 있지! 카다님, 말씀해 보십시오. 붉은 바다의 무법자가 되기 위해서 필요한 건 무엇입니까! 이 뜨거운 심장! 뜨거운 피 아니겠습니까!"

"맞다! 맞아!"

"카다 해적단의 부선장이 뭘 좀 아는군!"

태현의 말에 해적들 사이에서 커다란 함성이 터져 나왔다.

[우르크 해적들 내 당신의 평판이 상승합니다.]

-이런 개 같은 것들! 개소리하지 말고 당장 안개를 열고 날 맞이해라! 저 김태현 백작을 붙잡아서 내게 바치지 않는다면 너희들을 섬 통째로 수장시켜 버리겠다!

"헛소리하지 마시오. 갈르두! 우리가 다 같이 가라앉을지언정 협박에 굴할 거 같소?!"

"맞아! 맞아! 어디 한번 해봐라! 이 안개를 뚫고 올 수 있으면!"

-오냐…… 어디 한번 해주마!

꾸드득! 꾸득!

순간 갈르두의 몸 형태가 일그러지더니, 점점 부풀기 시작했다. 마치 터져 나가려는 것처럼!

"헉, 저거 뭐냐?"

"저주받은 케인 씨처럼 생겼……."

콰드드득!

-크아아아! 모두 다 바닷속으로 묻어버리겠다. 이 개 같은 놈들!

[대해적 갈르두가 저주받은 원래 모습을 드러냅니다! 바다의 신에게 저주받은 끔찍한 모습에 모두가 경악합니다! 해적들이 공포 상태에 빠집니다!]

온몸에서 촉수를 치렁치렁 드리운 채로 나타난 갈르두! 저주받았다는 게 무엇인지 확실하게 보여주고 있었다.

"아, 안 돼! 으아아! 저주받을 거야!"

"모두 도망쳐!"

아직 거리가 있는데도 해적들은 벌써 공포 상태에 빠져 허둥거리고 있었다.

〈저주받은 해적에게 안식을-대해적 갈르두 퀘스트〉

오만한 대해적, 갈르두는 바다의 신에게 저주받은 탓에 끔찍한 모습으로 영원히 바다를 떠돌아다니고 있다. 어마어마한 힘을 갖고 있지만 끔찍한 저주에 괴로워하는 갈르두! 그는 저주를 풀기 위해 〈해적왕의 저주받은 보물 지도〉를 찾아 헤맸다. 그러나 웬 불한당에게 〈해적왕의 저주받은 보물 지도〉가 넘어가 버렸고, 갈르두는 더 이상 인내할 수 없다. 폭주하는 갈르두를 제거하거나 저주를 풀어라!

보상: ?, ??, ??

'이 아이템이 그런 아이템이었어?'

카테란드 해적단을 털고 나서 얻은 지도 아이템. 뭔지는 몰랐지만 갈르두가 뺏으려고 하니 일단 안 주고 버틴 태현이었다. 뭐 대단한 보물이라도 있는 줄 알았는데 저주 해제용 아이템이었다니.

"웬 불한당이 누구야?"

"글쎄?"

같은 퀘스트를 받은 랭커들은 뒤에서 수군거리고 있었다.

"그냥 주는 게 낫지 않았을까?"

케인은 떨떠름한 얼굴로 말했다. 이건 왠지 모르게 태현이 나쁜 놈 같았다. 그러나 태현은 한 치의 흔들림도 없이 고개를 저었다.

"아니. 저놈 잘못이지."

"……"

"애초에 이렇게 필요한 거였으면 고개 숙이고 '제가 이런저런 사정이 있으니 제발 좀 빌려주십시오. 여기 값을 치를 아이템이 있습니다' 이랬으면 서로 좋았을 거 아냐?"

말이야 맞는 말. 물론 분노한 갈르두에게 그 말이 먹힐 리 없었다.

-내가 네놈을 수백 갈래로 찢어 상어들의 먹이로 주겠다!

"저걸 들었어? 귀 더럽게 좋네."

-이놈!

[갈르두가 <포효하는 바다의 이빨>을 사용했습니다!]

촤아아악!
바다가 사납게 일렁이더니 파도가 가시로 변해 태현을 노리고 달려들었다.

[회피에 성공했습니다.]

"후퇴! 후퇴! 안개 속으로 들어간다!"
"갈르두의 함대와 직접 마주치지 마라! 놈은 괴물이다!"
해적들이 고함을 치며 후퇴하기 시작했다.
꾸드드득-
갈르두의 부하 해적들은 갈르두처럼 몸이 뒤틀렸다. 그들도 마찬가지로 저주받은 이들이었던 것이다.
"갈르두…… 소문으로만 들었는데 정말로 저주받은 게 맞았군! 대체 무슨 짓을 저질렀길래……!"
카다는 놀란 얼굴로 중얼거렸다. 태현은 이때다 싶어서 물었다.
"혹시 약점 같은 거 없습니까?"
"소문으로는 저주받은 탓에 약점이 있다고 하더군."
"오, 뭡니까?"

태현은 눈빛을 빛내며 물었다.

"머리가 잘려 나가면 죽는다고……."

태현은 순간 한 대 칠 뻔했다. 그걸 약점이라고 말해주냐?

"그거 말고는 없습니까?"

"음, 저주 때문에 땅에 올라가지 못한다는 소문이 있었지."

듣고 보니 그럴듯했다. 이제까지 갈르두는 태현을 만나면 쫓아오긴 했지만 어디까지나 다 바다 위에서였던 것이다. 실제로 태현의 영지까지 쳐들어오지도 못하고 있었으니까.

'잠깐, 근데 이번에는 내 영지를 불태우겠다고 병력 모으는 거 아니었나? 자기는 바다 위에 있고 부하들을 시키려고 한 건가? 뭐지?'

저주 때문에 땅에 올라가지 못하는 거라서 다른 해적들을 모으려고 한 거라면……. 지금 이미 못 모으게 됐으니 태현은 빠져도 되지 않나? 땅으로만 도망치면…….

'도망쳐도 되나?'

태현이 그런 생각을 하는지 모르는 카다는 호쾌하게 말했다.

"걱정 말게. 아무리 갈르두가 강하다고 하더라도 우리는 이 안개와 해골 섬을 끼고 있어! 우리는 절대 지지 않아!"

"아, 네. 혹시 여기 후퇴로 좀 알려주시겠습니까? 만약을 대비해서요. 하하."

To Be Continued

9클래스 소드 마스터

이형석 퓨전 판타지 장편소설
WISHBOOKS FUSION FANTASY STORY

검성(劍聖), 카릴 맥거번.
검으로 바꾸지 못한 미래를 다시 쓰기 위해
과거로 돌아오다.

이민족의 피로 인해 전생에 얻지 못한 힘.

'이번 생에 그걸 깨주겠다.'

오직 제국인들만이 사용할 수 있었던,
그 힘을!

'나는 마법을 익힐 것이다.'

이제, 검(劍)과 마법(魔法).
두 가지의 길 모두 정점에 서겠다.

9클래스 소드 마스터: 검의 구도자

崑崙覇仙

곤륜패선

윤신현 신무협 장편소설
WISHBOOKS ORIENTAL FANTASY STORY

선대의 안배로 인해 시공간의 진에 갇힌
곤륜의 도사 벽우진.

"……뭐야? 왜 이렇게 되어 있어?"

겨우겨우 탈출해서 나온 그의 눈에 보이는 것은!

"정말, 정말 멸문했다고? 나의 사문이? 천하의 곤륜파가?"

강자존의 세상, 강호.
무너진 곤륜을 재건하기 위해 패선이 돌아왔다!

곤륜패선(崑崙覇仙)

'이왕 할 거면 과거보다 더 나은 곤륜파를 만들어야지.'

만 년 만에 귀환한 플레이어

나비계곡 퓨전 판타지 장편소설
WISHBOOKS FUSION FANTASY STORY

어느 날, 갑작스럽게 떨어진 지옥.
가진 것은 살고 싶다는 갈망과 포식의 권능뿐.

일천의 지옥부터 구천의 지옥까지.
수십만의 악마를 잡아먹고 일곱 대공마저 무릎 꿇렸다.

"어째서 돌아가려 하십니까?"
"김치찌개가… 김치찌개가 먹고 싶다고."

먹을 것도, 즐길 것도 없다.
있는 거라고는 황량한 대지와 끔찍한 악마뿐!

"난 돌아갈 거야."

「만 년 만에 귀환한 플레이어」

Wish Books

무공을 배우다

목마 퓨전 판타지 장편소설
WISHBOOKS FUSION FANTASY STORY

"무(武)를 아느냐?"

잠결에 들린 처음 듣는 목소리에 눈을 떴을 때,
눈앞에 노인이 앉아 있었다.

"싸움해 본 적 있나?"
"없는데요."

[무공을 배우다.]

20년 동안 무공을 배운 백현,
어비스에 침식된 현대로 귀환하다!

'현실은 고작 5년밖에 지나지 않았다고?'